PHILIPPA L. ANDERSSON

FOREVER YOURS *tomorrow*

ROMAN

Über das Buch

Leichtathletin Ava Jennings entgeht nur um Haaresbreite einem Anschlag, und plötzlich ist nichts mehr so, wie es war. Wer steckt dahinter? Und wird der Täter erneut zuschlagen?

Freunde bitten Tyler Knight um Hilfe. Der sexy Personenschützer übernimmt den Auftrag und wird Avas Bodyguard.

Nur: Je weniger Avas Leben in Gefahr ist, desto mehr ist es ihr Herz. Denn der schroffe tätowierte Typ hat etwas an sich, dem sie sich nicht entziehen kann …

Über Philippa L. Andersson

Philippa L. Andersson lebt und arbeitet in Berlin. 2012 erschien ihre erste Kurzgeschichte. 2013 folgte ihr erster Roman „In deinen Armen". 2017 war sie mit „You Can't Escape Love – Begehren . Vertrauen . Lieben" erstmals in der BILD-Bestsellerliste. Wenn sie nicht schreibt, joggt sie durch ihren Kiez, entdeckt neue Restaurants oder lässt sich vom Leben inspirieren.

www.philippalandersson.de
www.facebook.com/PhilippaLAndersson
philippa@philippalandersson.de

Das *Leben* bietet
so viele Möglichkeiten, und wir
nehmen nur einen Bruchteil davon
wahr, weil wir *Schiss* haben,
was andere darüber denken.
Aber wenn wir etwas *wirklich* wollen,
warum es nicht einfach *machen*?

1. KAPITEL

Ava

»Die Stunde ist um. Mehr haben wir vertraglich nicht vereinbart. Lass uns gehen!«, sagt meine Managerin Rebecca Woods.

Macht sie Witze? Ja, als erfolgreichste US-Sprinterin auf der Hundert-Meter-Distanz und als Markenbotschafterin für den größten Sportartikelhersteller der Welt habe ich meinen Teil der Vereinbarung erfüllt. Aber wie so oft will ich länger bleiben. Die Zuschauer im Stadion des Golden Gate Parks applaudieren den Läufern, die gerade die letzten drei Runden der Fünftausend-Meter-Distanz absolvieren. Die *All City Finals*, die jährlichen Leichtathletikwettkämpfe aller Highschools in San Francisco, sind in vollem Gange. Fernsehteams und Lokalpresse schwirren herum, und ich bin kurz davor, meinen Sonderplatz an der inneren Laufbahn aufzugeben und selbst mitzurennen.

»Los, los, los!«, feuere ich die Spitzenläuferin an, die nun ihre letzte Runde vor sich hat. Sie gibt noch mal alles und prescht durchs Ziel, und ich jubele ihr zu. Genau wie ihr Trainer, ein gut gebauter Typ mit wuscheligen blonden Haaren und lachenden Augen, der mir immer häufiger interessierte Blicke zuwirft.

Rebecca neben mir wird ungeduldig. »Ava, du weißt, dass du heute Abend noch zu CBS musst?«

»Ja, ja«, sage ich lahm. *Um im Fernsehen über meinen Trainingsplan für die WM zu reden. Wie langweilig!* Meine Managerin hat extra beide Termine auf einen Tag gelegt, damit ich möglichst wenig Trainingszeit verliere. »Aber es ist erst zwei! Ich kann locker noch eine Stunde bleiben.«

»Eine STUNDE!« Rebecca klingt, als stünde sie kurz davor, an Langeweile zu sterben.

»Wenn du willst, kannst du gehen. Ich komme auch ohne dich klar, stell mir einen Handyalarm, fahre dann brav nach Hause, absolviere mein Beauty-Programm und erscheine pünktlich um 18 Uhr im Studio. Wie klingt das?« Abwartend sehe ich sie an. Wenn ich nicht gerade vor Begeisterung für den Sport alles um mich herum vergesse, gelte ich als extrem zuverlässig. Und das weiß sie. »Bitte, bitte, bitte, Becs«, bearbeite ich sie, benutze ihren Spitznamen und werfe ihr meinen besten Hundeblick zu, weil ich mich ungern über sie hinwegsetze. Wir arbeiten eng zusammen, und ein Streit würde unser Verhältnis nur belasten. »Außerdem bin ich die schnellste Frau des Landes. Falls ich spät dran bin, steige ich einfach in meine Laufschuhe und flitze wie der Blitz zu CBS.«

»Um vor Schweiß triefend anzukommen? Wehe! Das wirst du nicht!«, ruft Rebecca nun lachend. »Hat das eventuell auch was mit dem Kerl dort drüben zu tun, der dir schöne Augen macht?«

»Möglich«, sage ich und tausche einen weiteren Blick mit dem sexy Trainer aus.

»Na gut, eine Stunde darfst du dich hier noch austoben, Ava. Aber nicht länger. Die Sendung ist wichtig für dich und deine Sponsoren.«

»Super! Danke dir.«

Erleichtert über die Einigung wechsele ich zu den Weitspringern und verfolge gebannt den Absprung der ersten

Sportlerin, einer zierlichen Brünetten von der Lowell High School. Sie trifft das Absprungbrett perfekt, erreicht eine anständige Weite, und ich klatsche.

»Gut gemacht!«

In dem Moment stellt sich jemand neben mich. Ich sehe zur Seite und rechne mit Rebecca, doch es ist der Typ mit den wuscheligen Haaren. Um seinen Hals hängt ein Schlüsselband, daran ein Kärtchen, das ihn als Sportlehrer und Trainer ausweist. Und das ihm einen Namen gibt. Cole Rivers.

Einen ganzen Durchgang lang stehen wir Seite an Seite und applaudieren den Athleten, und mein Herz klopft immer hoffnungsvoller.

Eigentlich liebe ich mein Leben. Doch in letzter Zeit wurmt es mich, dass meine besten Freundinnen Chloe und Lauren plötzlich glücklich verliebt sind und ihre besseren Hälften zu nahezu jedem Treffen mitschleppen, ich jedoch niemanden habe. Ich tue dabei so, als würde es mir nichts ausmachen. Aber natürlich will ich mich auch verlieben. Und vielleicht passiert es gleich.

»Hi!«, spricht Cole mich schließlich an und stellt sich vor. »Noch hier?«

»Hi«, gebe ich lächelnd zurück und stelle mich auch vor, obwohl ich mir ziemlich sicher bin, dass er weiß, wer ich bin. »Ich wollte noch ein paar Wettkämpfe sehen.«

»Die Leistungen sind kein Vergleich mit Landesmeisterschaften«, sagt er.

»Das stimmt. Aber jeder gibt sein Bestes. Ich mag das.«

Er lächelt. »Genau deshalb bin ich so gerne Trainer. Die Kids sind hoch motiviert, und es macht Spaß, sie zu Höchstleistungen zu animieren.«

»Pah!«, schnaube ich.

»Was?«, fragt er amüsiert nach.

»Ich glaube, es macht euch Trainer eher Spaß, uns zu quälen«, sage ich und denke an Coach Chapman, der bei mir immer wieder für Muskelkater und Schweißperlen sorgt.

Cole lacht laut. »Manchmal«, gesteht er.

Ich muss auch grinsen, denn das hier, das fühlt sich gut an.

»Lust auf einen Kaffee?«, fragt er. »Es gibt einen kleinen Tisch mit Snacks und Getränken für uns Lehrer.«

»Du hast Zeit?«, frage ich und bin immer mehr an ihm als an der Veranstaltung interessiert.

»Ja, ich hab Pause, bis ich nachher zum Stabhochsprung muss.«

»Dann gerne«, sage ich.

Wir schlängeln uns an den verschiedenen Stationen vorbei, die sich auf der Feldmitte befinden. Erst der Sandkasten für die Weitspringer, dann die Anlage zum Kugelstoßen und schließlich die Aufbauten für den Stabhochsprung.

Cole drückt Kaffee aus einer Thermoskanne in zwei Becher und reicht mir einen. Ich bediene mich und gebe Milch dazu, und wir stoßen an und setzen uns auf Klappstühle.

»Ist leider kein Latte macchiato. Und wir haben auch keine Mandelmilch oder Kaffeesahne.«

»Ist absolut perfekt«, versichere ich ihm und schlürfe den Kaffee.

»Echt?«, gibt er schmunzelnd zurück. »Ich kann das nämlich noch toppen. Wenn du mir die Chance dazu gibst.«

»Etwa mit einem zweiten Kaffee?«, flirte ich und leere meinen Becher.

»Auf jeden Fall«, sagt er und schenkt mir nach. Durchsagen schallen über den Platz, und auf der Tribüne applaudiert das Publikum gerade einem Kugelstoßer. »Und gerne auch an einem etwas ruhigeren Ort.«

»Nur wir zwei?«, frage ich nach.

»Nur wir zwei.«

»Sehr gerne«, sage ich und kann es gar nicht erwarten, diesen Mann näher kennenzulernen.

»Wie wär's gleich mit heute Abend?«, fragt er.

»Geht nicht. Ich hab einen Fernsehauftritt. Morgen?«

»Elternabend.«

Mist! »Und danach?«, frage ich, weil mein Terminkalender nur wenig Freiräume lässt.

»Ab 19 Uhr bin ich frei«, sagt er zum Glück.

»Ich auch!«, rufe ich freudig. »Also haben wir ein Date?«

»Also haben wir ein Date«, bestätigt er.

Wir tauschen unsere Nummern aus. Dann muss er zu den Schiedsrichtern, um seinen Kollegen beim Stabhochsprung abzulösen, und ich schultere meinen Rucksack. Ich hab Rebecca versprochen, dass ich eine Stunde bleibe, und jetzt sind es fast zwei geworden. Ich muss echt spurten.

Als ich über das Mittelfeld eile, drehe ich mich ein letztes Mal zu Cole um, und er winkt mir zu. *Jippieh, wir haben ein Date!* Ich nehme die Atmosphäre noch mal in mich auf. Das volle Stadion, der Jubel der Zuschauer, die Konzentration der Athleten, die Kameras der Lokalpresse und das für San Francisco ungewöhnlich warme Maiwetter.

Verdammt, ich liebe mein Leben!

Es ist absolut perfekt.

Rums!

Ein lauter Knall erfüllt das Stadion, die Erde bebt, und Konfetti landet in meinen Haaren.

Verwirrt drehe ich mich um. Ich dachte, die Siegerehrung ist erst am Abend. Aber wenn sie jetzt schon stattfindet, dann bleibe ich auf jeden Fall. Das lasse ich mir nicht entgehen!

Ich schaue zum Himmel. Aber da fliegen keine Luftballons. Stattdessen ist dort Rauch.

Wie bitte?! Rauch?

Irritiert greife ich in meine Haare. Aber ich fühle kein Konfetti, sondern Sand und eine klebrige Substanz. Mein Herz rast.

Dann höre ich Menschen in Panik schreien.

Dann Stille.

Dann wieder Schreie.

Dann erneut Stille.

Mit meinen Ohren scheint etwas nicht zu stimmen. Aber ich kann mir keinen Reim darauf machen. Ich stehe immer noch wie angewurzelt da, und mein Blick gleitet von der Spitze der Rauchsäule tiefer und tiefer.

Dort, wo eben noch die Hochsprunganlage war, ist jetzt ein riesiger Krater. Leblose Körper liegen um die Einschlagstelle verteilt. In Panik flüchten Zuschauer von den Tribünen und Sportler vom Platz. Eine Frau mit Blut auf der Kleidung rennt geduckt an mir vorbei. Dann folgt ein Mann, dann zwei junge Mädchen.

Irritiert sehe ich zum Himmel. Dort kreist eine Drohne, so als würde sie den Platz absuchen. Sobald sie tiefer geht, rennen die Menschen erst in die eine, dann in die andere Richtung.

Und plötzlich kommt sie direkt auf mich zu.

Einen Atemzug lang bin ich weiter wie erstarrt. Dann laufe ich los, so schnell ich kann. Weg von hier. *Bloß weg.*

Tyler

Mit der Schulter stoße ich die Ladentür zu meinem Stamm-Tattoostudio im Mission District auf. »Jemand da?«, rufe ich.

»Wirst du unachtsam, oder hast du Sehnsucht nach mir?«, begrüßt mich Ranger, ein rotblonder tätowierter Kerl mit schwarzen Klamotten, und legt Farbkartuschen beiseite, um mir die Hand zu geben.

»Sehnsucht, eindeutig«, gehe ich auf seinen lockeren Tonfall ein, greife mein Shirt im Nacken, ziehe es mir über den Kopf und enthülle einen komplett tätowierten linken Arm, tätowierte Schulterblätter und ein ganzes Areal von Motiven von der rechten Bauchseite hoch zur Brust.

»Was hast du dir diesmal vorgestellt?«, fragt er.

»Ich dachte an ein Schwert. Hier!« Ich zeige auf eine nun endlich verheilte Wunde am unteren linken Rippenbogen.

»Ein Schwert?«, wiederholt er skeptisch. »Wie wäre es mit einem Dolch?« Er schlägt sein Buch mit Artworks auf und zeigt mir, was er meint. »Der lässt sich später leichter in ein anderes Bild integrieren.« Er räuspert sich. »Falls es nötig sein sollte.«

»Gut«, sage ich knapp. Was Tattoos angeht, vertraue ich Ranger. Der Kerl ist nicht nur ein begnadeter Künstler, sondern kennt sich auch mit Narben aus, die ich mir tätowieren lasse.

Routiniert reinigt er die Stelle. »Wie ist es diesmal passiert?«, fragt er und legt los.

»Ich habe die Entführung eines Geschäftsmanns verhindert«, erkläre ich. Zusammen mit einer Gruppe von zehn Männern führe ich *Personal Protection*, einen Premium-Dienstleister für Personenschutz. Und egal, wie vorsichtig ich bin – meine besten Freunde Jason und Wade nennen mich auch gerne ihren Sicherheitsfreak –, manchmal geht was schief. So wie beim letzten Job. *Leider.*

»Tragt ihr keine Schutzwesten?«

»Doch, aber es gibt bestimmte Klingen …«, sage ich locker, als wäre es keine große Sache. Dabei haben wir den Einsatz bei *Personal Protection* im Nachgang so lange analysiert, bis wir einen Weg gefunden haben, diese spezielle Situation in Zukunft zu vermeiden.

Konzentriert arbeitet Ranger an der Kontur. Ich kenne die Prozedur, und die leichten Schmerzen stören mich nicht. Entspannt lese ich auf meinem Handy Mails.

»Zufrieden?«, fragt er, als er fertig ist.

»Wie immer«, sage ich. Das Motiv fügt sich nahtlos in die umgebenden Tattoos ein.

Mit einem Nicken legt Ranger die Nadel weg und bereitet die erste Farbe vor. Doch gerade als er ansetzen will, klingelt mein Handy. Ich sehe Jasons Nummer und gebe Ranger ein Zeichen, dass er kurz warten soll. »Was gibt's?«, melde ich mich und rechne damit, dass er sich zum Surfen verabreden will. Das machen wir meist zu dritt mit Wade.

»Hol Ava da raus!«, brüllt er jedoch und versetzt mich sofort in Alarmbereitschaft. *Das ist nicht Ich-begrüße-den-Morgen-mit-einem-Dankbarkeitsgebet-Jason, sondern jemand, der will, dass ich augenblicklich meinen Hintern in Bewegung setze.*

Mit ›Ava‹ meint er Ava Jennings, die Freundin seiner Freundin Chloe, die Teil meines Freundeskreises ist. Bis vor Kurzem gab es da nur Jason, Wade und mich, eine reine Männerrunde, aber jetzt gehören irgendwie auch ihre Frauen, Chloe und Lauren dazu – und eben Ava.

»Ein Notfall, wir müssen unterbrechen«, sage ich zu Ranger, der sein Equipment beiseitelegt und Folie über das halb fertige Tattoo klebt.

»Wo ist sie?«, frage ich Jason und ziehe mich an.

»Im Golden Gate Park, im Stadion.«

Ich steige in meinen Wagen, einen SUV mit getönten Scheiben und kugelsicherem Glas, gebe Gas und tippe im Navi die Adresse ein. Der Computer kommt auf zwölf Minuten. Das ist schnell für San Francisco. Aber keiner weiß so gut wie ich, dass in zwölf Minuten jede Menge Scheiße passieren kann. *Verdammt!*

»Und was ist dort los?«, frage ich weiter und kämpfe mich im typischen Verkehrschaos zur Siebzehnten durch.

»Es läuft auf sämtlichen News-Kanälen. Eine Drohne wirft Granaten ab.«

»Wie bitte?! Granaten?! In San Francisco?« Mich überrascht selten etwas, aber das ist krank.

»Sag ihm, dass er nie wieder mit dir surfen darf, wenn er das verbockt!«, höre ich seine Freundin Chloe im Hintergrund drohen, scherzhaft und doch ernst. Wenn ich nicht helfe, wird keiner der beiden mehr ein Wort mit mir sprechen.

»Keine Sorge, ich verbock es nicht«, sage ich nur, lege auf und hänge mich an eine Kolonne Rettungswagen, um vorwärtszukommen.

Mir geht durch den Kopf, was ich über Ava Jennings weiß. Sie ist Weltklassesprinterin und erst kürzlich zur Sportlerin des Jahres gekürt worden. Von den drei Frauen ist sie die Rationale. Sie macht keine verrückten Dinge, hält sich an Pläne, ist auf ihre Karriere fokussiert und bleibt dabei bescheiden. Was ich sympathisch finde.

Und sie sieht heiß aus, meldet sich eine Stimme in meinem Kopf, die ich zurückdränge. *Nicht jetzt!* Obwohl es stimmt, wie zig Plakate in der Stadt beweisen, auf denen sie sexy schwitzend in eng anliegenden Sportklamotten abgebildet ist. Und wie ich schon selbst flüchtig sehen konnte, wenn wir uns bei Jason oder Wade über den Weg gelaufen sind.

Über das Computersystem des Wagens melde ich mich bei *Personal Protection* und habe sofort Daeven in der Leitung, der zusammen mit Gabe, dem Senior im Team, alle Einsätze koordiniert.

»Ich brauch euren Support«, sage ich direkt.

»Wobei?«

»Der Anschlag im Kezar-Stadion.«

»Fuck! Gabe und ich haben es gerade in den Nachrichten gesehen. Womit können wir helfen?« Anscheinend bin ich der letzte Mensch, der erfahren hat, was passiert ist.

Ich sage ihnen, dass Ava Jennings dort ist, zähle auf, was ich benötige – den bisherigen Ablauf der Ereignisse und welche Einsatzkräfte wo an dem Fall arbeiten –, und wenig später habe ich die Infos auf meinem Handy.

»Sei vorsichtig«, sagt Daeven.

»Bin ich doch immer.«

Die Minuten bis zum Stadion fühlen sich wie eine Ewigkeit an, aber als ich endlich ankomme, weiß ich genau, was ich zu tun habe. Ich parke neben den Einsatzkräften am Osteingang, ziehe mir eine kugelsichere Weste über, verkabele mich, um mit *Personal Protection* in Verbindung zu bleiben, und stecke mir meine Waffe ein.

Sirenen jaulen vor Ort und in der Stadt. Fernsehteams haben sich an den Absperrungen aufgebaut. Augenzeugen berichten von Toten. Und wieder dringen Schreie aus dem Stadion.

Was für eine Scheiße ist das denn hier?

Ein Beamter will meine Papiere sehen.

Ich ziehe meinen Ausweis aus der Seitentasche meiner Cargopants, der mich als Berater der Polizei ausweist, und werde durchgelassen. Beim Einsatzteam entdecke ich ein vertrautes Gesicht. Bradley Campbell, ein FBI-Ermittler, mit dem *Personal Protection* schon oft zusammengearbeitet hat.

»Was habt ihr?«, frage ich ihn.

»Zu wenig. Die ersten Augenzeugen werden gerade befragt, und – runter!«, bellt er.

Wie eine Welle, die vom Stadion ausgeht und sich zu den Einsatzkräften hin ausbreitet, gehen Köpfe zwischen den Wagen in Deckung. Stirnrunzelnd sehe ich zu Bradley, der mir einen Wink gibt, nach oben zu schauen. Dort kreist eine Drohne. Kurz darauf ertönen Schüsse, und die Drohne dreht wieder ab.

»Mist!«, flucht Bradley. »Wir versuchen, das Teil abzuschießen, aber die Scharfschützen haben kein freies Schussfeld. Die Beamten am Boden geben ihr Bestes, aber bisher scheuchen wir das Teil nur von A nach B.«

Wir richten uns alle wieder auf. Bradley informiert seine Kollegen, die die anderen Seiten des Stadions sichern, und wendet sich wieder an mich. »Die Sanitäter kümmern sich um die Leichtverletzten.« Er nickt zu einer Insel aus Rettungswagen. »Und wir schicken in dieser Minute Teams rein, um die Schwerverletzten zu bergen.«

»Obwohl die Drohne noch fliegt?!«, sage ich.

»Sie hat ihre Munition verschossen. Es gab noch zwei Explosionen. Mehr Waffen hatte sie nicht an Bord. Jetzt versucht der Mistkerl, die Drohne aus dem Luftraum des Stadions wegzufliegen. Ich hoffe, wir können das verhindern.«

Weil der Attentäter sie sonst wieder einsetzen kann …

Ich lasse Bradley weiter seine Arbeit erledigen, jogge zu den Rettungskräften und suche nach Ava. Aber sie ist nicht hier. Und auch bei den Verletzten, die von den Sondereinheiten nach und nach aus dem Stadion getragen werden, ist sie nicht.

Fuck, wehe, sie ist tot! Mir wird kotzübel bei dem Gedanken.

Über mein Intercom schalte ich mich erneut zu Daeven.

»Brauchst du Verstärkung?«, fragt er.

»Nein«, knurre ich. »Ich muss eingrenzen, wo Ava steckt. Ich kann unmöglich das gesamte Gelände nach ihr absuchen. Kannst du mir Luftaufnahmen vom Stadion schicken, kurz bevor die Granate abgeworfen wurde?«

»Klar … Moment!«

Eine Minute später erhalte ich auf meinem Handybildschirm pixelige Satellitenaufnahmen. »Was Besseres habt ihr nicht?«, frage ich. Ich kneife die Augen zusammen. *Auf diesem unscharfen Bild könnte Ava jeder der winzigen bunten Punkte sein!* Dann fällt mir ein, dass sie mit den Reportern gesprochen hat, und mir kommt eine Idee. »Daeven, Planänderung! Schick mir das Fernsehinterview mit Ava.«

»Erledigt. Und jetzt?«

Ich rufe das Video auf, gleiche den Zeitstempel mit der Satellitenaufnahme ab und grinse. »Hab dich!«, murmele ich. »Jetzt wissen wir, dass sie der lilafarbene Punkt bei den Weitspringern ist.«

»Schon markiert«, mischt sich Gabe ein, analysiert die neuen Daten und verfolgt auf den Satellitenaufnahmen, wohin der lilafarbene Punkt verschwindet. »Sie hat die Anlage Richtung Westen verlassen.«

Sofort setze ich mich in Bewegung. »Ich bin beim Stadtgarten«, gebe ich nach einem kurzen Sprint meine neue Position durch.

»Du musst noch weiter«, übernimmt wieder Daeven. »Sie ist am Tor zum Stadion vorbeigegangen.«

»Sehe ich!«, rufe ich.

»Auch die Bäume?«

»Wenn du den kleinen Waldabschnitt meinst …«

»Dort muss sie laut den Satellitenbildern sein. Wegen der Bäume haben wir zwar keine freie Sicht, aber im Umkreis taucht kein weiterer bunter Punkt auf.«

»Danke euch.«

Ich verlangsame mein Tempo, suche die Umgebung nach lila Farbe ab und will gerade Daeven anrufen, damit er seine Infos noch mal überprüft, als ich Ava entdecke. Oder Ava mich.

»Tyler?! Schnell! Komm her!«, ruft sie, schaut ängstlich nach oben zum Himmel und winkt mich hektisch zu ihrem Versteck zwischen zwei Büschen. »Was tust du hier?«

»Dich nach Hause bringen«, sage ich und reiche ihr die Hand. »Die Gefahr ist vorbei. Bist du in Ordnung?«

Sie steht auf, und rein professionell wandert mein Blick ihren Körper entlang und sucht nach Anzeichen für Verletzungen. Dabei entgeht mir nicht, wie verdammt gut in Form diese Frau ist und wie unglaublich attraktiv sie ist. Bis ich in ihren Haaren Blätter, Sand und eine klebrige Substanz entdecke.

»Mir fehlt nichts«, sagt sie zu meiner Erleichterung.

»Und das da am Bein?« Ich zeige auf einen dunklen Fleck an ihrem Oberschenkel, der sich unter dem Stoff ihrer Shorts abzeichnet.

»Das ist nichts, ich –« Sie hebt vorsichtig das Hosenbein, wird blasser und muss sich wieder setzen. »Oh Mist!«

»Darf ich?«, frage ich und begutachte die kleine Wunde. »Du kannst kein Blut sehen?«

»Keinen einzigen Tropfen«, gibt sie erfrischend ehrlich zu.

»Dann schau mich an!«, sage ich, nicht weil ich mich für besonders bewundernswert halte, sondern weil ich ihr einen Punkt geben will, den sie fixieren kann.

»Das ist nicht hilfreich«, sagt sie, lässt ihren Blick aber dennoch auf mich gerichtet, was ich warm auf meiner Haut spüre.

»Warum nicht?«, frage ich, damit sie weiterredet, während ich die Stelle vorsichtig mit einem Taschentuch abtupfe, das ich immer dabeihabe, und erleichtert feststelle, dass es lediglich ein oberflächlicher Kratzer ist.

»Mit deinen Muskeln, den Tattoos und den kurzen Haaren siehst du total finster aus. Nicht unbedingt der Traum einer jeden Schwiegermutter«, erklärt sie.

Ist sie mir deshalb immer aus dem Weg gegangen, wenn sich unsere Wege bei Jason oder Wade gekreuzt haben? »Ein Glück, dass ich nicht auf Schwiegermütter stehe, sondern auf deren Töchter«, antworte ich mit einem Zwinkern.

»Ist das irgendeine Art Anmache?«, gibt sie zurück.

Ich bin gekränkt. »Das war bloß eine nette Unterhaltung«, sage ich und schiebe ihr Hosenbein vorsichtig wieder tiefer. »Ich stehe nicht auf Blondinen.« Beziehungsweise nicht auf Playmates mit künstlichen Brüsten und gefärbten Haaren. Aber ich gebe mir keine Mühe richtigzustellen, dass natürliche Schönheiten wie sie davon ausgenommen sind. Sie soll sich nicht von mir bedrängt fühlen.

»Mmh«, macht sie nur.

»Kannst du gehen?«, überspiele ich die plötzlich angespannte Stimmung.

»Ist es denn wirklich sicher?«, fragt sie.

Ein Hubschrauber kreist über uns, was bedeutet, dass der Luftraum frei und die Drohne weg sein muss. Ich nicke.

Ava rappelt sich auf, strauchelt jedoch bei den ersten Schritten.

»Langsam!«, sage ich, fange sie auf und nehme ihr den Rucksack ab.

»Das ist nicht unbedingt meine Königsdisziplin.«

»Ich kann dich auch tragen«, biete ich an, bin aber nicht sonderlich überrascht, als sie mit einem Augenrollen antwortet und den Abstand wahrt. »Gut, ich trag dich nicht.«

Gemeinsam gehen wir zurück zur Ostseite des Stadions, wo sich die Einsatzkräfte nach wie vor um die Opfer kümmern – und wo die Parkplätze sind. Und ich bin froh, dass sie den ersten Schock überwunden hat.

Gerade wird eine weitere Person zu den Sanitätern gebracht, mit einer Platzwunde am Kopf, die – wenn ich die Körpersprache der Helfer richtig deute – harmlos ist. Ava sieht es ebenfalls.

»Oh Gott«, keucht sie und wird wieder blasser.

»Nicht hingucken!«, sage ich ihr.

»Wo soll ich denn dann hinsehen? Wieder zu dir?«

Keine Spur gekränkt ziehe ich sie an mich, wobei mir der blumige Duft ihres Shampoos in die Nase steigt. Ich reibe über ihren Rücken, spüre ihre verschwitzte Haut, und eine tiefe Ruhe erfasst mich. Obwohl mir bis eben gar nicht klar war, wie aufgeputscht auch ich war.

»Ähm, Tyler, was tust du da?«, knurrt sie an meiner Brust.

Ich verstärke meinen Griff. »Dafür sorgen, dass dir nicht schlecht wird.«

»Und du bist dir sicher, dass du nicht auf mich stehst? Denn das hier, das fühlt sich irgendwie so an.«

»Bin ich«, sage ich. »Ich helf dir nur. So wie es Jason und die anderen wollten.«

»Na dann!« Zu meiner Überraschung legt sie ihre Arme nun umgekehrt auch um mich, und die Wärme unserer Körper verbindet sich. Um uns herum jaulen Sirenen und blinken Lichter. Durchsagen über Funk kommen von allen Seiten und vermischen sich mit den hektischen Berichten einer ganzen Wand aus Fernsehreportern. Und ich habe das Gefühl, dass hier etwas Großes passiert. Etwas, mit dem keiner von uns gerechnet hat. Etwas, das alles verändert.

Bis wir unterbrochen werden.

»Ava! Bin ich froh, dich zu sehen«, ruft ein Typ mit hellem, welligem Haar und kommt angejoggt. »Geht es dir gut?«

Als wäre ich toxisch, lässt Ava mich los, und mir gefällt nicht, wie sie den anderen Kerl anschaut. Ganz anders als mich. *Glücklich.*

Was ist nur los mit dir, Knight? Freu dich für sie!

Aber stattdessen ist da ein anderes Gefühl.

Eifersucht.

2. KAPITEL

Ava

Cole!

Erleichterung durchflutet mich. Denn ihn zu sehen ist so, als würde das Leben, das ich kenne, wieder weitergehen. Ein Leben ohne Gewalt. Ohne Angst. Und ohne Tyler und diese verwirrenden Gefühle, die dieser Mann in mir ausgelöst hat.

Noch einmal mustere ich den besten Freund von Jason und Wade. Denjenigen, der darauf besteht, dass sie immer zusammen surfen gehen. Der Sicherheitsfanatiker. Dem ich bisher aus dem Weg gegangen bin und den ich nur im Vorbeigehen kenne.

Er ist groß und durchtrainiert. Als wäre sein Körper eine Waffe. Unter seinem Shirt zeichnen sich Tattoos ab. Und dieser kurze Haarschnitt schmeichelt ihm nicht unbedingt.

Ein finsterer Typ …

Ich bin nicht stolz darauf, ihn so genannt zu haben, aber es ist treffend. Das müsste er eigentlich wissen.

Doch dann ist da sein Blick! Aus warmen braunen Augen mit grauen Sprenkeln, die eine beruhigende Wirkung auf mich haben.

Außerdem riecht der Kerl gut. Obwohl er gerade richtig gesprintet ist und schwitzt. Keine Ahnung, wie er das anstellt. Ich bin ohne Deo verloren.

Und … ich würde es niemals vor ihm zugeben … ich fühle mich bei ihm sicher. Was verrückt ist, denn wir kennen uns kaum.

Aber er ist hier, weil Jason ihn darum gebeten hat, erinnere ich mich. *Denn er steht nicht auf Blondinen.*

Ich schüttele all diese seltsamen Gefühle ab und gehe Cole entgegen, der einen verbundenen Arm hat. Und plötzlich wird mir klar, wie knapp wir beide einem größeren Unglück entgangen sind, und alles bricht über mir zusammen.

»Du bist verletzt«, schluchze ich und falle ihm um den Hals. »Ich dachte, du wärst tot.«

»Mir geht es gut, Ava.« Er umarmt mich, aber es fühlt sich anders an als bei Tyler. »Und dir?«, fragt er.

»Mir auch«, sage ich mit zitternder Stimme. »Und die anderen?« Ich meine die Hochspringer, die gerade gestartet sind, als ich losmusste.

Cole schüttelt nur den Kopf.

Sie sind tot?

»Oh mein Gott!«, hauche ich.

Mein Herz rast wie verrückt, meine Hände kribbeln, und eine weitere Schockwelle macht meine Knie weich. Und dann küsse ich Cole. Ich muss einfach. Wir haben überlebt! Andere nicht. Der Tag ist schrecklich, aber wir hatten Glück!

Doch Cole geht nicht auf den Kuss ein, und ich weiche beschämt zurück. »Entschuldige. Das war unpassend von mir.«

»Unsinn!«, erwidert Cole. »Das war perfekt.«

Echt? »Also bleibt es bei morgen?« Ich würde verstehen, wenn wir unser Date verschieben. Eine Katastrophe ist nicht unbedingt der beste Ausgangspunkt für eine neue Beziehung.

»Auf jeden Fall«, sagt Cole jedoch. »Wenn du auch willst?«

»Will ich«, sage ich. *Damit all das Chaos wenigstens etwas Gutes hat.*

»Soll ich dich irgendwo hinbringen?«, fragt er nun ganz Gentleman.

»Ich übernehme das«, meldet sich in dem Augenblick die dunkle Stimme von einem Mann, den ich beinahe vergessen hätte. Und sie sorgt für einen wohligen Schauer auf meinem Rücken und ein Gefühl der Sicherheit.

Ich löse mich von Cole, drehe mich zu Tyler und ermahne mich, dass er nur hier ist, weil er sich dazu verpflichtet fühlt. »Du musst dich nicht länger um mich kümmern. Die Gefahr ist vorbei. Ich komme klar.« *Irgendwie.*

»Nichts für ungut, aber das kann ich besser einschätzen als du. Also: Wo steht dein Wagen?« Abwartend sieht er mich an. Und ich könnte schwören, er denkt so was wie: ›Blondinen! Machen einem das Leben schwerer, als es ist.‹

»Okay, ich verabschiede mich bloß noch«, gebe ich nach und wende mich an Cole, der etwas nervös lacht.

»Ich dachte, du hast keinen Freund«, sagt er.

»Hab ich auch nicht«, antworte ich. »Tyler ist der Freund vom Freund meiner besten Freundin. Keine Konkurrenz.«

»Du siehst nicht, wie er mich anschaut.«

Irritiert drehe ich mich zu Tyler um, der tut, als hätte er keine Ahnung, wovon Cole spricht. Also lasse ich es gut sein. »Wir sehen uns morgen«, sage ich zu Cole. »Pass auf dich auf!«

»Du auch auf dich, Ava. Bis dann!«

Auf dem Weg zu meinem Wagen kommen wir an Zelten vorbei, in denen immer noch Verletzte behandelt werden. Ein paar Meter entfernt wird gerade ein Leichensack verschlossen. Ein Forensikteam des FBI trifft ein. Als wären nicht genug Beamte vor Ort! Und ich bin froh, Tyler an meiner Seite zu haben, der meinen Rucksack trägt und mich wie ein stummer Wächter begleitet.

»Knight«, grüßt einer der Ermittler Tyler im Vorbeigehen.

»Campbell«, antwortet Tyler ebenso knapp.

»Haben sie denjenigen, der das getan hat?«, frage ich.

Tyler zögert, als würde er überlegen, welche Antwort am besten ist.

»Also nicht«, ziehe ich selbst meine Schlüsse.

»Nein«, sagt er und zeigt zum Himmel, wo die Hubschrauber kreisen. »Sie suchen im Fünf-Meilen-Radius. Parallel dazu sichert das Forensikteam die Einschlagstelle. Die Munition ist ein erster Schritt, um aufzuklären, was heute passiert ist.«

Ein plötzliches Geräusch über uns lässt mich heftig zusammenzucken.

»Nur Tauben«, beruhigt mich Tyler.

»Ich weiß«, antworte ich.

Keine fünf Sekunden später folgt ein zweiter Schwarm, und ich zucke erneut zusammen.

Verdammt!

Wortlos legt mir Tyler seine Hand auf den Rücken. Ich vermute, das macht er in seinem Job ständig. So kann er seine Schützlinge bei Gefahr blitzschnell aus der Schusslinie bringen. *Nur Routine, das hat nichts zu bedeuten*, ermahne ich mich. Aber diese kleine Geste stellt verrückte Dinge mit mir an. Und wieder fühle ich mich sicher.

Auf den Parkplätzen bleibe ich bei einem Ford stehen.

»Das ist mein Wagen«, sage ich, bediene die Zentralverriegelung, öffne die hintere Wagentür, nehme Tyler den Rucksack ab und werfe ihn achtlos auf den Rücksitz.

»Soll ich fahren?«, fragt er.

»Musst du nicht.« Die Gefahr ist vorbei, und ich will einen Mann, der bloß seine Pflicht erfüllt, nicht länger als nötig belagern.

»Hast du einen Therapeuten?«, fragt er, stützt sich auf die Fahrertür und verhindert, dass ich einsteigen kann.

»Nein, wieso?«, frage ich irritiert. »Wirke ich auf dich durchgeknallt?«

»Im Gegenteil. Du wirkst auf mich gefasst«, sagt er und lächelt, was mich völlig umhaut, denn sein sonst so ernster Blick wird plötzlich weich. »Trotzdem solltest du mit jemandem über den Tag reden.«

Alles in mir will ihm sagen, wohin er sich seinen Rat stecken kann. Ich will nicht über den Tag reden. Aber sein Lächeln verändert etwas in mir. »Wenn du einen Therapeuten weißt, der sich mit solchen Fällen auskennt, gib mir den Namen. Ich überleg es mir. Wie klingt das?«

»Wie die richtige Entscheidung.« Tyler fischt eine Visitenkarte aus seiner Hosentasche, ergänzt etwas auf der Rückseite und reicht sie mir. »Hier. Sag Dr. Moreno, dass ich sie empfohlen habe. Dann bekommst du ohne Probleme einen Termin. Sie ist Traumaexpertin. Und vorne hast du die Nummer von *Personal Protection*. Dort arbeite ich. Meld dich, wenn du was brauchst, okay? Entweder ich bin selbst dran, oder ein Mitarbeiter stellt dich durch.«

Einen Kuss, denke ich mir plötzlich völlig überrumpelt und lasse meinen Blick zu Tylers Lippen wandern. *Ich brauche einen Kuss.* Ja, ich hatte gerade mit Cole das Vergnügen. Aber das war aus irgendeinem Grund nicht genug. Ich brauche noch einen richtigen, der jede Faser meines Körpers spüren lässt, dass ich noch am Leben bin. *Aber den wirst du nicht bekommen, Ava. Nicht von diesem Mann, für den du nur ein blondes Dummchen bist, das schnell laufen kann.*

»Ich hab alles«, sage ich, nehme mit einem Räuspern die Karte und setze mich in meinen Wagen. »Danke noch mal.«

»Gern geschehen«, antwortet er und schlägt die Tür von außen zu.

Wow, was für ein Tag!

Mit zittrigen Fingern umfasse ich das Lenkrad, und ich gebe vorsichtig Gas. Es fühlt sich merkwürdig an wegzufahren. Als wäre nichts gewesen. Aber das Leben geht weiter. Und erst jetzt fällt mir wieder ein, dass ich Termine habe. Und dass ich Rebecca versprochen hatte, nur eine Stunde zu bleiben. Sie wird noch gar nicht wissen, dass ich beim Anschlag dabei war. Ich muss mit ihr reden und klären, ob der Fernsehtermin heute Abend überhaupt stattfindet. Vielleicht wurde die Talkshow für eine Sondersendung verschoben? Hoffentlich, denn unter diesen Umständen fühlt es sich falsch an, über etwas derart Belangloses wie meinen Trainingsplan zu sprechen.

Ich schaue in den Rückspiegel, wie um sicherzugehen, dass ich das alles wirklich hinter mir lasse, und muss plötzlich lächeln.

Tyler steht noch auf dem Parkplatz. Groß, breitschultrig, ein bisschen Furcht einflößend. Mit der schusssicheren Weste und der Waffe im Schulterhalfter. Er sieht meinem Wagen hinterher. Und was auch immer das zu bedeuten hat: Ich fühle mich augenblicklich besser.

Tyler

Ich rede mir ein, dass ich Ava hinterherschaue, weil mir Jason sonst Stress macht. So fordernd wie vorhin hab ich ihn noch nie erlebt. Doch wenn ich ehrlich bin, dann tue ich das, weil ich das Bedürfnis habe, für sie da zu sein. Gerne würde ich mehr machen. Aber Ava war recht deutlich: Ich bin nicht der Typ Mann, auf den sie steht. Ihr Blick zu meinen Lippen hat das bestätigt. Sie hat mich angestarrt, als befürchtete sie, ich könnte sie beißen!

Hitze durchströmt mich.

Fuck! Wolltest du nicht genau das, Knight? Nur nicht, um ihr wehzutun, sondern um sie dazu zu bringen, nach mehr zu betteln!

Ich atme tief durch und verdränge die kleine Fantasie. Nein, Ava mag Männer wie Cole. Blonde, sportliche Schönlinge, die so zuckersüß zu einem sind, dass man Karies davon bekommen kann. *Schade!*

Sobald ihr Ford außer Sichtweite ist, gehe ich zu meinem Wagen und melde mich bei *Personal Protection.*

»Alles okay bei euch?«, fragt Daeven sofort.

»Alle gesund und munter«, vermelde ich.

»Freut mich. Kann ich sonst noch was tun?«

»Mir Bescheid geben, wenn sie den Mistkerl haben. Campbell war vor Ort, er wird dir Akteneinsicht gewähren.«

»Alles klar.«

Ich lege auf und melde mich als Nächstes bei Jason. Nüchtern, wie ich es in meinem Job gewohnt bin, berichte ich ihm, was vor Ort los war. Dass Ava sich versteckt und sie lediglich einen Kratzer hat. Etwas, das ich mehrmals wiederholen muss, als würde ich ›Kratzer‹ sagen, aber ›klaffende Wunde‹ meinen.

»Danke, Mann«, sagt er schließlich. »Ich geb das an die anderen weiter.«

»Jederzeit wieder. Wozu hat man Freunde?«

»Jederzeit?«, wiederholt er und hält dann inne.

Ich warte, doch er behält für sich, was ihm durch den Kopf geht. »Was ist noch los?«, hake ich nach. »Wenn ich helfen kann, mach ich das.«

»Also gut …« Er holt hörbar Luft. »Kannst du heute bei ihr bleiben?«

»Bei Ava?«, frage ich überrascht. »Sie wird das hassen.«

»Mir egal. Jemand sollte bei ihr sein. Chloe musste zu ihrem Yogakurs. Den konnte sie nicht ausfallen lassen. Und Lauren steckt bei Palo Alto im Stau. Es gab wohl einen Unfall.«

»Warum gehst du nicht?«, frage ich.

»Weil …« Er macht eine kleine Pause. »Ich würde Ava nur mit Wein abfüllen. Nicht besonders gewieft. Du bist von uns derjenige, der sich mit solchen krassen Sachen auskennt. Tu es einfach, Tyler!«

»Und da ist schon wieder dieser Befehlston«, kann ich mir nicht verkneifen.

»Sie ist wie Familie für mich.«

»Außerdem kriegst du Ärger mit Chloe, wenn du lockerlässt?«, rate ich.

»Ziemlichen. Also? Kannst du das machen?«

»Gut, schick mir ihre Adresse! Ich schau bei Ava vorbei und bleibe, bis einer von euch auftaucht.«

Ich klinge so, als würde ich Jason einen Gefallen tun. Aber in Wahrheit erweist er mir einen. Denn ich darf für diese besondere Frau da sein.

3. KAPITEL

Ava

Aua. Mir dröhnt der Kopf.

Die letzte halbe Stunde habe ich eine hysterische Rebecca beruhigt. *Man hätte meinen können, sie wäre vor Ort gewesen und nicht ich.* Ich habe ihr versichert, wie großartig es mir geht. Und sie war daraufhin erleichtert, denn die Talkrunde am Abend dreht sich nun nicht mehr um meine Trainingspläne, sondern um die Ereignisse im Stadion. Und sie würde im Studio Bescheid geben, dass ich wie angekündigt komme und dazu spreche. Ich war so überrumpelt, dass mir der Protest im Hals stecken geblieben ist. Und jetzt dröhnt mein Schädel.

»Geht es dir wirklich gut?«, erscheint in dem Moment die Nachricht von Chloe auf meinem Handy, als würde sie riechen, dass was nicht stimmt.

»Melde dich!«, kommt kurz darauf von Lauren.

Mit einem Seufzen öffne ich den Chat, lasse mich auf mein Bett fallen und beruhige auch sie.

Bloß, wer beruhigt mich?

Sobald Chloe und Lauren informiert sind, lehne ich mich zurück und starre die Zimmerdecke an. Die Kopfschmerzen wummern hinter meiner Stirn. Ich massiere mir die Schläfen, doch als das nichts bringt, stehe ich wieder auf und hole mir aus dem Bad eine Kopfschmerztablette.

Dabei wäre Valium wohl besser. Aber solche starken Medikamente besitze ich nicht.

Cole müsste mich verstehen, denke ich plötzlich. *Dass ich darauf nicht sofort gekommen bin!*

»Hast du einen Moment?«, tippe ich auf meinem Handy.

»Was ist los?«, fragt er.

»Kommst du mit allem klar?«

»Muss ich«, antwortet er. »Ich bin noch hier und warte bei den Schülern, bis sie von ihren Eltern abgeholt werden. Ich kann sie jetzt nicht alleine lassen.«

Aber mich konntest du gehen lassen!, schießt mir durch den Kopf. Im gleichen Moment fühle ich mich mies. Cole ist Lehrer, er trägt die Verantwortung für diese Kids.

»Kann ich helfen?«, frage ich. *Vielleicht geht es mir dann besser.*

»Sei einfach morgen mein Date. :)«

»Mehr nicht?« Mir wäre wirklich wohler, wenn ich was tun könnte.

»Mehr nicht.«

»Dann bis morgen«, tippe ich.

Ich starre erneut die Decke an und fühle mich völlig neben der Spur. Bis meine Gedanken Tyler streifen. Und kaum haben sie das getan, klammern sie sich an ihm fest. Als wäre er meine Rettung.

Der Mann hat vor Ort keine Miene verzogen, obwohl das auch für ihn ganz sicher kein Alltag war. Und ein Teil von mir wünscht sich, dass er sich nicht auf dem Parkplatz von mir verabschiedet hätte, sondern dass er jetzt hier wäre. Um sicherzugehen, dass es mir gut geht. Ich mag so überfürsorgliches Verhalten eigentlich nicht. Schließlich kann ich bestens auf mich alleine aufpassen. Aber bei ihm würde es mir gefallen.

Und dann könnte er mich küssen!

Wieder frage ich mich, wie das wohl wäre. Ich habe seinen sinnlichen Mund vor Augen, und ich stelle mir vor, wie sein warmer Blick sich in meinem versenkt, während seine Zunge mich erkundet, tief in mich eintaucht, mich verführt, mir den Atem raubt …

Seine Lippen sind ganz weich und verspielt, aber seine Hände berühren mich fest und fordernd, ziehen mich an seinen harten Körper und lassen mich spüren, wie erregt er ist. Ich wehre mich ein bisschen, und er lässt mich. Doch wir beide wissen, dass ich gegen ihn keine Chance habe. Und genau das gefällt mir.

»Oh ja, Ty«, seufze ich und genieße die Hitze, die durch meinen Körper jagt. Hitze, die dafür sorgt, dass ich mich plötzlich lebendig fühle. Hitze, die ich brauche wie die Luft zum Atmen.

Normalerweise verabrede ich mich mit Männern zu ein paar Dates. Wir küssen uns, schlafen miteinander, und ich hoffe, daraus wird die große Liebe. Aber nichts an meinem Leben ist gerade normal. Und ich werde unglaublich feucht und wimmere leise, weil ich mich so danach verzehre, von Tyler berührt zu werden.

Langsam lasse ich eine Hand unter den Slip gleiten, erreiche meine Klit und seufze.

Ja, das ist besser!

In dem Moment klingelt es an der Tür. Und als ich nicht schnell genug reagiere, gleich darauf noch mal.

Ertappt ziehe ich die Hand aus der Hose, wasche mir die Hände und eile zur Tür. »Ja?«, frage ich durch die Gegensprechanlage und sehe über die Kamera Tyler.

»Kann ich raufkommen?«

»Ähm … klar.«

Ich drücke auf den Summer, und Sekunden später steht Tyler vor mir. In voller Montur, mit schusssicherer Weste, seiner Waffe und seinen Tattoos. Der Mann, wegen dem ich gerade die Finger in meinem Höschen hatte. Der Mann, der mich heute gerettet hat. Und der Mann, der nicht mein Typ ist. *Eigentlich.*

»Wer hat dir meine Adresse gegeben, und was willst du hier?«, frage ich.

»Jason. Weil sich alle Sorgen machen«, sagt er.

Du auch?, liegt mir auf der Zunge. Aber ich verkneife es mir und weiche zur Seite. »Na dann! Willkommen bei mir zu Hause!«

Tyler

Ava könnte sich locker ein Penthouse leisten. Umso überraschter bin ich, dass ihr Apartment nur drei Räume hat. Ein großes Wohnzimmer mit angrenzender Küche, einen Sportraum und ein Schlafzimmer.

Sofort überprüfe ich die Sicherheitsvorkehrungen und bin erleichtert, dass sie eine Anlage installiert hat, die auch *Personal Protection* den Kunden empfiehlt. Dann fällt mein Blick auf Zeitschriften, leere Gläser, Nagellackfläschchen auf dem Couchtisch. Und ich fühle mich wie ein Eindringling in eine Welt, in der ich nichts verloren habe.

Danke, Jason!

»Ist es okay, wenn ich mir den Sessel nehme?«, frage ich.

»Weil du von dort den Raum überblicken kannst?«

»Berufskrankheit«, murmele ich.

»Bitte, tu dir keinen Zwang an.«

Ich setze mich, Ava bleibt jedoch unschlüssig stehen. »Ähm … möchtest du was essen? Trinken? Ich kann dir auch zeigen, wie der Fernseher angeht, oder –«

»Stopp, Ava!«, unterbreche ich sie. »Du musst mich nicht bedienen. Wenn du möchtest, können wir über den Nachmittag reden. Ansonsten: Ignorier mich und mach einfach dort weiter, wo du gerade aufgehört hast.«

»Wo ich …?« Verlegen faltet sie ihre Hände. »Ähm, das kann ich jetzt nicht mehr. Also?«

Hat sie es sich gerade selbst gegönnt, als ich sie unterbrochen habe? Ich mustere sie eindringlich.

Ja, hat sie! Vermutlich in Gedanken an Cole, diesen Flachwichser.

Langsam lasse ich meinen Blick über ihren Körper wandern und wünschte, ich könnte zu Ende führen, was sie begonnen hat. Sie muss immer noch feucht zwischen den Beinen sein. *Feucht und heiß.* Und es kostet mich alles, nicht weiter darüber nachzudenken. Das Letzte, was ich gerade gebrauchen kann, ist ein Ständer.

»Dann hätte ich jetzt doch gerne ein Wasser«, sage ich, um die Situation zu entspannen. Dabei könnte ich mir das auch selbst holen.

Erleichtert eilt Ava in die Küche, holt ein Glas aus dem Schrank, gießt Wasser ein und kommt zurück.

»Hier, bitte!« Sie reicht es mir, und unsere Fingerspitzen berühren sich. Dabei zuckt sie leicht zusammen, als hätte sie sich verbrannt, und Wasser schwappt auf mein Shirt. »Oh, entschuldige!«

»Ist nicht schlimm«, sage ich.

»War wirklich keine Absicht«, beteuert sie.

»Glaubst du, dass ich dich wegen drei Tropfen Wasser übers Knie lege?«, antworte ich amüsiert.

»Ich … Natürlich nicht!« Sie fährt sich übers Gesicht und wirkt plötzlich wie erschlagen.

»Du solltest dich ausruhen«, sage ich und grinse. »Wenn du dort weitermachen willst, wo du aufgehört hast, setz ich mir Kopfhörer auf.«

»Ha, ha,«, faucht sie. »Mach dich ruhig lustig darüber! Das Ganze ist mir ja nicht peinlich genug.«

»Ich versuche nur zu helfen.«

»Hat dir schon mal jemand gesagt, dass du darin unglaublich mies bist?«

»Du bist die Erste.«

»Na, ich Glückspilz!«, schnaubt sie.

Es ist offensichtlich, dass sie mich nicht hierhaben will. Aber sie weiß, dass sie mich auch nicht vor die Tür setzen kann.

Um ihr Raum zu geben, hole ich mein Handy raus und lese mir die Nachrichten zum Anschlag durch. Und es dauert nicht lange, da schnappt sie sich eine Zeitschrift und macht es sich auf dem Sofa gemütlich.

Aus dem Augenwinkel beobachte ich sie. Erst liest sie Seite für Seite, dann starrt sie Löcher in die Luft und ist mit ihren Gedanken ganz woanders. Im Stadion, wenn ich raten müsste.

»Es wird besser«, durchbreche ich die Stille.

Irritiert sieht Ava mich an.

»Im ersten Moment fühlt es sich surreal an. Man kennt solche Szenen aus Filmen oder dem Fernsehen. Und plötzlich sind sie echt. Man geht die Ereignisse durch und fragt sich, ob man etwas hätte anders machen können, richtig? Was wäre gewesen, wenn man schneller bemerkt hätte, was los ist? Hätte man jemanden warnen können? Wäre niemand gestorben?«

Sie nickt unmerklich.

»Nach der Schuld kommt das Gefühl von Euphorie. Man will sich gar nicht freuen. Aber man hat es überlebt und will am liebsten eine Party nach der anderen schmeißen.«

Sie wird wieder rot, als würde sie an ihren kleinen Partymoment denken, den sie hatte, bevor ich aufgetaucht bin. Was ich sexy finde, allerdings unkommentiert lasse. Auch wenn sie das nicht glaubt: Ich weiß, was sich gehört.

»Und dann ist da die Angst, dass es sich wiederholen könnte«, sage ich.

»Wie bekämpft man die?«, fragt sie leise.

»Gar nicht. Angst ist wichtig. Sie macht einen beim nächsten Mal aufmerksamer.«

Nachdenklich verzieht sie den Mund. »Hattest du vorhin Angst?«

»Ja«, gebe ich zu. »Du hättest schwer verletzt sein können. Oder tot.« Ich grinse frech. »Dann hätte ich nie wieder mit Jason und Wade surfen dürfen. Stell dir das mal vor!«

Ein Lächeln breitet sich auf ihren Lippen aus. Und plötzlich will ich, dass sie immer so lächelt. *Mich* immer so anlächelt.

»Hast du so was schon öfter erlebt?«, fragt sie.

Ich nicke. »Ich war fünf Jahre beim Militär, bevor ich zu *Personal Protection* gewechselt bin.«

»Und du erinnerst dich an jeden Einsatz?«

Bilder kommen hoch, manche schrecklicher, andere erträglicher, und ich lasse sie einfach zu. Sie sind ein Teil meiner Geschichte, haben mich zu dem Mann gemacht, der ich heute bin. »Ja, an jeden einzelnen«, sage ich und bin selbst überrascht, dass ich mit ihr über diese Zeit spreche. Sonst rede ich nicht mal mit Jason oder Wade darüber.

»Auch an den ersten?«

»Den besonders.«

»Erzähl mir davon.« Sie zwinkert keck. »Wenn du das darfst.«

Als wäre ich ein Geheimagent! Trotz des ernsten Themas muss ich schmunzeln. »Ich war gerade erst im Camp angekommen, und gleich am nächsten Tag wurden wir zu den Waffen gerufen. Ein Konvoi brauchte Begleitschutz. Also fuhren wir los.«

»Gab es Hinweise, dass was passieren kann?«

»Die gab es immer«, sage ich. »Wir kamen nur langsam voran, mussten ständig Stopps einlegen und Barrikaden von den Straßen räumen. Und an einer traf plötzlich etwas einen der Wagen. Der explodierte.«

»Oh mein Gott!«, haucht Ava entsetzt. »Wie ist das passiert?«

Ich zögere. Das ist kein Thema für eine Unterhaltung an einem Tag wie heute. Doch sie wartet auf eine Antwort. »Eine Mine mit Fernzünder«, sage ich daher.

»Gab es viele Opfer?«

»Vier Tote. Sie saßen im ersten Wagen. Und es gab Verletzte.«

»Wurdest du auch –?« Sie bricht ab, weil sie nicht unsensibel sein will. Aber wenn es ihr hilft, erzähle ich ihr von jedem einzelnen Einsatz, der in meiner Karriere schiefgegangen ist.

»Ja, mich hat ein Trümmerteil getroffen.« Ich zeige auf meinen tätowierten Unterarm und das Motiv eines Autounfalls.

Sie beugt sich vom Sofa zu mir und fährt mit dem Daumen über die Stelle. Und ich halte den Atem an, weil die Berührung kleine Stromstöße aussendet und für ein Prickeln in meinem Schritt sorgt. Als würde jemand rufen: ›Achtung, bereithalten, Soldat! Gleich kommt dein Einsatz!‹

Fasziniert wandert sie mit ihren Fingern über weitere Tattoos, was so ziemlich die schlimmste Folter ist, der ich je ausgesetzt war. Und gleichzeitig die beste. Bis sie plötzlich ihre Hand zurückzieht und mich ansieht, als wüsste sie selbst nicht, was sie eben getan hat.

Schade!

»Wie ging es dir danach?«, fragt sie.

»Ich hatte Albträume. Es ist eine Sache, für den Krieg zu trainieren, aber etwas ganz anderes, mittendrin zu sein. Mit der Zeit ist es besser geworden.«

»Weil du dich an die Gewalt gewöhnt hast?«

»Nein, weil ich mit Leuten darüber geredet habe.«

»Mir ist, als würde es das schlimmer machen.«

»Hast du mit Chloe und Lauren gesprochen?«

»Nein, nur mit Rebecca, meiner Managerin.«

»Das ist ein Anfang«, sage ich.

»Ach ja?«

»Du musst dich dem stellen. Stück für Stück. Dann wird es besser. Vertrau mir.« Ich bin kein Therapeut, aber das habe ich aus den psychologischen Gesprächen mitgenommen, die ich nach jedem Einsatz hatte.

In dem Moment klingelt Avas Handywecker. Sie schaltet ihn aus, erhebt sich aus dem Sessel und setzt ein falsches Lächeln auf. »Na, dann fange ich mal damit an.«

»Was genau meinst du?«

»Ich muss zu CBS. Um der ganzen Welt zu erzählen, was heute passiert ist«, antwortet sie wie beiläufig.

»Warte! Was?!« Sie will mit ihrem Rucksack über der Schulter die Wohnung verlassen, doch ich packe sie am Arm und halte sie auf. Sie sollte zu Hause bleiben, den Abend im Kreis ihrer Freunde verbringen, sich ein warmes Bad gönnen. Nicht sich vor eine Kamera stellen und all den Scheiß noch mal vor aller Augen durchmachen. »Sag ab!«, rufe ich.

»Vertrag ist Vertrag«, erwidert sie. »Ich schaff das schon. Begleite mich einfach zum Studio. Rebecca wartet dort auf mich. Chloe, Lauren und die anderen wollten eventuell nachkommen. Und du kannst dann gehen.«

Ich will mich mit ihr streiten.

Und mit ihrer Managerin.

Und den Fernsehfuzzis, die Ava ausnutzen.

Und mit ihren Freunden, von denen offensichtlich keiner auf die Idee gekommen ist, ihr das auszureden. Aber ich weiß, wann ich einen Kampf gewinnen kann und wann nicht. Und dieser hier, gegen die Leute, denen Ava vertraut, ist aussichtslos.

»Fahr langsam, damit ich dir mit meinem Wagen folgen kann«, knurre ich nur und gebe sie frei.

»Mach ich«, sagt sie. »Danke.« Und dann schenkt sie mir wieder dieses Lächeln, für das ich alles tun würde.

Fuck, ich bin am Arsch.

Und es ist das schönste Gefühl, das ich jemals hatte.

4. KAPITEL

Ava

»Schätzchen, ich lass dich nie wieder länger als nötig irgendwo bleiben«, begrüßt mich Rebecca, nachdem ein Studiomitarbeiter Tyler und mich zum Aufnahmeraum geführt hat. Sie fällt mir um den Hals und erdrückt mich fast. »Ich hatte deinetwegen multiple Herzinfarkte!«

»Es geht mir gut«, wiederhole ich mein Mantra des Tages und winde mich in ihrem Klammergriff. »Es sei denn, du zerquetschst mich!«

»Ups!« Sofort lässt sie mich los und mustert nun neugierig meine Begleitung. »Was ist mit deinem Sportlehrer passiert? Und wer ist dieses Prachtexemplar von Mann?«

»Jemand, der dich hören kann. Also beherrsch dich!«, sage ich. »Das ist Tyler, ein Freund von Jason und Wade. Er war vor Ort und hat mich da rausgeholt.«

»Sexy, sexy«, murmelt sie.

»Seit wann stehst du auf solche Typen?!«

»Wer nicht?«, flüstert sie mir zu. »Der strahlt so viel Testosteron aus, dass mein Höschen sich freiwillig verzieht, um ihm Platz zu machen.«

»Also, ich mag die netten Jungs.« Dass mich dieser Mann so durcheinanderbringt, muss an den Umständen liegen.

»Ich auch. Genau wie Abenteuer. Und dieser Kerl ist eines, das ich mir an deiner Stelle nicht entgehen lassen würde.«

Vorsichtig sehe ich zu Tyler, und obwohl wir geflüstert haben, könnte ich schwören, er hat jedes Wort verstanden. *Wie peinlich!* »Hör auf damit«, zische ich Rebecca zu.

»Erst wenn du zugibst, dass du ihn auch ein klitzekleines bisschen heiß findest. Komm schon, Ava! Dieser furchtbare Tag muss doch seine guten Seiten haben.«

Meine Wangen färben sich verräterisch rot.

»Ha!«, macht sie nur.

»Ich hab nichts gesagt.«

»Das ist auch nicht nötig.«

Nervös sehe ich mich um. Das Studio ist viel kleiner, als es im Fernsehen wirkt. Das kommt bestimmt von den Weitwinkelkameras. Vor einer Wand mit der Skyline von San Francisco sind Sofas und ein Tisch aufgestellt. Kameras, Mikrofone und Lampen stehen herum. Ich entdecke ein Mischpult für den Tontechniker. Und vor zwei in den Boden eingelassenen Bildschirmen gibt es eine Stuhlreihe, wahrscheinlich für die Aufnahmeleitung und die Regie.

»Können wir mit der Maske anfangen?«, fragt eine zierliche Frau mit jeder Menge Modeschmuck meine Managerin.

»Können wir«, antworte ich anstelle von Rebecca. Das ist nicht mein erstes Interview. Ich schaffe das. »Wohin soll ich mich setzen?«

»Gleich hier«, sagt die Frau, die sich als Leila vorstellt, und rückt einen Stuhl zurecht.

Ich nehme Platz und schließe die Augen, damit sie kleinere Hautunebenheiten abdecken kann. Dabei frage ich mich, was ich hier eigentlich tue. Ja, es geht mir gut. Aber das liegt vermutlich daran, dass ich unter Schock stehe. Man merkt nicht, dass man verletzt ist. Und macht deshalb verrückte Dinge.

Wie diesem Interview zuzustimmen …

Oder in Gedanken an einen gewissen sexy Kerl zu masturbieren!

»Da ist sie!«, reißt mich die Stimme von Chloe aus meinem Tief.

»Zur Seite!«, ruft Lauren der Visagistin zu.

Leila kann gerade noch zurückweichen, da fällt mir Chloe um den Hals, und Lauren legt von hinten die Arme um mich und drückt mir Küsse auf den Scheitel. Und ein aufgeregtes Bellen und das Glucksen eines Kindes sagen mir, dass alle anderen nun auch eingetroffen sind. Jason mit Chloes und seiner Tochter Olivia. Und Wade mit Laurens und seinem Labrador-Mischling Emma.

Tränen sammeln sich in meinen Augen, die ich hastig wegblinzele, um Leilas Arbeit nicht zu zerstören. Normalerweise bin ich nicht so emotional. Aber sie alle zu sehen macht mir erst klar, dass das Leben normal weitergeht.

»Ihr seid in Ordnung?«, frage ich.

»Ich hab's im Fernsehen gesehen«, sagt Chloe. »In einem Moment freue ich mich wie verrückt, dich im Hintergrund der Aufnahmen zu entdecken. Im nächsten zeigen sie den Stabhochsprung, und alles geht drunter und drüber.«

»Oh Gott«, hauche ich. So was live übertragen zu sehen muss fast genauso traumatisierend sein, wie vor Ort dabei gewesen zu sein.

»Mir hat es Wade gesagt«, erzählt Lauren. »Ich war in Stanford, weil ich überlege, meine Trainerlizenz zu machen, als Trevor mir mein Handy gereicht hat. Jemand würde ständig anrufen.« Sie schluckt. »Und ich wusste sofort, dass irgendwas passiert ist. Schon wieder.«

Es tut mir so leid für die beiden. Das hier muss schlechte Erinnerungen wecken. Chloe hat mit ihrem damaligen Freund gerade telefoniert, als der einen tödlichen Fahrradunfall hatte. Und Lauren hat ihr Baby verloren – und auch beinahe den Mann, den sie liebt.

»Es geht mir gut«, sage ich, was ich ihnen schon per WhatsApp geschrieben habe. Sie haben mit etwas Schrecklichem klarkommen müssen. *Und was ist mir passiert? Ich hab nichts bis auf eine kleine Schramme am Bein.*

Nichts?, meldet sich eine leise, aber stetig lauter werdende Stimme in meinem Kopf. *Du hättest heute sterben können, Ava.*

»Es geht mir wirklich gut«, wiederhole ich beinahe dickköpfig und konzentriere mich auf das, was getan werden muss. »Ähm … könnt ihr die Visagistin wieder ranlassen?«, bitte ich meine Freundinnen.

»Klar«, meint Chloe und tauscht einen Blick mit Lauren aus.

»Schön, dass du noch die Alte bist«, sagt die.

Ich lächele falsch, denn ich bin mir da nicht mehr so sicher.

Tyler

»Danke, Mann«, sagt Jason, kommt mit seiner Tochter im Arm zu mir und schlägt mir kumpelhaft auf den Rücken, während ich Ava nicht aus den Augen lasse. Jason folgt meinem Blick. »Nicht auszudenken, wenn ihr was passiert wäre. Alles wäre anders.«

»Gern geschehen«, sage ich und verkneife mir, ihn darauf hinzuweisen, dass es das schon jetzt ist. Ich mag Ava nicht so lange kennen wie die anderen, aber ich kann ein echtes von einem falschen Lächeln unterscheiden. Und das, was sie gerade ihren Freundinnen zugeworfen hat, war so falsch wie Damenhandtaschen, auf denen ›Channel‹ statt ›Chanel‹ steht. Ich hatte vor meinem ersten Einsatz ein hartes Training, das mich auf Gewalt und Terror vorbereitet hat. Ava hatte das nicht. Und ich mache mir Sorgen um sie.

»Weiß man schon mehr zu den Hintergründen?«, fragt Jason.

»Noch nicht. Die Ermittlungen laufen.«

»Im Fernsehen hieß es, es könnten Terroristen gewesen sein«, sagt Wade.

»Unwahrscheinlich«, antworte ich. »Ist nur eine gute Schlagzeile.«

»Jetzt werden wieder alle gegen Schusswaffen protestieren«, murmelt er.

»Sollten sie auch«, sage ich, was mir irritierte Seitenblicke einbringt.

»Du hast wie viele Waffen?«, fragt Jason.

»Vierzehn«, gebe ich zurück. »Berufsbedingt. Und ich muss in Tests regelmäßig den ordnungsgemäßen Umgang nachweisen. Aber warum jeder Amerikaner eine Waffe braucht, erschließt sich mir nicht. Als wären wir im Krieg!«

»Fuck, immer diese Verrückten, die durchdrehen«, murmelt Wade.

Ich schweige, denn ich halte das Szenario für ziemlich unwahrscheinlich. Jemand, der eine Drohne benutzt hat, der ist nicht durchgedreht. Der wollte gezielt töten.

»Sagst du uns Bescheid, wenn sie den Mistkerl haben?«, fragt Jason.

»Mach ich«, verspreche ich.

Ava wird für den Probelauf aufgerufen, und instinktiv folge ich ihr durchs Studio. Auf ein Zeichen betritt sie winkend die Bühne und schüttelt Billy Sanders, dem Moderator, die Hand. Ich höre nicht, worüber sie reden, aber Sanders zeigt erst zur frontalen und dann zu einer seitlichen Kamera, woraufhin sie nickt zum Zeichen, dass sie verstanden hat. Sie wirkt gefasst auf mich, beinahe zu gefasst in Anbetracht der Umstände. Und sobald die Probe vorbei ist, schließe ich wieder zu ihr auf.

»Warum bist du eigentlich noch hier?«, fragt sie plötzlich heftiger als angebracht. *Fuck! Ich hatte glatt vergessen, dass wir keine Freunde sind.*

»Keine Sorge. Bin schon weg«, sage ich, um ihr Aufregung zu ersparen.

»Tyler, ich wollte damit nicht andeuten, dass –«

»Lass es, Ava!«, schneide ich ihr das Wort ab und schwenke mein Handy. »Falls mich jemand sucht: Ich bin draußen. Telefonieren.« Um zu erfahren, ob sie den Täter mittlerweile haben. *Das halbe FBI fahndet nach dem Mistkerl. Warum dauert das so lange?* Langsam kriege ich ein mieses Gefühl bei der Sache.

5. KAPITEL

Ava

Verdammt! Tyler hat mich völlig falsch verstanden. Mir macht Angst, was passiert ist und was das mit mir anstellt. Er selbst sorgt dagegen dafür, dass ich nicht durchdrehe.

Ich will ihm nachgehen, um das Missverständnis richtigzustellen, als Lauren mich abfängt. »Läuft was zwischen euch?«, fragt sie.

»Quatsch«, streite ich ab.

»Ich fände es gut, wenn es so wäre.«

»Da ist aber nichts. Er mag keine Blondinen.« Und offensichtlich hat er seine Chance genutzt, um abzuhauen. *Er muss telefonieren? Was für eine billige Ausrede!*

»Sein Blick eben hat was anderes gesagt«, meint Lauren.

»Er hat nur Schiss, dass Jason ihn aus der Surfgruppe wirft und sie keine mehr Freunde sind.«

»Warum steht er dann dort hinten und ist nicht draußen?«

Ich drehe mich um, und da ist er. *Wie seltsam!* »Besserer Empfang«, vermute ich.

Ich gehe in die Garderobe und ziehe die Sachen an, die mir Rebecca für den Auftritt rausgelegt hat: eine lässig geschnittene Sporthose mit Cargotaschen an den Seiten, die an die Neunzigerjahre erinnert, ein bauchfreier Hoodie, Sneaker und Schmuck.

»Okay?«, hakt Rebecca nach.

»Sicher«, sage ich und mustere mich im Spiegel, bis mich ein surrendes Geräusch erstarren lässt. »Verdammt, was ist das?!«, rufe ich.

»Was meinst du?«, fragt sie.

»Das Summen!« *Das bilde ich mir doch nicht ein.*

»Da, eine Kamera«, sagt sie und zeigt auf ein Gerät über uns.

Instinktiv gehe ich in Deckung. »Befestigt an einer Drohne?!« Meine Stimme erreicht Höhen, die jeden Sänger vor Neid erblassen lassen würden. »Soll das ein Witz sein?!«

»Damit drehen wir unsere Backstage-Berichte«, erklärt ein Typ mit einem Bedienpanel in der Hand.

»Sie steuern das?!« Ich richte mich wieder auf und atme langsam durch die Nase ein und den Mund aus, so wie Chloe es uns allen beigebracht hat.

»Ja. Sehen Sie!« Mit drei Bewegungen auf der Steuerkonsole schwebt das Ding tiefer. Und ich ducke mich erneut.

»Machen Sie das aus!«, tönt plötzlich die finstere Stimme von Tyler.

»Erst wenn mein Boss mir das befiehlt.«

»Keine Drohnen«, sagt Tyler, fackelt nicht lange und nimmt dem Typen sein Spielzeug ab.

»Mann, was soll das? Ich krieg Ärger!«

Tylers Blick ist pure Wut. Als würde er sagen: ›Von mir gibt's größeren.‹

»Er erledigt bloß seinen Job«, wende ich ein und lege Tyler beschwichtigend die Hand auf den Arm. Der Tag war schlimm genug. Das Letzte, was ich brauche, ist eine Schlägerei.

Tyler zuckt zusammen, wie bei bisher jeder Berührung von mir. Aber ich lasse nicht locker.

»Gib ihm sein Equipment. Er hat's verstanden.« Ich warte. »Na los!«

Statt an den Kameramann reicht er alles an Rebecca weiter. »Sag den Leuten, dass sie normal filmen können. Aber nichts fliegt herum. Nicht heute. Kriegst du das hin?«

»Auf jeden Fall«, antwortet sie, keine Spur eingeschüchtert von ihm, nimmt das Gerät und verschwindet in Richtung Produzent.

»Alles klar bei dir?«, fragt mich Tyler und legt seine Hand auf meinen Rücken. Bis eben sah er so aus, als wollte er den Typen zu Brei schlagen. Nun jedoch wirkt er zufrieden.

»Sicher«, sage ich. Wie heute schon gefühlt hundert Mal.

Ein eindringlicher Blick trifft mich, dann nickt er, als würde er mir glauben, und löst seine Hand. Und sofort fühle ich mich wieder wie allein inmitten eines Sturms, den nur ich bemerke.

»Ava, kommst du?«, ruft mich Rebecca, die ohne Drohne zurück ist und das Problem mit den Luftaufnahmen offensichtlich klären konnte. »Es geht los. Bereit?«

Nein!, schreit plötzlich alles in mir, doch mein Kopf nickt, als hätte er ein Eigenleben. Meine Beine setzen sich in Bewegung, und mein Mund verzieht sich zu einem sanften Lächeln. *Showtime!*

Wie auf Autopilot trete ich auf die Bühne. Ich rede mit Billy Sanders, dem Moderator, aber ich höre kein Wort von dem, was ich sage. Als wäre ich gerade hundert Meter gelaufen und das Blut würde so heftig in meinen Ohren rauschen, dass ich keinen Ton verstehe. Es ist mir schleierhaft, wie ich trotzdem an der Diskussionsrunde teilnehmen kann. Und dass niemand merkt, dass mit mir etwas nicht stimmt.

Der schwierige Teil war nicht, den Anschlag zu überleben. Der schwierige Teil ist, danach weiterzumachen.

Tyler

Komm schon, lächele richtig, bete ich stumm. Aber das tut Ava nicht. *Hätte ich ihr nur nicht geglaubt, dass es ihr gut geht!*

Der Impuls, sie von der Bühne zu holen, pumpt mit jedem Herzschlag durch meinen Körper. Statt einer Entwarnung erhöhen obendrein die Informationen, die ich von *Personal Protection* erhalte, meine Alarmbereitschaft. Denn es gibt noch keine heiße Spur zum Täter oder zum Motiv. Die Drohne konnte entwischen. Die Suchhubschrauber sind abgezogen, die Fahndung wird nun von einer Spezialeinheit weitergeführt. Und das hier, das ist damit nicht so schnell vorbei, wie ich gehofft hatte.

Angespannt setze ich mich zu Rebecca und schaue mit ihr auf einem in den Boden eingelassenen Bildschirm die Übertragung an.

»Sie sollte dort nicht sitzen«, sage ich.

»Ava meinte, sie sei okay.«

»Und wie oft gibt Ava zu, dass sie nicht okay ist?«

»Ähm … nie«, antwortet Rebecca kleinlaut.

»Kannst du sie dann irgendwie von dem Scheiß erlösen?«, frage ich und zeige auf den Bildschirm. Ava ist gefasst, aber sie atmet flach und auf ihrer Haut bildet sich Schweiß. Anzeichen dafür, wie sehr sie unter Stress steht. Dabei weiß sie noch nicht mal, dass man den Täter bisher nicht fassen konnte und deshalb die Gefahr eines weiteren Anschlags besteht.

»Natürlich, ich kümmere mich sofort darum«, sagt die Frau, die Ava das hier eingebrockt hat, nun erstaunlich einsichtig. »Was soll ich dem Studio sagen, falls einer fragt?«

»Dass wir das aus Sicherheitsgründen machen.«

»Aus Sicherheitsgründen?«, wiederholt sie erschrocken.

Ich will sie nicht beunruhigen, aber sie muss es wissen. »Der Täter läuft noch frei herum, und keiner kennt sein nächstes Ziel.«

»Du meinst, jemand könnte es auf *sie* abgesehen haben?«

»Das wissen wir nicht«, sage ich. »Aber ja, die Möglichkeit besteht.« Schließlich war sie nach dem, was ich bisher gesehen habe, verdammt nah an der ersten Explosion dran.

»Gut, dann bis gleich«, sagt sie und macht sich an die Arbeit.

Ich gehe in die Garderobe, um Avas Sachen zusammenzusuchen. »Wir fahren eher«, informiere ich alle.

»Ist was passiert?«, fragt Chloe.

Ja, deine beste Freundin hat gerade den schlimmsten Tag ihres Lebens, denke ich bissig, aber ich beherrsche mich. »Der Täter ist weiterhin frei. Die Drohne ist intakt. Es ist sehr wahrscheinlich, dass es noch einen Anschlag geben wird.«

»Bist du sicher?«, ruft Lauren schockiert.

»Ja.« Ich nehme Avas kurze Hose, ihr Shirt und ihre Schuhe und verstaue alles in ihrem Rucksack.

»Und was schlägst du jetzt vor?«, fragt Jason.

»Ich habe bei *Personal Protection* einen internen Auftrag ausgelöst. Das machen wir, wenn Familie oder Freunde betroffen sind. Carter ist einer der Besten, den wir haben. Er müsste in wenigen Minuten bei Avas Wohnung eintreffen und wird für mich übernehmen und auf sie aufpassen.«

»Sie kriegt einen Bodyguard?!«, haucht Chloe ungläubig.

»Sie kriegt ein Dutzend, wenn es nötig ist«, sage ich, weil ich kein Risiko eingehen werde.

»Dann will ich dich!«, ertönt Avas Stimme hinter mir.

Ich drehe mich um und sehe sie im Türrahmen stehen. Sie muss schon eine ganze Weile zugehört haben. Ihre Haut ist immer noch verschwitzt und blass, aber in ihren Augen ist wieder das Feuer, das ich mag.

»Wie bitte?«, wiederhole ich.

Statt mir zu antworten, wendet sie sich an Jason: »Los, sag ihm, dass er das übernehmen soll!«

Mein Blick wandert zu meinem Freund.

»Du hast sie gehört«, sagt der.

Was für eine dumme Idee! Man kann niemanden beschützen, für den man etwas empfindet. Aber ich halte den Mund. *Weil dir die Situation gefällt, du Bastard!*

6. KAPITEL

Ava

Tylers Blick verfolgt mich, und ich ahne, was in ihm vorgeht. *Die nervige Blondine, die mich heute schon den ganzen Tag auf Trab hält, wird jetzt zu einer Dauerbelastung.* Ich tröste mich damit, dass er mich nicht mögen muss. Er soll bloß dafür sorgen, dass ich diesen Albtraum überstehe.

Wir verlassen das Studio und gehen zu unseren Autos.

»Ist es in Ordnung, wenn ich in meinem eigenen Wagen nach Hause fahre?«, frage ich ihn.

»Ja«, sagt er. »Aber in Zukunft nehmen wir meinen, der ist sicherer.«

Ich nicke, weil ich mir das schon gedacht habe, und etwas wie Vorfreude erfasst mich. Was echt krank ist. Denn er macht das, um mich zu beschützen. Nicht weil er in meiner Nähe sein will.

»Lass mich fahren«, bietet Chloe an, sobald wir bei meinem Ford ankommen. »Du kannst etwas schlafen. Jason wird mich von dir abholen.«

Die Augen zu schließen klingt verlockend. Ich spiele mit den Autoschlüsseln, gebe sie ihr schließlich, und sobald wir fahren, versuche ich, mich zu entspannen.

»Was für eine Scheiße!«, ruft Chloe da, und ich muss überrascht lachen, denn sie fährt selten aus der Haut. »Wenn du willst, bleibe ich über Nacht.«

»Musst du nicht. Tyler ist bei mir, und sobald wir ankommen, gehe ich ins Bett. Du würdest mir nur beim Schlafen zusehen.«

»Das hast du damals auch bei mir gemacht«, sagt sie leise.

Mit ›damals‹ meint sie die Zeit, nachdem sie ihre erste Liebe Jeremy verloren hat. Aber man kann die beiden Situationen nicht vergleichen. Ihr ist Schreckliches widerfahren, ich dagegen habe lediglich einen Kratzer.

»Wirklich, du musst nicht bleiben«, sage ich wieder.

»Aber wenn du was brauchst, meldest du dich?«

»Natürlich«, verspreche ich.

Chloe fährt in die Pine Street, wo zwei dunkle SUVs und Jasons Wagen vor dem typisch edwardianischen Haus halten, in dem mein Apartment ist. Wir parken auf meinem Stellplatz und steigen aus. Tyler redet gerade mit einem rothaarigen Mann, der so groß und gut gebaut ist wie er. Das muss sein Kollege Carter sein. Er reicht ihm eine Tasche, nickt mir im Gehen zu, als wüsste er, wer ich bin, und verabschiedet sich.

»Alles klar bei euch?«, fragt Jason.

»Alles gut«, antwortet Chloe und küsst ihn. »Olivia ist im Wagen?«

»Und schläft«, sagt er.

Meine Freundin lächelt ihn an, und plötzlich bin ich neidisch auf das, was sie hat. Eine kleine Familie, die ihr Schutz und Geborgenheit gibt. *Und was habe ich?* Tyler, meinen persönlichen Aufpasser, der mit der schwarzen Tasche und meinem kunterbunten Rucksack fehl am Platz wirkt.

»Können wir?«, fragt er.

Ich nicke, verabschiede mich von Chloe und Jason, nehme die ersten Eingangsstufen, aber zögere. »Willst du vorgehen und nachsehen, ob alles sicher ist?«

»Carter hat das schon getan.«

»War er in meiner Wohnung?«

»Nein, du hast ein verdammt gutes Sicherheitssystem. Er hat sich nur umgeschaut und dann auf uns gewartet.«

Wir betreten mein Apartment, und sämtliche Anspannung fällt von mir ab. Das hier ist mein Zuhause, der Ort, an dem mir nichts passieren kann.

Für die Nacht richte ich Tyler das Sofa her, breite ein Laken aus, hole eine Decke und ein Kissen und beziehe beides mit frischer Bettwäsche.

»Ist das in Ordnung?«, frage ich.

»Das passt. Danke.« Er stellt seine Tasche ab, legt seine Waffe auf den Couchtisch und nimmt das Schulterhalfter ab.

»Brauchst du sonst noch was?«

»Nein«, sagt er und mustert mich aufmerksam. »Und du?«

Eine Umarmung, denke ich plötzlich. *Von dir.* Aber darum werde ich ihn nicht bitten. Nicht wenn er nicht mal hier sein will. »Nein, ich hab auch alles«, sage ich daher und lächele wie bei einem Witz. »Schon vergessen? Ich bin hier zu Hause.«

»Dann geh schlafen«, meint er. »Du siehst müde aus.«

»Verständlich nach so einem Tag, oder?«

»Absolut verständlich«, sagt er und öffnet auf seinem Handy die Wecker-App. »Wann stehst du morgen auf?«

»Um sechs. Ich hab Training.«

»Ehrlich? Ich dachte, es geht noch nicht auf die großen Wettkämpfe zu.«

»Trotzdem trainiere ich, um mein Leistungsniveau zu halten.«

»Mmh«, macht er nachdenklich. »Du solltest besser absagen, dich ausruhen, alles sacken lassen.«

Die Aussicht, auszuschlafen, ist verführerisch. Aber das bedeutet, dass etwas passiert ist. »Ich will lieber trainieren«, sage ich daher. »Es wird mir guttun.«

»In Ordnung«, meint er daraufhin und packt seine Tasche weiter aus. »Aber wenn es dir zu viel wird, brichst du ab.«

»Natürlich«, verspreche ich, stolz darauf, ein bisschen Normalität zurückerobert zu haben.

Aus dem Schlafzimmer hole ich mein Nachtshirt, kratze mir dann im Bad das Fernseh-Make-up vom Gesicht und putze mir die Zähne. Und obwohl ich nur noch ins Bett will, dusche ich schnell. Weil ich das immer so mache. Die Spuren des Tages abwaschen, um am nächsten Morgen wie neu zu starten.

Als ich das Bad verlasse, sitzt Tyler auf dem Sofa und arbeitet konzentriert an seinem Laptop. Er hat das Deckenlicht ausgeschaltet, meine Leselampe angemacht und sich ein Wasser geholt. *Als wäre er hier zu Hause.* Und Sehnsucht packt mich. Am liebsten würde ich hinter ihn treten, ihm die Arme um die Schultern legen und ihn küssen. Aber das ist natürlich albern.

»Gute Nacht«, rufe ich daher nur.

Als Antwort bekomme ich eine erhobene Hand, zum Zeichen, dass er mich gehört hat. Mehr nicht.

Enttäuscht gehe ich ins Schlafzimmer. *Ich bin echt dämlich! Das hier ist keine Pyjamaparty. Herrgott, Ava, hör auf, dem Mann nachzustellen!*

Müde wickele ich mich in meine Bettdecke ein, schalte das Licht auf dem Beistelltisch aus und schließe die Augen. *Geschafft! Du hast den Tag überstanden, Ava!*

Doch anstatt einzuschlafen, denke ich an das morgige Training. An die Wettkämpfe, die heute ausgetragen wurden, und an die, an denen ich demnächst teilnehmen werde. An Rebecca, die beste Managerin der Welt. An Cole und unseren ersten, auf jeden Fall ausbaufähigen Kuss. An den Anschlag, die Opfer und daran, dass ich lebe, was sich merkwürdig anfühlt. Und dann an Tyler. Ich denke immer wieder an Tyler.

Hinter dem Türspalt ist Licht, er muss noch wach sein. Angestrengt lausche ich vom Bett aus, ob ich ihn hören kann. Doch da ist nichts. Als wäre ich alleine und hätte vergessen, im Wohnzimmer das Licht auszuschalten.

Ruhelos wälze ich mich hin und her, drifte weg und schrecke hoch, drifte weg und schrecke hoch.

Vielleicht kann ich ja mit etwas Yoga einschlafen? Chloe schwört darauf.

Müde stehe ich auf, öffne leise die Tür und halte überrascht inne, weil Tyler nach wie vor an seinem Laptop sitzt.

»Wie spät ist es?«, frage ich.

»Eins«, sagt er, ohne vom Bildschirm aufzuschauen.

»Bist du immer so lange wach?«

»Manchmal.«

»Gibt es Neuigkeiten?«

»Nein.«

Mich verletzt, dass er so kurz angebunden ist. *Aber was habe ich auch anderes erwartet? Sein Kollege hätte den Job hier übernehmen sollen, stattdessen habe ich auf ihn bestanden. Er muss echt sauer auf mich sein.*

Aus meinem Sportraum hole ich mir die Bodenmatte und trage sie ins Schlafzimmer, um Tyler nicht zu stören. Ich will die Tür schließen und zucke zusammen, denn er steht im Rahmen. »Du hast mich erschreckt«, sage ich. »Ich hab gar nicht gehört, dass du aufgestanden bist.«

»Offensichtlich«, sagt er und wirkt unentschlossen.

»Was ist los?«, frage ich. »Brauchst du doch noch was?«

»Machst du immer um die Zeit Sport?«

»Ich kann nicht einschlafen«, gestehe ich.

Er runzelt die Stirn. »Trink lieber ein Glas Wein.«

»Den spüre ich morgen beim Training in den Muskeln.« Mal davon abgesehen, dass ich in meinem jetzigen Zustand die ganze Flasche bräuchte. »Keine Sorge. Das hier, das hilft mir. Gute Nacht, Tyler.«

Ärgerlicherweise geht er jedoch nicht.

»Was noch?«, zische ich, zu müde, um länger nett zu sein. »Hast du etwa eine bessere Idee?«

»Fuck!«, murmelt er. »Ja, die hab ich. Leg dich wieder ins Bett, ich komm gleich nach!«

»Wie bitte, was?!«

»Tu es einfach!«, sagt er, wendet sich ab und verschwindet im Bad.

Von wegen! Ich bin so verwirrt, dass ich immer noch neben meiner Matte stehe, als er frisch geduscht und mit geputzten Zähnen das Bad verlässt. In einem grauen Shirt und Shorts, die den Blick auf seine Beine freigeben, an denen er weitere Tattoos hat. *Himmel!*

»Ab ins Bett!«, befiehlt er und schaltet im Wohnzimmer das Licht aus.

Ich rühre mich nicht.

Er kommt mit der Decke und dem Kissen, die ich ihm herausgelegt habe, und legt beides auf der unbenutzten Hälfte meines Bettes ab. »Worauf wartest du?«

»Tyler, was wird das?«, frage ich. *Das ist ganz sicher nicht das, was normale Bodyguards tun.*

»Hör auf meine ruhigen Atemzüge«, sagt er und legt sich hin. »Dein Körper wird sich anpassen, und du wirst einschlafen.«

»Gibt es dafür nicht eine App?«

»Soweit ich weiß nur mit Naturgeräuschen. Also?«

Die Aussicht auf Schlaf klingt verlockend. »Du bleibst auf deiner Hälfte des Bettes?«, hake ich nach

»Ich bleibe auf meiner, du auf deiner.«

Oh Mann! Ich hatte schon ein paar Typen in diesem Bett. Aber keiner war wie Tyler. Zwischen den Pastellfarben meiner Bettwäsche wirkt er fehl am Platz. Doch ich bin zu müde, um das zu diskutieren, und schlüpfe unter die Bettdecke.

»Und du bist sicher, dass das funktioniert?«

»Bin ich. Falls nicht, wende ich meinen K.-o.-Schlag bei dir an.«

»Ha, ha«, mache ich nur. *Nicht witzig!*

Entschlossen schalte ich die Lampe aus, ziehe mir die Decke bis ans Kinn und starre in die Dunkelheit.

»Schläfst du schon?«, frage ich, als ich seine ruhigen Atemzüge höre.

»Bin dabei«, sagt er amüsiert. »Du solltest es auch versuchen.«

Tue ich. Aber mit jeder Sekunde, die wir nebeneinanderliegen, werde ich wacher statt müder. *Seinetwegen.* Tyler scheint es nicht so zu gehen. *Logisch!* In seinen Augen bin ich maximal wie seine Schwester. Dass er umgekehrt ganz andere Gefühle in mir auslöst, merkt er nicht.

Wie auch, Ava? Wenn du ihn als finsteren Typen und Bad Boy dargestellt hast! Das war echt dämlich von dir! Erst einen Menschen kennenlernen, dann über ihn urteilen. Das beherrschst du eigentlich ganz gut. Und jetzt schlaf, verdammt!

Aber ich kann nicht.

»Tyler?«, flüstere ich. Falls er schläft, kann er hier liegen bleiben, falls nicht, soll er wieder aufs Sofa. »Bist du noch wach?«

Stille antwortet mir.

Ich drehe mich auf die Seite und erkenne im Dunkeln die Umrisse seines Körpers. *Wie die Rocky Mountains. Groß, mächtig, unverwüstlich.* Und brennende Sehnsucht erfasst mich. Ich brauche ihn. So dringend, dass ich plötzlich kaum atmen kann.

Nur etwas näher, sage ich mir und rücke zu ihm ran, allerdings ohne ihn zu berühren. *Keine Ahnung, welche Reflexe dieser Mann hat. Nicht dass er mich für einen Angreifer hält und verletzt!*

Aber es hilft mir nicht. *Verdammt!*

Ich will gerade zurückweichen, um auf dem Sofa mein Glück zu versuchen, als seine Arme nach mir tasten und mich sanft näher ziehen. Meine Decke rutscht zur Seite, mein Körper trifft auf seinen, und unsere Wärme verbindet sich. Dann legt er ein Bein halb über mich und brummt zufrieden.

»Hey, Tyler?«, flüstere ich erschrocken.

Doch statt zu antworten, atmet er einfach ruhig weiter, als wäre alles in Ordnung. *Weil er mich hat.* Und endlich erfasst mich tiefer Frieden. Ich habe, was ich brauche.

Es ist nur eine Illusion, meldet sich eine warnende Stimme.

Aber eine schöne, erwidere ich.

Ich kuschele mich noch enger an ihn, atme seinen Duft ein, spüre seine Wärme. Und kurz vorm Einschlafen merke ich, wie seine Finger unglaublich sanft über meinen Rücken gleiten und den Stoff meines Shirts weiter nach oben schieben. Dann bleibt seine Hand warm und schwer und beschützend zwischen meinen Schulterblättern liegen.

Ich bin verloren. Und ich liebe es.

Tyler

Nicht gut, Knight, ermahne ich mich, während mir bewusst wird, dass Ava nichts als ein Shirt trägt und ihre Haut so ziemlich das Weicheste ist, was ich je berührt habe. *Fuck!*

Dabei habe ich mich so bemüht, dieser Frau nicht weiter zu verfallen. Ich habe vermieden, sie in ihrer Nachtwäsche anzusehen, als sie schlafen gegangen ist. Und auch beim zweiten Mal habe ich es geschafft, auf meinen Laptop zu schauen, als wären die Wiederholungen der Berichte über den Anschlag spannender als sie.

Aber ihre müden Augen und ihr ziemlich verzweifelter Versuch, mit Yoga einzuschlafen, haben mir den Rest gegeben.

Die Idee, sich das Bett zu teilen? Nun, die war eigentlich gar nicht so verkehrt. Der Atemrhythmus eines Menschen kann einen anderen tatsächlich beruhigen. Aber Ava ist nicht eingeschlafen.

Frustriert bin ich durchgegangen, was ihr noch helfen könnte. *Warme Milch, Lavendel, die App mit den Einschlafgeräuschen? Aber mal ehrlich: Das alles ist doch Mist!*

Ohne nachzudenken, habe ich sie zu mir gezogen und gleich darauf befürchtet, dass sie sich wieder befreit. Aber das hat sie nicht. Im Gegenteil. Sie hat sich entspannt. Und als wäre das nicht genug, hat sie sich an mich geschmiegt, als wäre ich alles, was sie braucht.

Größter Antörner des Jahrhunderts!

Sofort bin ich brutal hart geworden. Zum Glück hat sie davon nichts mitbekommen. Und sobald ich mich wieder unter Kontrolle hatte, habe ich meine Hand unter ihr Shirt geschoben und sie zwischen ihren Schulterblättern liegen lassen. Zufrieden und besitzergreifend. *Weil sie mir gehört!*

Dir, Knight?, verspottet mich eine warnende Stimme. *Sie trifft sich mit dem Sportlehrer!*

Aber der Sportlehrer ist nicht hier, erwidere ich trotzig und hauche ihr einen Kuss auf den Scheitel. *Ich bin hier.*

Ava seufzt leise im Schlaf.

Oder atmet einfach nur laut aus.

Oder seufzt. *Was weiß ich!*

Und ich will sie erneut heftig, wie ich noch nie jemanden wollte.

Ich stehle mir mehr Berührungen von ihr, inhaliere ihren Duft, kriege nicht genug von dieser scheiße sinnlichen Haut. Dann gebe ich mir einen Ruck und löse mich von ihr. *Es ist das Richtige!*

Ich wechsele mit meiner Decke wieder ins Wohnzimmer. Doch anstatt mich sofort hinzulegen, gehe ich ins Bad, sehe mich im Spiegel an, spüre meine pochende Erektion und nehme das schmerzhafte Verlangen wie eine gerechte Strafe an.

Du bist absolut irre, Tyler, dass du auf diese Frau stehst. Du hast bei deinem letzten Auftrag nichts an den Rippen, sondern am Kopf abbekommen. Vergiss sie! Du siehst doch, wie sie dich mustert. Als könntest du jeden Augenblick kurzen Prozess mit ihr machen. Sie mag liebe, nette Typen wie Cole. Keinen fleischgewordenen Rambo!

Aber egal, wie sehr ich mir selbst in den Hintern trete, ich bin bei Ava zu Hause, ihr Duft liegt in der Luft und lässt mich nicht klar denken, und ich kann das Gefühl ihrer Hände, die nach mir tasten, nicht abschütteln.

Der Druck in meinem Schwanz wird heftiger, und ich atme langsam ein und aus.

Knight, du wirst nicht in ihrem Badezimmer wichsen.

Ich rufe mir meine Kriegseinsätze ins Gedächtnis. Die Bilder helfen bei jedem Ständer. Aber Ava taucht in meinem Kopf auf, weil ich ihr davon erzählt habe. Meine Methode wirkt nicht, ich bleibe hart.

»Ach, scheiß drauf«, murmele ich, schiebe meine Shorts tiefer, packe meine Erektion, pumpe in meine Faust und male mir eine Alternative zu dem aus, was gerade in ihrem Bett passiert ist.

Du rückst zu mir heran, obwohl du dich fernhalten solltest, und innerhalb von zwei Sekunden bin ich über dir und habe meine Hand in deiner Hose.

Du schaust mich erschrocken an, dabei weißt du ja, was ich für ein Kerl bin, tätowiert und gefährlich. Warum nicht deinem Klischee entsprechen und uns beiden Zeit ersparen?

Ich schiebe meine Finger in deine Pussy und spüre, wie feucht du für mich bist. Denn egal, wie schockiert du tust, wir wissen beide, dass es dich anmacht, wenn der Mann das Kommando übernimmt. Dass ich dich anmache.

Ein-, zwei-, dreimal fick ich dich tief, und dann werfe ich dir nur diesen einen Blick zu. Ich muss dir nicht sagen, was ich will. Du weißt es, Angel, und du wirst es mir geben. Freiwillig. Oder ich nehme es mir. Deine Wahl.

Aus deinen Augen schießen Blitze. Du weißt, dass du mir nichts entgegenzusetzen hast, aber du willst kämpfen. Und fuck, Kämpferinnen mag ich sehr. Du hast ja keine Ahnung, wie sehr.

Mit einem Knurren gibst du deinen Widerstand auf, öffnest mir deine Schenkel und sagst die magischen Worte: Nimm mich!

Ich fackele nicht lange, sondern komme dieser ach so süßen Bitte nach und versenke mich in dir. Mit einem harten Stoß.

Gott, ja!

Und noch einem!

Und noch einem!

Und du stöhnst, weil es sich für dich so gut anfühlt, von mir erobert worden zu sein. Von jemandem, der weiß, was du brauchst und wie du es brauchst.

Ich hab dich genau da, wo ich dich haben will. Und ich flüstere dir zu, dass ich dich so lange ficken werde, bis du mir sagst, dass ich der beste Mann bin, mit dem du je im Bett warst. Der beste, Angel. Der absolut beste.

Ich schufte schwer für den Titel, nehme dich hart, bring dich zum Schreien, Stöhnen, Betteln. Du glaubst, du könntest dich mir entziehen, aber ich weiß es besser. Und ich beweise es dir.

Ich nehme dich, küsse dich, beiße dich, und du kommst, lang und heftig und zitternd. Und ich lache zufrieden, weil dein Körper mir so verdammt verfallen ist, auch wenn du es nicht willst.

Du gehörst mir, Angel. Mir allein.

»Fuck!«, keuche ich und spritze in meine Hand. Dann registriere ich, wo ich bin. Und warum. In Avas Badezimmer. Um auf sie aufzupassen.

»Fuck!«, rufe ich noch mal, jetzt fluchend. Und so als wäre das sein Kommando, richtet sich mein Schwanz wieder auf. »Fuck, fuck, fuck!«

Von mir selbst angewidert mache ich mich sauber.

»Miss Alabasterhaut steht auf den Sportlehrer«, knurre ich mein Spiegelbild an. »Vergiss das nicht!«

7. KAPITEL

Ava

Tyler ist weg.

In den frühen Morgenstunden wird mir das bewusst, weil ich nicht mehr seinen warmen Körper spüre oder seine ruhigen Atemzüge höre.

Brauchst du noch einen Beweis, dass er nicht auf dich steht?

Ich will wieder einschlafen, aber sein Duft liegt in der Luft und macht mich ganz verrückt. Ich will das Brennen ignorieren, doch es wird hartnäckig intensiver.

Aufgeregt sehe ich zur Tür. Hinter dem Spalt brennt kein Licht. Meine Atemzüge klingen überlaut in meinen Ohren. Aber alles bleibt ruhig. Und langsam lasse ich meine Hand unter die Bettdecke wandern.

Jetzt oder nie, Ava!

Meine Finger finden meine Klit, und ich seufze genussvoll. Erst bin ich zärtlich, dann fasse ich mich härter, fordernder an, so wie ich es von einem Mann wie Tyler erwarten würde.

›Gib zu, dass du auf böse Jungs stehst, Ava‹, raunt mir meine Fantasie zu.

»Das hättest du wohl gerne!«, murmele ich.

Wie zur Strafe spiele ich weiter mit meiner Lust.

›Du weißt, dass ich jeden dazu kriege, seine Geheimnisse zu gestehen?‹, droht er mir spielerisch. ›Immer, Ava.‹

Ein Wimmern entschlüpft mir.

›Wie willst du es?‹, fragt er.

»Hart«, keuche ich leise.

›So?‹, gibt er zurück und ist mit Absicht nun zärtlich.

Instinktiv bewege ich mein Becken und beende beinahe meine kleine Fantasie, indem ich mich selbst über die Klippe katapultiere. Ich halte inne und genieße die süße Qual.

»Dann will ich es sanft«, wispere ich, als hätte ich die Regeln des Spiels begriffen. Wenn ich mehr will, bekomme ich weniger. Wenn ich weniger will, bekomme ich mehr.

›Sicher?‹, fragt er grinsend nach.

»Sicher«, keuche ich. »Bitte, Ty, sei sanft, ganz besonders sanft.«

In seinem Blick liegen all die Dinge, die er mit den Frauen vor mir angestellt hat. Schmutzige Dinge, die ich mit dem Vater meiner zukünftigen Kinder nie machen würde. Aber zu Tyler passen sie.

›Wie du willst‹, raunt er mir zu. Denn jetzt folgt die harte Tour.

Mit kraftvollen Stößen dringt er in mich. Er wird nicht eher aufhören, bis ich alle Hemmungen ablege und für ihn schreie.

»Nein!«, rufe ich, wie bei einem Spiel, bei dem mein Widerstand unser beider Lust steigert, und wehre mich halbherzig. »Nein, bitte nicht!«

›Du wolltest es doch sanft, ganz *besonders* sanft‹, haucht mir meine mit Tattoos übersäte Fantasie zu. Er küsst mich, beißt mich, packt mich. Bis er mich auffordert: ›Komm für mich, Ava!‹

»Nein!«, rufe ich wieder und will den Moment hinauszögern.

›Doch!‹, sagt er und rammt sich weiter in mich.

»Bitte nicht, nein!«, sträube ich mich.

Meine Zimmertür fliegt auf. »Ava!«

Tylers plötzlich echte Stimme gibt mir den Rest. Ich explodiere, und durch verhangene Augenlider sehe ich den Mann, der gerade schmutzige Dinge mit mir angestellt hat, kampfbereit mit gezogener Waffe im Türrahmen stehen. *So sexy. Und so falsch.*

»Geht es dir gut?«, fragt er.

Rafft er es nicht? Mir wird ganz heiß im Gesicht.

»Ava?!«

»Ja«, krächze ich.

»Du hast geschrien …«

»Tja«, sage ich, mit der Hand nach wie vor unter der Decke.

»Du hast –?«, macht es endlich Klick bei ihm.

»Raus!«, schneide ich ihm das Wort ab.

Er rührt sich keinen Zentimeter. Aber sein Blick gleitet über mich. *Verärgert*, schätze ich, weil ich ihn umsonst hochgeschreckt habe. *Oder hungrig*, denke ich, immer noch etwas benebelt von meiner Fantasie.

»Was siehst du mich so an? Willst du mitmachen?«, ziehe ich ihn halb im Ernst, halb im Scherz auf.

»Natürlich nicht«, fängt er sich und verlässt mein Zimmer. »Sorry.«

Tief durchatmend sehe ich die Decke an. *Habe ich den Verstand verloren? Ja, das hier ist mein Zuhause, und ich kann tun und lassen, was ich will. Aber doch nicht vor ihm. Er ist so was wie Familie.*

An Schlaf ist jetzt erst recht nicht mehr zu denken. Ich schalte den Wecker aus, stehe auf und gehe ins Bad. Sobald ich fertig bin und mich umziehe, höre ich Tyler im Bad. Er kann also auch nicht mehr schlafen.

In der Küche mache ich mir Frühstück – Kaffee, ein Rührei aus drei Eiweiß und einem Eigelb, dazu Vollkorntoast und frische Früchte mit Joghurt.

Ein paar Minuten später taucht Tyler in seinen schwarzen Sachen frisch rasiert und gut riechend auf.

»Was möchtest du?«, frage ich.

»Nichts«, sagt er und holt aus seiner Tasche einen Energieriegel. »Bei Aufträgen lebe ich von denen hier.«

»Aber ich bin mehr als ein Auftrag«, sage ich.

Überrascht sieht er mich an, als wollte er fragen, was ich dann bin, und beißt demonstrativ von seinem Riegel ab.

»Wir haben Freunde, die miteinander befreundet sind, und das macht uns auch zu Freunden«, erkläre ich, was ich für offensichtlich gehalten habe. »Und für Freunde mache ich Frühstück«, rede ich weiter. »Was möchtest du also?«

»Kaffee«, ändert er zu meiner Erleichterung seine Meinung.

»Mit Milch und Zucker?«

»Machst du Witze?«

»Also schwarz«, halte ich fest, gieße bei der Kaffeemaschine Wasser nach und gebe Sandwich-Scheiben in den Toaster. »Sonst noch was?«

Er sieht auf seinen halb gegessenen Proteinriegel, dann zum Rührei in der Pfanne. »Du musst das wirklich nicht tun«, sagt er. »Wenn, dann sollte ich *dir* Frühstück machen.«

»Es bereitet mir keine Umstände. Und es fühlt sich gut an, etwas Normales zu tun.«

Er zögert, gibt dann aber auf. »Kannst du die Portion verdoppeln?«

»Sicher.«

Ich schlage mehr Eier auf, lege weitere Brotscheiben in den Toaster und schnippele parallel mein Obst. Tyler öffnet Schränke und Schubfächer und deckt den Tisch mit Besteck, Tellern und Tassen, und mir gefällt, dass er so kommentarlos mithilft.

Und dass er hier ist, Ava. Wie dein Freund, dein Partner, deine zweite Hälfte.

Dabei ist er nichts davon, halte ich mir vor Augen. *Bloß jemand, der auf dich aufpasst.*

Wir setzen uns und essen, und plötzlich stürmen all die Ereignisse wieder auf mich ein. Als ich die Kaffeetasse nehme, zittern meine Hände, und hastig stelle ich sie ab, bevor ich den Inhalt verschütte.

»Alles in Ordnung?«, fragt Tyler und schaufelt sich Ei in den Mund.

»Natürlich«, sage ich und esse ebenfalls weiter, aber langsamer.

»Hast du schon einen Termin mit Dr. Moreno vereinbart?«

»Vielleicht muss ich das ja gar nicht mehr«, sage ich.

»Vertrau mir, du solltest das machen.« Er sieht mich ernst an. »Ich kann das auch für dich übernehmen.«

»Nicht nötig«, winke ich ab. »Hat man den Täter endlich?« *Das wäre etwas, das mir helfen würde.*

Tyler schüttelt den Kopf. »Leider nicht.«

Wieder wird mir klar, wie sehr mein Leben aus den Fugen geraten ist.

Es gab einen Anschlag. Ich habe einen Bodyguard.

Und dazu kommen all diese verrückten Gefühle.

»Tut mir übrigens leid wegen vorhin«, sagt er.

»Was meinst du?«, frage ich, während mein Herz verdächtig rast.

Ein Lächeln umspielt seine Lippen, denn er meint, wie er mich in meinem sinnlichen Moment überrascht hat.

»Ach *das*!«, winke ich ab. »Keine große Sache. Und dir ist das bei deinem Job doch bestimmt auch schon hundert Mal passiert, oder?«

»Darüber rede ich nicht.«

»Also gibt es Unmengen an Geschichten!«

»Dazu werde ich nichts sagen.«

»Ich könnte die Wahrheit aus dir herausfoltern«, necke ich ihn.

»Das würdest du nicht schaffen.«

»Ich bin ehrgeizig.«

Er grinst. »Und ich bin verdammt zäh.«

»Ich hab da meine Methoden.«

»Und ich hab meine, damit du deine nicht anwenden kannst.«

Plötzlich wird mir heiß. Ich denke an letzte Nacht und wie gut es sich angefühlt hat, an seiner Seite zu liegen. Und ich muss wieder zu seinen Lippen sehen, weil ich geküsst werden will. Genau jetzt. Von ihm.

»Wann musst du los zum Training?«, fragt Tyler, stellt sein Geschirr in die Spülmaschine und beendet meine kleine Träumerei.

»Um sieben«, antworte ich verdattert.

Er sieht auf die Uhr. »Gut, ich warte am Wagen auf dich.«

»Wir haben noch dreißig Minuten«, sage ich. »Du kannst hier warten.«

»Ich bin hier fürs Erste fertig«, erklärt er, legt sich sein Schulterhalfter an, steckt seine Waffe ein und greift nach seinem Handy. »Bis gleich.«

Irgendetwas habe ich gerade verpasst. Nur was?

Tyler

Was für ein Morgen! Dass Ava nicht bemerkt hat, wie kurz ich davor war, über sie herzufallen, grenzt an ein Wunder.

Dankbar atme ich die kühle Morgenluft ein und halte mir vor Augen, dass sie es sich in Gedanken an Cole, ihren Sportlehrergott, besorgt hat. Nicht an mich, einen Freund, wie sie selbst gesagt hat. *Nur ein Freund!*

Ich lasse meinen Blick schweifen, aber so früh ist auf der Straße nichts los. Nur ein einsamer Hundebesitzer mit einem Zwergspitz an der Leine ist schon unterwegs. *Keine Gefahr.*

Kurz vor sieben verlässt Ava mit ihrem Rucksack das Haus und kommt zu mir. »Wir nehmen deinen Wagen?«, fragt sie.

»Kugelsichere Scheiben«, ist meine Antwort.

»Ein Ja hätte es auch getan.« Sie steigt auf der Beifahrerseite ein, schnallt sich an und nennt mir eine Adresse in South Park, fast am Hafen.

»Dort gibt es eine Laufbahn?«, wundere ich mich und fahre los.

»Nein, ein Fitnessstudio. Wir arbeiten am Muskelaufbau der Körpermitte. Für die Ausdauer können wir das Giants Stadion nutzen. Das ist gleich um die Ecke.«

»Ehrlich? Cool«, sage ich.

»Baseballfan?«

»Seit mich mein Dad mit drei Jahren aufs Spielfeld mitgenommen hat.«

»Muss süß ausgesehen haben, wie du den Schläger geschwungen hast, der fast so groß war wie du!« Um ihre Augen bilden sich Lachfältchen.

»Auf jeden Fall«, sage ich und werfe ihr einen schnellen Seitenblick zu. »Du bist auch Fan?«

»Ich besitze ein Basecap.«

»Also bist du ein Fan.« Ich muss lachen. *Wer hätte das gedacht?*

Die normale Unterhaltung tut Ava gut, und als wir vor dem Sportstudio halten und aussteigen, wirken die Ereignisse vom Vortag sehr weit weg.

»Ich geh mich kurz umziehen«, sagt sie und zeigt zu den Damenumkleiden.

»Gut, ich warte«, antworte ich. Jede Menge Leute gehen ein und aus, aber ich erkenne keine direkte Gefahr für Ava.

Unauffällig sehe ich mich um und lege mir im Kopf eine Karte des Gebäudes an, um in einer Notsituation schnell reagieren zu können. Wenn die Damenumkleide wie die der Herren ist, die ich mir anschaue, dann gibt es lediglich einen Ein- und Ausgang und mehrere nicht einsehbare Duschboxen. Der Empfangsbereich des Studios ist offen. Dahinter führt eine Treppe zu drei Ebenen, auf denen trainiert wird. Ganz oben sind die Kardiogeräte. Räder, Laufbänder und Rudermaschinen. Darunter sind Matten und Bereiche für freies Training mit Gewichten, Bändern und Bällen. Und in der ersten Etage stehen die Maschinen zum Kraftaufbau, wo sich schon andere Frauen warm machen, die vermutlich zu Avas Team gehören.

Ich gehe wieder nach unten, um Ava abzuholen, und begegne Rebecca, mit einem Kaffeebecher in der Hand und dem Handy am Ohr.

Sobald sie auflegt, klingelt der Nächste, aber nach einem kurzen Blick aufs Display und mit einem »Ja, jetzt willst du ein Interview!« ignoriert sie den Anrufer. »Wie lief die Nacht?«, fragt sie mich.

»Ohne Vorkommnisse«, sage ich. *Mehr oder weniger.*

»Ava konnte schlafen?«

»Ja, etwas.«

»Gott sei Dank!«, sagt sie erleichtert. »Mir ging unser Gespräch nicht aus dem Kopf. Ich hätte sie echt nicht auftreten lassen sollen. Ihre anderen Termine habe ich alle bis auf Weiteres abgesagt.«

Rebecca wird mir immer sympathischer! »Das war einfach so möglich?«

»Mit dem hier«, sie hebt ihren Kaffee, »und einer langen Nacht.«

Sie geht vor zu den Trainingsräumen, und an die Rezeption gelehnt beobachte ich, wie Frauen in die Umkleide gehen und sie wenig später wieder verlassen. Nur Ava lässt auf sich warten. Bis sie endlich auftaucht. Auffallend blass.

»Alles in Ordnung?«, frage ich besorgt.

»Natürlich«, sagt sie und steuert die Treppe an.

Lügnerin! Ich halte sie am Arm fest.

»Was denn, Tyler!«, zischt sie gereizt.

»Vor mir musst du dich nicht verstellen, Ava.«

»Es ist albern, okay?«

»Ich lache gern«, sage ich. »Also schieß los!«

Das nimmt ihr den Wind aus den Segeln. »Jeden Morgen sehe ich mir beim Umziehen die Nachrichten an, um auf dem neuesten Stand zu sein, was sich in San Francisco und der Welt so tut. Ich hab gar nicht darüber nachgedacht. Alles war wie immer. Aber dann –«

Ava bricht ab, und ich ziehe sie an mich. Sie muss nicht zu Ende reden. Ich weiß, was sie meint. Jede Sendung dreht sich um den Anschlag.

Sie erwidert die Umarmung, und ich spüre ihr warmes Gesicht an meiner Schulter und ihre wärmer werdenden

Hände auf meinem Rücken. Und mir gefällt, dass ich ihr helfen kann. Sehr sogar.

Dabei sieht sie dich nur als Freund, erinnere ich mich. *Der tätowierte Typ mit den Muckis.*

»Geht's wieder?«, frage ich.

»Du musst mich echt für eine Memme halten«, witzelt sie und lockert ihren Griff. »Mir ist nichts passiert, und trotzdem drehe ich durch.«

»Sei nicht so streng mit dir. Du sitzt nicht heulend in der Ecke. Du bist viel stärker, als du denkst.«

»Danke«, sagt sie mit etwas mehr Farbe im Gesicht. »Stimmt, das bin ich.«

Sie strafft die Schultern und nimmt auf der Treppe zwei Stufen auf einmal, und ich folge ihr. Obwohl ich mich schon umgesehen habe, tue ich es erneut. Aber ich kann keine Gefahr erkennen.

Ava begrüßt Rebecca und wechselt ein paar Worte mit ihr. Wenn ich ihre Körpersprache richtig lese, dann beruhigt sie ihre Managerin, dass es ihr gut geht. *Ja, jetzt!* Danach bespricht sie mit ihrem Trainer die Übungen und startet.

»Gibt es hier einen Platz, wo ich arbeiten kann?«, frage ich Rebecca, die Ava ziemlich sicher nicht den lieben langen Tag zusieht.

»Klar, komm mit!«

Ich warte, bis Ava zu mir schaut, und gebe ihr ein Zeichen, dass ich bei ihrer Managerin bin. Sie nickt, und ich folge Rebecca zu Bänken am Rand der Halle. Zwischen den Geräten kann ich Ava gut im Auge behalten, und ich habe freie Sicht auf den Halleneingang.

»Es ist nicht gerade bequem. Aber es gibt eine Steckdose, falls der Akku vom Laptop leer ist, und der Internetempfang ist ausgezeichnet«, sagt sie. »Brauchst du sonst noch was?«

»Ja, eines«, sage ich und beschließe, meinem Bauchgefühl nachzugehen und ein bisschen zu recherchieren. »Ihre Post geht an dich, richtig? Kannst du mir alles geben, was die letzten zwei Jahre angekommen ist?«

»Glaubst du etwa, sie ist in Gefahr?!«

»Reine Routine«, beruhige ich sie. Schließlich ist mein Verdacht wirklich weit hergeholt. Aber ich habe Zeit. Die kann ich auch für ein bisschen Recherche nutzen. Noch ist unklar, auf wen es der Täter genau abgesehen hat. Die Behörden ermitteln in alle Richtungen, aber mir würde genügen zu wissen, dass Ava nicht Ziel des Anschlags war.

»Wohin soll das Zeug gehen?«, fragt sie.

»Wo liegt die Post gerade?«, frage ich zurück.

»In einem Lagerhaus am Foran Freeway.«

»Ich schick jemanden hin, der alles abholt«, sage ich und schreibe bereits eine Nachricht an Daeven. »Ein kleiner Lieferwagen reicht?«

»Es sind etwa zehn Kisten, müsste also«, sagt sie und nennt mir den Zugangscode. »War es das?«

Ich gehe im Kopf meine Checkliste durch. Ich kenne Avas heutigen Terminkalender, meine Leute informieren mich, sobald es Neuigkeiten zum Täter gibt, und fürs Erste ist Ava in Sicherheit.

»Meinst du, es spricht etwas dagegen, wenn ich hier nachher auch ein bisschen trainiere?«

Normalerweise verlagere ich mein eigenes Training auf die Zeit, in der meine Kunden schlafen. Aber da Ava mich wach gehalten hat, ist meine letzte Einheit ausgefallen, und das Fitnesscenter hat alles, was man sich wünschen kann. Außerdem lässt mich diese Frau in ihrem knappen Trainingsoutfit von Dingen fantasieren, die nie wahr werden, und ich muss dringend etwas aufgestaute sexuelle Energie loswerden.

»Ich würde dann auch nicht so auffallen«, schiebe ich hinterher, denn die eine oder andere Kollegin von Ava wirft mir schon merkwürdige Blicke zu.

»Das ist kein Problem«, sagt Rebecca. »Ich informier die Rezeption, dass du zum Team gehörst. Die geben dir einen Schlüssel für den Spind und Sachen, wenn du welche brauchst.«

»Aber?«, hake ich nach.

»Auffallen wirst du trotzdem«, meint sie mit einem Zwinkern und steht auf. »Du bist mit Abstand das Heißeste, was diese Frauen seit Langem zu Gesicht bekommen haben. Nimm dich in Acht!«

Überrascht sehe ich Rebecca hinterher, wie sie mit ihrem Telefon am Ohr Ava im Vorbeigehen zunickt und dann die Halle verlässt.

Da besteht keine Gefahr, denke ich mir. *Ich steh leider auf die Einzige aus dieser Gruppe, die nicht auf mich steht. Ava Jennings.*

8. KAPITEL

Ava

»Und Pause!«, verkündet mein Trainer Stan Chapman um halb eins.

Ausgepowert bleibe ich auf dem Rücken liegen und genieße die Leere in meinem Kopf. Erst habe ich noch an Tyler denken müssen, dann konnte ich mich aber komplett auf die Übungen konzentrieren. Und zum ersten Mal seit einer Ewigkeit fühle ich mich wieder wie ich selbst. *Ava, die Leichtathletin! Yay!*

Ich werde ganz aufgeregt, denn in wenigen Wochen beginnt das Training auf dem Angell Field, einer riesigen Outdoor-Laufbahn in Stanford. Damit startet die Vorbereitung auf die Landesmeisterschaften. Ich will gleich im ersten Durchgang bei den hundert Metern meine Spitzenzeit laufen, um mich für die WM zu qualifizieren.

»Trainiert der Kerl immer noch?«, reißt mich die Stimme von Leah, einer Achthundert-Meter-Läuferin, aus meinen Gedanken. Und mein Leben steht erneut Kopf. Weil sie Tyler meint. Der hier ist, weil es gestern einen Anschlag gab. Und den sie offensichtlich heiß findet. Obwohl ich ihn doch schon heiß finde!

»Nein, jetzt gerade wischt er sich den Schweiß aus dem Gesicht«, schnurrt Paige, nach mir die zweitschnellste Läuferin auf der Einhundert-Meter-Distanz. »Und er kommt her!«

»Ihr seid fürs Erste fertig, oder?«, fragt mich Tyler.

»Sind wir.« Ich verschlinge ihn in seinem durchgeschwitzten Outfit mit meinen Blicken, gebe mir dann aber einen Tritt in den Allerwertesten, weil das unangebracht ist. »Rebecca wartet an der Rezeption auf mich.«

»Na, dann los, gehen wir duschen!«, sagt er und hilft mir hoch.

Leah und Paige kichern.

»Getrennt«, zische ich an sie gerichtet und drehe mich wieder zu Tyler. »Sorry, sonst sind sie nicht so.«

»Keine Sorge, das ist Balsam für meine geschundene Seele.«

Irritiert sehe ich ihn an.

»Es gibt sie noch«, erklärt er und zwinkert mir zu. »Frauen, die mich heiß finden.«

»Ich hab nie behauptet, dass ich dich nicht heiß finde«, sage ich.

Nun ist es an ihm, irritiert zu schauen.

»Du bist nicht mein Typ, Tyler. Das ist was völlig anderes.«

»Also hast du schmutzige Träume von mir?«, zieht er mich auf.

»Halt die Klappe und komm! Ich hab Hunger.«

»Nach dir.« Er grinst. »Nicht dass du mich anknabberst!«

»Ha, ha.«

Wir verlassen die Ebene mit den Geräten, und ich beeile mich, zu duschen und mich anzuziehen, um nicht von Leah und Paige belagert zu werden. *Das war eben echt peinlich!*

»Alles okay bei euch?«, fragt Rebecca, als wir sie an der Rezeption treffen.

»Sicher doch«, knurre ich.

»Auf jeden Fall«, findet Tyler, deutlich besser gelaunt als ich.

»Aha«, macht meine Managerin nur und beginnt, mir wie üblich auf dem Weg ins Restaurant ein Ohr abzukauen. Alles, was passiert, während ich trainiere, bespricht sie mit mir in der Pause.

Vor unserem Italiener steuert sie bereits einen freien Außentisch an, aber ich halte sie am Arm auf. »Lass uns drinnen sitzen«, sage ich, weil ich mich draußen unwohl fühle. »Mir ist heute etwas frisch.«

»Alles klar«, antwortet sie locker und kauft mir meine Lüge ab.

Tyler wirft mir jedoch einen Blick zu, als ahnte er den wahren Grund. Aber er lässt das unkommentiert.

Wir setzen uns und bestellen, und ich lehne reihenweise Angebote, die Rebecca mir vorliest, ab. Was sie nicht sonderlich überrascht. Sie weiß, dass mich nur der Sport interessiert. Lediglich bei besonders wichtigen Veranstaltungen oder Verträgen diskutiert sie mit mir.

Als das Essen kommt, stürze ich mich wie eine Verhungernde darauf. Bis jemand am Nebentisch seiner Begleitung zuflüstert: »Ist das nicht Ava Jennings, die Sportlerin? Sie wirkt nicht so, als würde ihr der Anschlag nahegehen. Scheint ja gestern bloß Show im Fernsehen gewesen zu sein.«

Rebecca überhört das, aber mir vergeht der Appetit.

»Iss weiter«, raunt mir Tyler zu, der es auch gehört hat.

»Ich kann nicht«, sage ich.

»Was ist los? Sollen wir gehen?«, fragt Rebecca.

»Ihr esst doch noch«, wende ich ein.

»Die können uns alles einpacken«, meint sie.

»Nein, lass«, wiegele ich ab. »Was hattest du gerade erzählt?« Den letzten Teil habe ich nämlich nicht mitbekommen.

»Die Marketingabteilung von deinem Hauptsponsor hat dir ein Klamottenpaket nach Hause geschickt.«

»Warum?«, frage ich irritiert.

»Als kleine Entschädigung«, sagt sie. »Wegen …«

Oh mein Gott! Sie muss es gar nicht ausführen. »Schick es zurück!«, rufe ich.

»Aber –«

»Rebecca! Ich werde keine Kleidung tragen, die ich nur deshalb besitze, weil dieses Unglück passiert ist!« Jetzt ist mir der Appetit restlos vergangen, und ich schiebe den Teller von mir.

»Wir könnten die Sachen spenden«, schlägt sie vor.

»Ja, bitte, tu das. Tu irgendwas! Hauptsache, der Karton ist weg, wenn ich heute nach Hause komme.« Nach dem ersten Schock folgt die Wut. »Haben die Schüler etwa auch Pakete bekommen?«

»Ähm, ich glaube ja.«

Gleich muss ich mich übergeben. »Und was ist mit den Toten?«, werde ich lauter. »Kriegen die den Doppelpack Jogginghosen?«

»Hey, sei leiser!«, zischt sie.

»Und deren Angehörige, was sollen die mit Schuhen und Shirts? Ihre Trauer abtrainieren?!«

»So weit haben die das bestimmt nicht durchdacht.«

»Ja, richtig! Sie haben überhaupt nicht nachgedacht. Entschuldigt mich!«, sage ich und stehe auf. Ich muss mich bewegen. *Jetzt.*

Ich verlasse das Restaurant, und die Kehle schnürt sich mir immer enger zusammen. Das muss eine weitere Panikattacke sein, schlimmer als die gestern Abend bei CBS und die heute Morgen in der Umkleide. Die war wohl überfällig. Weil nichts mehr normal ist. Egal, wie sehr ich mir das wünsche. »Scheiße!«, fluche ich. »Scheiße, Scheiße, Scheiße!«

Ich schließe die Augen, um die Flashbacks zu vertreiben, stattdessen erlebe ich sie deutlicher. Das Chaos im Stadion. Die Schreie. Die Sirenen

Ohne nachzudenken, laufe ich weiter. Als könnte ich meinem Leben entfliehen. Bis mich plötzlich starke Arme packen und verhindern, dass ich in den Verkehr hineinrenne.

»Beruhige dich, Ava.«

»Lass mich los!«

Ich kämpfe mit ganzer Kraft gegen Tylers Griff an. Aber der Mann hat seine Muskeln nicht nur, um meine Teamkolleginnen zu beeindrucken.

»Verdammt!«, fluche ich besiegt.

Plötzlich fühle ich mich völlig erschöpft. Ich höre auf, mich zu wehren, und er dirigiert mich zu einer Bank.

»Geht's?«, fragt er und reibt mir über den Rücken.

Ich schüttele den Kopf, weil sich alles dreht, lege das Gesicht in die Hände und atme tief ein und aus.

»Vielleicht solltest du das Training für heute beenden und dir eine Auszeit nehmen?«, meint Tyler, ohne mir von der Seite zu weichen.

Und wie soll die aussehen?, denke ich verbittert. *Alle werden denken, ich würde Urlaub machen. Als hätten mich die Ereignisse nicht zutiefst erschüttert.*

»Ich will keine Auszeit«, sage ich. »Ich will, dass alles wie immer ist.«

Tyler schweigt, als wäre das nicht möglich.

»Komm schon. Sag mir, dass das geht«, bitte ich ihn leise. »Verdammt, Tyler, sag irgendwas!« Ich verstehe ja, dass ich ihm lästig bin. *Aber ein paar tröstende Worte sind wohl kaum zu viel verlangt?*

»Irgendwas«, sagt er da und lächelt.

»Soll das ein Witz sein? Verarschen kann ich mich alleine.«

»Ich sollte ›irgendwas‹ sagen, und das hab ich.«

»Sehr kindisch«, gebe ich zurück. »Du weißt, was ich meine.«

Er tut das mit einem Schulterzucken ab, lächelt aber immer noch, was ihn wirklich, wirklich, wirklich attraktiv aussehen lässt.

»Blödmann!«, schnaube ich, ein bisschen sauer auf mich und ein bisschen sauer auf meine eigenen Gefühle.

Leider stört ihn das nicht im Geringsten.

»Richtiger Blödmann!«, steigere ich mich.

Nun lacht er sogar!

»Was denn?«, blaffe ich.

»Du magst eine Weltklassesprinterin sein, aber du fluchst erbärmlich.«

»Saublöder Blödmann!«, schnaube ich.

Lachend wirft er den Kopf in den Nacken, und auf einmal durchdringt mich Wärme.

»Hast du vielleicht eine bessere Idee?«, frage ich gespielt eingeschnappt.

»Probier mal ›Wichser‹!«

»Wichser«, wiederhole ich.

»Und jetzt ›Sackgesicht‹!«

»Du Sackgesicht!« Plötzlich muss ich mit ihm lachen.

»Und ›Vollpfosten‹.«

Auch das wiederhole ich.

»Viel besser«, lobt er mich, wird aber leider wieder ernst. »Nichts bleibt wie immer, Ava. Das Leben verändert sich. Doch es wird leichter, das kann ich dir versprechen.«

Ich klammere mich daran.

Und ich klammere mich an Tyler. In all dem Chaos ist er mein Anker.

Mein sexy Anker, meldet sich eine bedürftige Stimme.
Mein starker Anker, verbessere ich mich.

Tyler

Beinahe …

Mir wird schlecht.

Wenn ich bloß eine Millisekunde langsamer gewesen wäre, wäre Ava unter die Räder gekommen.

Nach dem Mittagessen geht sie wieder zurück ins Fitnessstudio, dieses Mal zur obersten Etage, um auf den Laufbändern an ihrer Kondition zu arbeiten. Ich schreibe mit *Personal Protection*, die noch keine Neuigkeiten haben, und schicke den Code für das Lagerhaus; und obwohl Sport Ava augenscheinlich guttut, lasse ich sie nicht mehr aus den Augen.

Gerade jetzt, wenn sie läuft, verstehe ich, warum sich keiner ihrer Teamkollegen Sorgen macht. Oder warum Vollidioten, wie der Kerl am Nebentisch vorhin im Restaurant, ihr vorwerfen, ihre Betroffenheit nur zu spielen. Ihre Bewegungen sind leichtfüßig. Ihre Beine fliegen förmlich über das Band. Ihre Atmung geht gleichmäßig. Sie schwitzt kaum. Nur ihre geröteten Wangen verraten, dass das für sie anstrengend ist.

Aber alle paar Minuten kommt sie aus dem Takt. Jeder Schritt wird dann zum Kampf, und es dauert, bis sie wieder zu sich findet.

Weil die Ereignisse sie einholen.

Sie will es nicht wahrhaben, und dennoch passiert es.

Nur dass das niemand zu bemerken scheint. Niemand außer mir.

***

»Bleibt es bei der Verabredung mit Cole?«, frage ich Ava, als ihr Nachmittagstraining vorbei ist und wir zu ihr nach Hause fahren.

»Ja, warum sollte es das nicht?«

»Er ist doch Lehrer, richtig? Ich hab vorhin gehört, dass noch ein Schüler an seinen Verletzungen gestorben ist.«

»Oh Gott«, haucht sie, greift nach ihrem Handy, und ich vermute, sie schreibt ihm. »Nicht sein Schüler«, sagt sie schließlich erleichtert und lächelt. »Ja, es bleibt dabei.«

Ich will es ihr ausreden. Sie sollte sich ausruhen, die Ereignisse sacken lassen. Oder mit Dr. Moreno sprechen. Das will zumindest der Teil von mir, der sie mit keinem anderen Mann teilen möchte.

Aber ich nicke bloß. Cole war ebenfalls vor Ort. Es wird ihr guttun, sich mit jemandem zu treffen, der das Gleiche erlebt hat wie sie.

***

»Haben Sie einen Moment, Ms Jennings?«, begrüßt sie ein FBI-Ermittler, sobald wir zurück sind. »Wir müssen Ihnen ein paar Fragen zu den Vorfällen stellen.«

Unsicher sieht Ava zu mir.

»Das ist Routine«, sage ich ihr. Mal davon abgesehen, dass mich ebenfalls interessiert, ob sie etwas gesehen hat.

»Sicher, kommen Sie rein!«, sagt sie, schließt auf und deutet zum Küchentisch, an den wir uns alle setzen.

Sensibel gehen die Beamten mit Ava die Ereignisse durch und fragen, ob ihr vor dem Anschlag etwas Ungewöhnliches aufgefallen ist, wo sie bei den Explosionen genau stand und ob sie danach jemanden mit einer Steuerkonsole gesehen hat.

»Es tut mir leid«, sagt sie blass. »Alles war friedlich. Und von einer Sekunde auf die nächste –«

Ich drücke ihre Hand, weil ich nicht mit ansehen kann, wie sie leidet, und sie erwidert den Druck mit kalten Fingern.

»Haben Sie Fotos gemacht?«, fragt sie der ältere der beiden Beamten.

»Nur ein paar für Instagram«, antwortet sie, holt ihr Handy und zeigt die Story, die sie an dem Tag gepostet hat.

»Sieht unauffällig aus«, meint der jüngere Beamte.

»Können wir die Aufnahmen trotzdem haben?«, fragt der andere.

»Natürlich«, sagt Ava. »Wenn es irgendwie hilft …«

»Gegen Sie selbst gab es an dem Tag auch keine Drohungen?«, fragt der Ältere weiter.

Erschrocken sieht Ava zu mir, dann wieder zu den Ermittlern, dann wieder zu mir. Und ihre Angst macht mir zu schaffen. Was mir zeigt, dass es richtig war, ihr nichts davon zu erzählen, dass ich mit *Personal Protection* selbst schon in diese Richtung ermittele.

»Sie sind nur gründlich«, sage ich. »Gab es was?«

»Nein«, sagt sie und schüttelt den Kopf. »Nein, da war wirklich nichts.«

Beide Ermittler tauschen einen Blick aus und stehen dann auf. »Wenn Ihnen noch etwas einfällt, melden Sie sich?«

»Tun wir«, übernehme ich das Wort, bringe die Beamten zur Tür und informiere sie darüber, dass *Personal Protection* die Untersuchung unterstützt.

Sie gehen, und Ava braucht einen Moment für sich. Dann gibt sie sich einen Ruck und steht auf, besinnt sich auf das Leben im Hier und Jetzt, was das Beste ist, was sie in so einer Situation machen kann.

»Musst du ins Bad?«, fragt sie. »Wenn nicht, dann würde ich dort für ein paar Stunden verschwinden, um mich für mein Date vorzubereiten.«

Ein paar Stunden! Was hat die Frau vor?

»Tyler? Musst du, oder musst du nicht?«, reißt sie mich aus meinen Gedanken.

»Geh ruhig. Ich bin hier draußen.«

Mit einem ganzen Packen Outfits verschwindet Ava im Badezimmer, und kurz darauf rauscht die Dusche. *Auf dass Cole diesen Aufwand später auch zu schätzen weiß. Wenn nicht, dann kriegt er was zu hören.*

Um mir die Zeit zu vertreiben, mache ich den Fernseher an und schalte zum Sportkanal. Dann ziehe ich mich ebenfalls um und tausche meine praktischen Sachen gegen eine maßgeschneiderte Hose und ein Hemd ein, dessen Ärmel ich jedoch hochkrempele, weil mir sonst zu heiß wird.

»Nicht gucken!«, ruft Ava schließlich, öffnet die Tür einen Spalt, und eine sinnliche Parfümwolke verlässt das Bad. »Ich brauch hier drin mal frische Luft.«

»Bist du etwa nackt?«, necke ich sie.

»Bis auf einen winzig kleinen Tanga! Ist das ein Problem für dich?«

Ich muss lachen. »Kein Problem!«

Neugierig lausche ich jetzt jedoch auf das, was sie im Bad treibt. Eine normale Dusche hat heute Morgen fünf Minuten gedauert. Mir ist schleierhaft, womit sie die restliche Zeit ausfüllt.

Nach beinahe zwei Stunden verlässt sie schließlich das Bad.

»Wow!«, entfährt es mir. Ich will nicht starren, aber ich sehe Ava zum ersten Mal in einem Kleid und bin beeindruckt. Der Stoff schmiegt sich an ihren Körper und betont ihre Kurven. Ich bin kein Experte, doch sie trägt definitiv keinen

BH. Der würde sich darunter abzeichnen. Und das mit dem Tanga war wohl kein Scherz. Ich kann zumindest keinen Abdruck von einem normalen Slip erkennen. Ihre Haare trägt sie offen, in weichen Wellen fallend. Und dunkel umrandete Augen, Rouge auf den Wangen und Lipgloss auf den Lippen geben mir den Rest.

»Was schaust du so?« Sie inspiziert sich selbst, als wüsste sie nicht, was für eine klasse Frau sie ist.

»Du siehst gut aus, Ava«, fange ich mich.

»Gut?«, fragt sie selbstkritisch nach.

»*Wirklich* gut«, schiebe ich hinterher und muss mich zwingen, nicht eine ihrer Locken durch meine Finger gleiten zu lassen.

»Hilfst du mir mit dem Verschluss?« Sie reicht mir eine Kette mit einem Perlenanhänger. »Ich krieg die alleine nie angelegt.«

»Natürlich«, murmele ich.

Zufrieden hebt sie ihre Haarpracht vorsichtig für mich an. Ihr Duft wirbelt zu mir. Eine Mischung aus ihr, dem Shampoo und dem Parfüm, das sie benutzt hat. Plötzlich habe ich ganz weiche Knie, und als ich ihr die Kette anlege, zittern meine Hände. *Verdammt!*

Ich will sie küssen – und ihr in den Nacken beißen, dafür, dass sie mich so durcheinanderbringt. Wir sind nur Zentimeter voneinander entfernt. *Tu es, Knight!*

Aber tief durchatmend schließe ich die Kette, streife mit den Fingerspitzen ihren Nacken und weiche zurück. »Fertig.«

Ihre Hand schießt nach hinten. Nicht zum Verschluss, um zu überprüfen, ob die Kette gesichert ist, sondern zu der Stelle, wo ich sie berührt habe. »Danke«, sagt sie etwas atemlos, und als sie sich umdreht, schimmern ihre Wangen rot. *Sexy.*

»Kann ich denn so mitkommen?«, frage ich, weil ich sie nicht blamieren möchte, und präsentiere ihr mein neues Outfit.

Als würde sie erst jetzt bemerken, dass ich mich ebenfalls umgezogen habe, gleitet ihr Blick langsam über mich.

»Passt was nicht?«, frage ich, schiebe die Ärmel des Hemdes nach unten, schließe die Manschettenknöpfe und ziehe mir noch das Jackett über, das ich auf jeden Fall tragen werde, um meine Waffe darunter zu verbergen. Und ich werde wütender, je länger sie schweigt. *Ja, mit meinen kurzen Haaren und meinem kantigen Gesicht kann ich es nicht mit Supergentleman Cole aufnehmen. Aber deshalb muss man sich nicht für mich schämen. Heißt es nicht außerdem immer, dass die inneren Werte zählen? Was ist jetzt damit? Und ich bin hier, für sie da. Zählt das nicht?*

Frustriert fahre ich mir übers Kinn und spüre die Stoppeln, die seit heute früh nachgewachsen sind. »Ich kann mich auch noch rasieren.«

»Musst du nicht«, sagt sie da, kommt näher, streckt ihre Hand aus und fährt mir über die Wange, was wirklich, wirklich fies ist. Weil ich sie jetzt noch dringender küssen will und mir nicht sicher bin, ob ich das vor ihr verbergen kann. »Steht dir.«

Steht mir?

Bevor ich nachfragen kann, wie sie das meint, klingelt es an der Tür. Ich sehe nach, wer es ist, und öffne schließlich Cole die Tür.

»Wow, du Hübsche! Du rettest meinen Tag!«, begrüßt er Ava.

»Du auch meinen«, antwortet sie lachend.

Ehrlich? Innerlich kriege ich das Kotzen. *Denn mittags habe ich ihren Tag gerettet, und gerade eben hat sie eigent-*

lich keine Rettung gebraucht. Außerdem … Was ist das denn für eine Begrüßung?! Du Hübsche?! Als wäre Aussehen alles, was zählt!

Aber Ava scheint das nicht zu stören.

»Können wir?«, fragt Cole und reicht ihr den Arm.

»Bin bereit«, antwortet sie und hakt sich bei ihm ein.

»Stopp!«, bremse ich die beiden. »Wohin geht es?« Dann können sie einen Wagen nehmen und ich meinen.

Diskret zeigt mir Cole Tickets für die Schokoladenfabrik im Mission District. Er hat eine Tour gebucht, und je nachdem, wie gut man sich versteht, kann man danach noch im Café was essen. *Was für ein smarter Move!* Das muss ich ihm lassen.

»In Ordnung?«, fragt er.

»Natürlich, bis gleich!«, sage ich knapp und sehe verdammt schlecht gelaunt mit an, wie Cole Ava zu seinem Wagen führt. Anders als gestern gibt er sich richtig Mühe, der perfekte Gentleman zu sein, hält ihr die Tür auf, spult das komplette Programm ab. Und Ava scheint das zu genießen. *Igitt!*

Ich fahre den beiden hinterher, aber es wird nicht besser. Je öfter sie lachend ihre Köpfe zusammenstecken, desto weiter klettert mein Puls in die Höhe. Um runterzukommen, überhole ich sie und warte schließlich an dem modernen Backsteingebäude auf sie. Ich habe absolut kein Recht, dieses Date zu sabotieren. Nach dem gestrigen Tag hat Ava es verdient, glücklich zu sein.

Keine fünf Minuten später kommen sie an und steigen aus. Ava fröstelt in ihrem Kleid, da der Wind aufgefrischt hat. Cole ergreift seine Chance und legt ihr besitzergreifend sein Jackett um die Schultern, als hätte ich nicht kapiert, dass sie mit ihm hier ist. Wir betreten die Fabrik. Ich will mir auch noch ein Ticket für die Führung besorgen, doch die Tour ist ausgebucht und sie lassen mich nicht mehr dazu. *Toll!*

»Ich warte im Café auf euch«, gebe ich Ava Bescheid. »Wenn du mich brauchst, ruf an!«

»Mach ich«, verspricht sie. »Aber ich habe ja jetzt Cole. Ich bin in guten Händen.«

Eher in schmalzigen, denke ich, schenke ihr jedoch ein Lächeln.

Mies gelaunt sehe ich zu, wie Ava und ihr Sportlehrer Händchen haltend im Innern der Fabrik verschwinden, setze mich ins Bistro und bestelle mir einen Kaffee, um bei der Sache zu bleiben.

»Du hast was Neues?«, melde ich mich bei Daeven auf einen Anruf, den ich verpasst habe.

»Wie man es nimmt. Die Auswertung des Bildmaterials und der Trümmerteile hat bisher nichts ergeben.«

»Hätte mich auch gewundert«, murmele ich. »Was habt ihr dann?«

»Das FBI geht Hinweisen nach, wem die Tat galt. Sie haben noch kein Ergebnis, können aber erste Gruppen ausschließen.«

»Welche?«

»Mit ziemlicher Sicherheit richtete sich der Anschlag weder gegen den Sport noch gegen eine der teilnehmenden Highschools oder deren Sponsoren.«

»Also gegen eine Einzelperson?«, schlussfolgere ich, während mein Bauchgefühl bei der ganzen Sache immer mieser wird.

»Ja, das ist das wahrscheinlichste Szenario.«

»Ava?«, spreche ich aus, was in der Luft liegt, schaue zur Tür, durch die sie gerade verschwunden ist, und bereue, dass ich sie habe gehen lassen.

»Das können wir noch nicht bestätigen. Aber ja, das liegt im Bereich der Möglichkeiten. Wir unterstützen das FBI, um denjenigen zu finden, dem der Anschlag galt, und konzentrieren uns auf Avas Post. Doch die zu durchsuchen wird dauern. In dem Lagerraum waren nicht zehn *Boxen*, sondern zehn *Säcke*. Ich habe zusätzliche Leute angeheuert, die uns beim Einscannen helfen.«

»Fuck!«, fluche ich. Das ist ein Albtraum. Ava glaubt, das Schlimmste sei vorbei. Weit daneben! »Danke dir, Daeven. Schick mir einen Alarm aufs Handy, wenn ihr was Neues findet!«

»Mach ich.«

Ich zahle und warte ungeduldig, bis die Führung beendet ist und die Gruppe in den Shop strömt. Als die Türen sich endlich öffnen, suche ich Ava sofort in der Menge. Ihr Blick findet meinen, und sie nickt mir zu.

Keine Panik, Knight, es geht ihr gut. Sie ist glücklich. Genau so sollte es sein.

Und sie trägt nicht mehr sein Jackett, weil ihr wieder warm genug ist.

Wie angenehm!

»Das war wirklich eine tolle Idee«, sagt Ava begeistert zu Cole. »Danke dir.«

»Gern geschehen, meine Hübsche«, antwortet Mister Schmalz & Schnulz. »Normalerweise mag ich erste Dates am Strand. Aber nach dem gestrigen Tag wollte ich lieber was drinnen machen.«

»Das war perfekt«, säuselt Ava. »Außerdem ist Schokolade genau das, was ich heute gebraucht habe.«

»Und ich dachte, das ist eine nette Begleitung«, flirtet Cole plump.

»Die natürlich auch!«

»Wollen wir im Bistro noch das Schokoladenmenü nehmen?«, fragt er schließlich und geht zu meinem Entsetzen in die Verlängerung.

»Zum Abendessen?«, wundert sich Ava.

»Jetzt sag mir nicht, du achtest auf deine Figur?«

Blödmann, denke ich. *Selbstverständlich tut sie das. Sie ist Leistungssportlerin.*

»Ach … eine Sünde am Abend verkrafte ich schon«, stimmt sie zu meiner Überraschung jedoch zu.

»Eine?«, raunt er ihr zu. »Ich dachte, es werden mehr.«

»Oh, Cole!« Spielerisch haut sie ihn, geht aber voraus in den Salon, wo auch andere Teilnehmer der Führung sich bereits gesetzt haben.

Ich folge ihnen, nehme allerdings nicht den freien Platz an ihrem Tisch, sondern verziehe mich in die Ecke des Raumes, von der aus ich alles überblicken kann. Ich will schließlich nicht stören, wenn Avas Gehirn in Gegenwart von diesem Mann zu Brei wird.

Was hat Cole Rivers bitte an sich, dass diese smarte, starke, selbstbewusste Frau plötzlich zum Frauchen mutiert, das jedes schwülstige Wort von seinen Lippen aufsaugt? Ava steht doch nicht wirklich darauf, oder?

Sie bestellen, und ich muss zugeben, dass die Schokoladenfabrik ein toller Ort für ein Date ist. Wahrscheinlich wäre ich mit Ava nur surfen gegangen. Aber Cole legt sich richtig ins Zeug, um sie zu beeindrucken.

Wobei … Du wärst mit ihr surfen gegangen, Knight? Es ist egal, was du machen würdest, weil es nie passieren wird. Sie würde dich nie daten.

»Ups!«, macht sie plötzlich, als ihr das halbe Schokoladensoufflé vom Löffel rutscht und am Kinn kleben bleibt. Keine Ahnung, ob mit Absicht oder zufällig. »Ist es schlimm?«

Sie wischt das Gröbste mit einer Serviette ab, aber selbst ich kann aus fünf Metern Entfernung die Reste erkennen.

»Das haben wir gleich«, sagt Cole, reibt mit dem Daumen über ihre Mundwinkel und möchte danach, dass sie ihn ableckt. *Spinnt er?!*

Zum Glück rutscht Ava zurück und erspart mir damit, diese kleine Szene von peinlicher Intimität zu Ende ansehen zu müssen. »Ich geh mich mal frisch machen!«, entschuldigt sie sich bei Cole und steht auf. »Bin gleich wieder da.«

Sie fragt nach den Toiletten, und ich folge ihr.

Zu ihrer Sicherheit, rede ich mir ein. Aber ich weiß es besser.

Ich will sie für mich.

Jetzt sofort.

9. KAPITEL

Ava

Gestern der merkwürdige Kuss mit Cole. Gerade diese unangebrachte Berührung mit seinem Daumen!

Ich genieße das Date mit ihm. Es ist immer schön, begehrt zu werden. Aber heute, ohne Katastrophen, bin ich mir nicht mehr so sicher, ob wir es miteinander versuchen sollten. Irgendwie fehlt mir was bei ihm.

»Bin gleich wieder da«, sage ich zu ihm, um mir den Mund zu waschen, stehe auf, frage nach den Toiletten und spüre, wie Tyler mir wie ein gleich explodierender Vulkan folgt. Dabei gefällt mir, dass er hier ist. Sehr sogar.

In der Damentoilette gehe ich zu den Waschbecken, während Tyler an der Tür wartet. Ich wasche mich und lasse mir Zeit, um mit Tyler allein zu sein. Nur in seiner Nähe fühle ich mich normal.

»Ich glaube, dein Mund ist jetzt sauber genug«, knurrt er hinter mir.

Ich drehe mich um und mustere ihn.

Selbst in der dunklen Stoffhose, dem weißen Hemd und dem Jackett ist Tyler nicht mein Typ. Er bleibt groß, finster, gefährlich. Doch er hat etwas an sich, das bei mir für weiche Knie sorgt. Ganz anders als Cole, mit dem ich mir Familienausflüge im Minivan vorstelle.

Moment! Minivan, Ava?

Die Männer, die du bisher gedatet hast, passen in diese kleine Fantasie. Aber du selbst?

Ja, ich bin diszipliniert – das bringt der Sport mit sich –, aber auch wild. Früher habe ich mich in jedes Abenteuer gestürzt, so wie ein Surfer in die Wellen. *Was, wenn ich in Wirklichkeit immer noch die verrückte Draufgängerin bin?*

»Sicher, dass mein Mund sauber ist?«, frage ich Tyler wie zum Test, während mein Herz in meiner Brust hämmert. Vor Aufregung. Und vor Angst. Weil es so verdammt lange her ist, dass ich getan habe, was ich will – und nicht das, was von mir verlangt wird. »Kannst du kurz nachschauen?«

Er mahlt mit dem Kiefer.

»Bitte«, schiebe ich hinterher.

»Sollte ich nicht besser Cole dafür rufen?«

Ich habe sofort das Gefühl von Coles Fingerspitzen im Kopf. Seine Haut war rau und kühl. Und die Berührung hat nicht annähernd das in mir ausgelöst, was Tyler gerade in mir auslöst. »Ich frage aber dich«, sage ich. »Einen Freund.«

»Einen Freund?!«, schnaubt er.

Ich rechne damit, dass er mir in seiner unnachahmlich ruppigen Art mitteilt, dass ich mir den Mund einfach noch mal waschen soll, und sammele mich, um zu Cole zurückzugehen. Da kommt Tyler auf mich zu.

»Ein Freund?«, wiederholt er, umfasst unglaublich sanft mein Kinn, hebt meinen Kopf und fixiert meinen Mund so intensiv, als würde er jede Pore nach Schokoladenresten absuchen.

Nervös belecke ich mir die Lippen.

»Sieht für mich sauber aus«, knurrt er, als hätte er mich dabei erwischt, ihn zu verarschen. Und er hasst es, verarscht zu werden.

»Sicher?«, frage ich, damit er mich noch nicht loslässt.

»Nein«, sagt er zu meiner Überraschung, während sein Daumen über mein Kinn streicht und kleine Stromstöße durch meinen Körper schickt.

»Nein?«, wiederhole ich irritiert.

»Aber das lässt sich ändern.« Wie in Zeitlupe beugt er sich vor und streicht mit seinen Lippen über meine.

Mehr!, denke ich und öffne instinktiv den Mund.

Und keine Sekunde später greift Tyler in meinen Nacken und küsst mich richtig. Er zieht mich enger an sich, lässt keinen Zentimeter zwischen uns frei und überwältigt mich mit seiner Hitze, seiner Kraft, seiner Lust.

Gierig presse ich mich an ihn, bekomme nicht genug von ihm.

Aber er hält sich zurück.

Bis unsere Zungen sich berühren und er etwas von »Schokolade« murmelt. »Überall Schokolade!«

Ein Ruck durchfährt ihn, und er presst mich an die Wand. Seine Küsse werden härter, sein Atem geht stoßweise, und er schiebt eine Hand unter mein Kleid und kommt dem Ort, an dem ich brenne, näher und näher.

Er will mich. Ohne jeden Zweifel.

Und ich will ihn.

Ich packe seinen Hintern, er deutet mit einer Hüftbewegung Stöße an und sagt mir damit alles, was ich gerade wissen muss.

Bis er den Kuss plötzlich abbricht.

»Scheiße, Ava«, keucht er, hält mich fest, sieht mich schwer atmend an, streift noch mal mit den Lippen meine, aber vertieft den Kuss nicht erneut.

»Bitte«, sage ich leise. Er soll weitermachen.

»Du hast es selbst gesagt, ich bin nicht dein Typ.« Er bekommt wieder diesen harten Gesichtsausdruck. »Geh zurück zu Mister Sunshine. Er wird sich schon wundern, wo du bleibst. Ich warte im Auto auf dich.«

Mit diesen Worten geht er davon. Und mir ist, als wäre ein Wirbelsturm über mich hinweggefegt. *Meint er wirklich, ich hätte ihn so geküsst, wenn ich nichts von ihm halte? So dumm kann er doch gar nicht sein!*

Tyler

Ihr Duft, ihre warme Haut, ihr stoßweiser Atem, ihr sinnlicher Blick, diese vollen Lippen. *Das war heiß. Zu heiß.*

Scheiße!

Ich schlage gegen das Lenkrad, dabei hätte ich gerne einen Sandsack, um meinen Frust abzubauen.

Was ist da gerade passiert? Seit wann ist Ava diese Sexbombe, die eben hochgegangen ist? Sie hat mich geküsst, als wäre ich alles, was sie braucht. Aber das kann nur daran liegen, dass gestern ihre Welt untergegangen ist und ich ihr Retter bin – oder irgendwas in die Richtung. Traumatische Erlebnisse bringen Menschen dazu, verrückte Dinge zu tun. Manche fühlen sich schuldig, überlebt zu haben, und verfallen in eine tiefe Depression. Und andere fühlen sich plötzlich unbesiegbar und stürzen sich von einem Abenteuer ins nächste.

So wie offensichtlich Ava.

Und ich Schwein habe diesen Umstand ausgenutzt!

Jason wird mich lynchen.

Um nicht daran zu denken, wie Ava und Cole sich weiter gegenseitig Schokoladenreste aus den Mundwinkeln wischen, klinke ich mich in die Überprüfung von Avas Fanpost ein, schaffe jedoch lediglich vier Personen, bis Ava und Cole schon das Café verlassen und zum Parkplatz kommen.

Das ging ja schnell!

Wehe, sie hat es jetzt eilig, flachgelegt zu werden!

Ich steige aus und setze eine neutrale Miene auf, habe aber Mühe, sie beizubehalten. Beide sehen aus, als gehörten sie zusammen. Ganz anders als Ava und ich. *Die Schöne und das Biest.* Zumindest in ihren Augen.

»Es war ein toller Abend«, sagt Ava zu Cole und löst sich von ihm.

»Das war es für heute?«, fragt er, als hätte er sich mehr erhofft.

»Ich muss morgen früh raus.« Sie blickt zu mir. »Tyler kann mich nach Hause fahren.«

Cole wirft mir einen warnenden Blick zu, weil er versucht, sein Revier zu markieren, und ich runzele die Stirn, als würde ich ihn nicht verstehen.

»Wann sehe ich dich wieder?«, fragt er Ava.

Nie, schicke ich ihr in Gedanken. *Was willst du mit dem Kerl?*

»Morgen Abend kann ich nicht. Wie wäre es mit Freitag?«, schlägt sie jedoch zu meiner Überraschung vor.

»Freitag ist perfekt«, antwortet er und grinst, als hätte er den Jackpot geknackt. Bestimmt, weil er hofft, bei ihr im Bett zu landen.

»Gut, dann bis Freitag«, sagt Ava.

Sie umarmt Cole zum Abschied, und er küsst sie. Ganz anders, als ich es tun würde. Ganz anders, als ich es getan habe. Seine Hände bleiben auf ihrer Hüfte, ihre auf seinen Schultern. Und ihre Lippen berühren sich, als hätte jemand die Zeit eingefroren.

Sehr romantisch!

»Du solltest einsteigen«, unterbreche ich das Schauspiel einer schlechten Schmierenkomödie und halte die Beifahrertür auf. »Hier draußen ist es nicht sicher.«

Es ist mies von mir, mit Avas Angst zu spielen, aber sie steigt in meinen Wagen ein. Während der Fahrt schweigen wir. Nicht friedlich und harmonisch. Sondern eisig und angespannt. So als würde jeder in Gedanken hitzige Diskussionen mit dem anderen führen. Und sobald wir zurück sind, tauschen wir nur das Nötigste aus. Ava verschwindet im Bad, und wenig später rauscht die Dusche. Ich lege mein Jackett ab und frage mich, wie es weitergehen soll.

Eine Viertelstunde später kommt sie mit nassen Haaren, abgeschminkt und eingewickelt in einen Bademantel aus dem Bad.

»Wir müssen reden«, sage ich. Es ist fast zehn, aber das hier kann nicht warten. Irgendwas passiert zwischen uns, und wir müssen das klären, bevor wir nicht nur uns verletzen, sondern unseren Freundeskreis spalten.

»Jetzt?«, fragt sie verwundert, nickt jedoch. »Ist gut, ich zieh mir bloß schnell was an.«

Sie huscht ins Schlafzimmer, und ich setze mich in einen Sessel, öffne die Manschettenknöpfe meines Hemdes und suche nach den richtigen Worten, suche überhaupt nach dem Richtigen, was ich zu tun habe.

Als sie wiederkommt, trägt sie weite Jogginghosen, einen Sport-BH und ein locker sitzendes Shirt. Und trotzdem sieht sie heiß aus, und ich vergesse für eine Sekunde alles um mich herum und muss an ihre Lippen denken. *Sinnliche, weiche, perfekte Lippen …*

»Du bist sauer«, reißt sie mich aus meinen Gedanken und setzt sich mir gegenüber aufs Sofa.

»Ja, bin ich«, gebe ich zu.

Obwohl ich nicht einordnen kann, warum genau. *Weil ich mich verarscht fühle? Weil sie parallel mit Cole rummacht? Weil ich sie wieder küssen will und nicht haben kann?*

»Es tut mir leid«, sagt sie ungewohnt leise. »Das, was da passiert ist, auf der Damentoilette … Ich weiß auch nicht, was in mich gefahren ist.«

»Du musst dich nicht entschuldigen. Ich hätte dich ja aufhalten können.«

»Warum hast du nicht?«

»Weil ich auch nur ein Mensch bin«, sage ich, woraufhin sie wie unter einem Schlag zusammenzuckt. Als wäre alles, was geschehen ist, ihre Schuld. »Und weil es verdammt gut war«, füge ich sanft hinzu.

»Ja, das war es«, sagt sie zu meiner Überraschung.

Plötzlich sehe ich glasklar, worauf wir hier zusteuern. Auf eine Katastrophe. Ava ist keine Femme fatale, die Männer verführt. Und ich bin kein Kerl, der Gelegenheiten aus Spaß ausnutzt. Wir müssen aufhören, uns wie Verrückte zu benehmen, und wieder die Erwachsenen sein, als die uns unsere Freunde kennen. Da draußen läuft ein Irrer frei herum, der Leute abknallt. Das hier ist echt mieses Timing.

»Du weißt, was das heißt, Ava?«

Fragend sieht sie mich an.

»Das, was vorhin passiert ist, wird sich nicht wiederholen.«

So als hätte sie mich nicht gehört, wandert ihr Blick zu meinem Mund, als würde sie über eine Wiederholung nachdenken. Und alles in mir will ihr eine geben, die sie nie wieder vergisst.

»Bleib bei der Sache!«, sage ich streng. »Hast du mich verstanden?«

»Ja, habe ich. War es das dann?«

Sie will aufstehen, doch mit einem Kopfschütteln halte ich sie auf. »Ab morgen werde ich Carter herbestellen, um auf dich –«

»Nein, ich will dich!«, unterbricht sie mich aufgebracht.

Himmel, und ich will dich, Angel. Du ahnst ja nicht, wie sehr, denke ich. *Aber es wäre nicht richtig, nicht jetzt.*

»Ich vertraue dir, Tyler«, verbessert sie sich.

»Carter ist auch vertrauenswürdig«, versichere ich ihr. »Er ist genauso lange in dem Job wie ich und hat noch nie einen Kunden verloren.«

»Aber Carter ist nicht du.«

»Genau das ist der Punkt«, sage ich. *Mit ihm wirst du wohl nicht herumknutschen, während du einen anderen Kerl datest.*

Ava sieht mich uneinsichtig an. »Ich verstehe nicht, was daran besser ist. Du kennst mich.«

»Richtig erst seit eineinhalb Tagen, Ava!«, werfe ich ein. »Ich rede mit Carter, und in null Komma nichts hat er den gleichen Stand wie ich.«

Missbilligend kneift sie ihre Lippen zusammen.

»Es sei denn, es gibt einen anderen Grund, warum du nicht möchtest, dass ich den Job abgebe«, sage ich.

Ich lese in ihren Augen, dass sie versteht, was ich meine. Und gleichzeitig die Antwort. Ich, der Typ, der sie an einen Bad Boy erinnert, bin für sie nur ein Abenteuer. Ein Nervenkitzel. Bevor ein Typ wie Cole sie irgendwann in den sicheren Hafen der Ehe führt.

»Also war es das?«, fragt sie.

»Ja, das war's. Wir gehen wieder getrennte Wege.«

»Fick dich, Tyler«, sagt sie da, springt auf, läuft in ihr Schlafzimmer und knallt die Tür hinter sich zu.

»Das heißt wohl, sie ist einverstanden«, murmele ich.

10. KAPITEL

Ava

Warum reagiere ich so heftig? Rein rational weiß ich, dass Tyler recht hat. Das, was sich zwischen uns anbahnt, ist nicht gut für den Freundeskreis. Ich habe keinen Grund, verletzt zu sein. Ich date Cole, jemand von *Personal Protection* wird für meine Sicherheit sorgen, und Tyler wird … vielleicht ein Freund.

Ein Freund?

Bin ich nicht genau deshalb so wütend, weil ich das nicht will? Denn Tyler wird von Minute zu Minute mehr.

Was für eine Scheiße!

Unschlüssig starre ich die Wände an, und mir wird klar, dass ich nicht bloß sauer auf Tyler bin, sondern auch auf das Leben im Allgemeinen und auf mich selbst, weil ich mich so bescheuert verhalte.

Tyler anschreien?

Türen knallen?

Eingeschnappt fliehen?

Als wäre ich zwölf Jahre alt.

Obwohl es mir furchtbar peinlich ist, verlasse ich mein Schlafzimmer wieder.

»Sorry«, sage ich leise zu Tyler.

Er hat sein Handy am Ohr, hat mich jedoch gehört und nickt mir zu.

Ich warte. Aber da nicht mehr kommt, gehe ich in die Küche und mache mir einen Salat, um meinem Körper neben der Schokolade noch was Gesundes zu geben. Ich esse und setze mich dann mit Kopfhörern ins Wohnzimmer, wo ich auf meinem Tablet Serien streame. Dabei sehe ich ständig zu Tyler.

Das ist das letzte Mal, dass wir unter uns sind. Ab morgen lebe ich wieder mein Leben, egal, wie verrückt es gerade ist. Und er seines. Und ich vermisse ihn jetzt schon. *Wer hätte das am Anfang gedacht?*

Tyler beendet den Anruf, steht auf, nimmt seine Schlafsachen und verschwindet im Bad. Wasser läuft, und nach zehn Minuten kommt er zurück, umgezogen und mit der eleganten Stoffhose und dem Hemd in der Hand. Er faltet die Sachen und packt sie in seine Tasche, räumt schon zusammen. Dann klappt er die Lehnen vom Sofa um, breitet ein Laken aus und legt sich das Kissen und die Decke zurecht, die ich ihm gegeben habe.

Das war es, das war es wirklich! Mist!

Noch drei Atemzüge lang gebe ich vor, die Serie zu schauen. Dann verschwinde ich ebenfalls im Bad, und als ich wieder ins Wohnzimmer komme, hat Tyler das Licht bereits ausgeschaltet und sich hingelegt.

Der draufgängerische Teil in mir will zu ihm. Ich will eine weitere Nacht mit ihm. Und mehr, viel mehr. Aber es ist vorbei.

»Was ist?«, fragt er in die Dunkelheit, als würde er mein Zögern spüren.

»Nichts«, sage ich und löse mich aus meiner Starre. »Gute Nacht, Tyler.«

Ich gehe ins Schlafzimmer, lege mich hin, kann jedoch wie die Nacht zuvor nicht einschlafen. Erst wegen der Bilder des Anschlags. Dann wegen der Erinnerung an Tylers Lippen, an seinen Geruch, an seine Wärme …

Wann genau habe ich angefangen, diesen Mann sexy zu finden?

War das womöglich schon in der ersten Sekunde?

Dass ich doch irgendwann eingeschlafen sein muss, merke ich nur daran, dass mich morgens Stimmen aus meinem Wohnzimmer wecken.

Wie gerädert setze ich mich auf und fahre mir übers Gesicht. Ein Blick auf meinen Wecker sagt mir, dass es kurz vor sechs ist, und bevor der Alarm angeht, schalte ich ihn aus. Ich stehe auf, ziehe mir einen Sweater über, verlasse mein Schlafzimmer und entdecke Carter, Tylers Ablösung.

»Hi«, sage ich und mache mich bemerkbar.

»Carter übernimmt ab sofort«, erklärt Tyler und wendet sich wieder an ihn. »Du weißt Bescheid?«

Der Mann von *Personal Protection* nickt.

»Gut, dann bis nachher!«, sagt Tyler und nimmt seine Sachen.

Wie bitte, was? Das wirkt, als hätte er vorgehabt, sich ohne einen richtigen Abschied aus meinem Leben davonzustehlen. »Du gehst schon?«, frage ich überrumpelt.

»Ich muss los«, sagt er nur.

Ich will ihn aufhalten. *Aber was soll das bringen?* »Bye!«, sage ich daher, und mit einem Nicken dreht er sich um und ist weg. Die Tür fällt ins Schloss, und sämtliche Energie verlässt mich.

»Frühstück?«, fragt Carter.

Ich schüttele den Kopf. Mir ist der Appetit vergangen. Stattdessen fühle ich mich schlapp, als hätte ich die Nacht durchgemacht. Das kenne ich gar nicht von mir.

»Ich leg mich wieder hin«, sage ich.

»Findet heute kein Training statt?«, fragt er zurück, weil Tyler ihn offensichtlich über meinen Tagesablauf informiert hat.

»Ich fühl mich nicht besonders wohl. Ich schlaf noch etwas.« *Das hilft doch meistens, oder?*

Ich informiere Rebecca, dass ich heute das Training ausfallen lasse. Danach krabbele ich zurück ins Bett und wickele die Bettdecke wie einen Schutzschild um mich.

Du bist am Leben, Ava.

Aber das allein kann mich nicht beruhigen. Jederzeit kann es zu einem weiteren Anschlag kommen. Und es könnte mich treffen. *Das ist möglich, oder?*

Für Minuten schlafe ich immer mal wieder ein, doch das kleinste Geräusch lässt mich hochschrecken. Bis es an der Tür klopft.

»Ja?«, krächze ich.

Carter betritt das Zimmer. »Ms Jefferson ist hier.«

»Oh?«, mache ich überrascht. *Lauren?*

Da drückt sie sich schon an Carter vorbei. »Süße, bist du okay?«

Ich richte mich auf und reiße mich zusammen. »Was willst du hier?« Sie wohnt mit ihrem Freund in Sausalito, das liegt nicht um die Ecke.

»Du bist nicht an dein Handy gegangen. Vorgestern, bei dem Fernsehauftritt, warst du völlig durch den Wind. Und gestern hast du dich nicht gemeldet. Chloe und ich haben uns Sorgen gemacht.«

Mist! Das war keine Absicht. »Du hättest Rebecca anrufen können«, sage ich. Meine Managerin weiß immer über alles Bescheid.

»Das hab ich«, sagt sie. »Und die meinte, dass du dich krankgemeldet hast. Was mich, ehrlich gesagt, vollends alarmiert hat.« Sie legt mir eine Hand auf die Stirn und fühlt, ob ich Fieber habe. »Was ist los, Süße?« Sie hat auch lange Jahre Profisport betrieben und weiß, dass eine kleine Erkältung einen nicht so leicht umhaut.

»Irgendwann erwischt es jeden mal«, spiele ich die Sache herunter.

Ein skeptischer Blick trifft mich.

»Na gut … Vielleicht ist mir das alles doch näher gegangen als gedacht«, gebe ich zu und fröstele erneut.

»Du weißt, was dagegen hilft?«

»Ich will nicht aufstehen«, stöhne ich, weil ich ahne, was sie vorhat.

»Wie? Ava Jennings versteckt sich vor ihren Problemen?«, zieht sie mich auf. »Los, hoch mit dir! Wir gehen spazieren. Die frische Luft wird dir guttun. Und der starke Kerl da draußen wird dafür sorgen, dass dir niemand ein Haar krümmt!«

Ich will nicht raus. Aber Lauren hat recht. Bewegung, Sonne und gutes Essen sind im Grunde das, was ich brauche. *Normalität.*

»Gib mir fünf Minuten«, sage ich und kämpfe mich aus dem Bett.

»Das ist mein Mädchen«, jubelt sie, äußert zufrieden mit sich. »Ich informiere Chloe.«

»Tu das!«

Am Ende benötige ich eine Viertelstunde, um zu duschen, mich anzuziehen und eine Kleinigkeit zu essen. Dann sind wir draußen und laufen über die Bush und Sutter Street in Richtung Union Square.

»Ist ein Abstecher zu Saks okay?«, fragt sie.

»Kaufhausluft ist keine frische Luft«, versuche ich, mich zu drücken.

»Ich weiß. Aber Wade und ich haben ein Treffen mit einem Fernsehproduzenten. Der will aus unserem Fitnessbuch vielleicht eine Show machen, und da muss ich glänzen.«

Deshalb war sie also in der Gegend. Das Kaufhaus ist bloß zwei Blocks von meiner Wohnung entfernt. »Wow, Lauren, das sind großartige Neuigkeiten!«, freue ich mich für sie. »Aber wenn das klappt, feiern wir das bitte nicht mit Arschbomben.« Mir wird allein bei dem Gedanken, ins Wasser zu springen, kalt. Ohne Neoprenanzug ist das Meer hier echt eisig.

Sie grinst breit. »Nicht deine Entscheidung.«

»Keine Arschbomben, Lauren!«

»Ein paar kleine«, zieht sie mich auf.

»Alles klar, ich springe nur mit einem Fuß ins Wasser!«

»Mindestens mit zweien«, verhandelt sie scherzhaft.

Für einen Moment genieße ich, mit einer meiner besten Freundinnen durch die Stadt zu bummeln und mich über Arschbomben zu unterhalten. Das fühlt sich herrlich normal an. Als wäre alles noch beim Alten.

Bis mir gerade dadurch klar wird, wie sehr sich mein Leben verändert hat. Und dass es verrückt ist, so unbeschwert zu sein!

Ich blicke immer wieder nach oben und zucke zusammen, als ein Schwarm Tauben vor uns auffliegt. Aus dem Augenwinkel sehe ich einen Luftballon, und mir bricht der Schweiß aus. Und das Summen einer Fliege an meinem Ohr macht mich endgültig fertig. Ich schlage nach dem Insekt, aber es haut nicht ab. Und plötzlich wird mir so übel, dass ich Lauren am Arm packe und ihr signalisiere, mit mir stehen zu bleiben, statt zu Saks zu gehen.

»Was ist?«, fragt sie besorgt.

»Ich muss mich kurz setzen«, sage ich.

»Kommen Sie!«, übernimmt Carter, führt uns zu einem Café und besorgt Wasser. »Besser?«

Ich leere das halbe Glas in einem Zug und nicke. Die Übelkeit lässt nach. Nur die Panik bleibt.

»Lass uns was zum Essen bestellen«, meint Lauren und blättert schon in der Karte. »Das wird deinen Kreislauf in Schwung bringen.«

Ich nehme das Menü, aber die Worte verschwimmen vor meinen Augen, und ich klappe es wieder zu.

»Ich bin nicht hungrig«, sage ich so locker, als wäre nun alles bestens, dabei höre ich jedes Geräusch lauter – und verzehrt. Aus Zurufen werden Schreie, aus Lachen Kreischen, aus dem Scheppern von Besteck Detonationen.

Ich warte, dass das Gefühl verschwindet. Stattdessen wird es bedrohlicher. Bis ich nur noch einen Gedanken habe: *Ich muss hier weg. Sofort!*

Also springe ich auf und laufe los. Mal wieder.

Tyler

Ava geht es gut, sage ich mir. *Ja, sie hat müde ausgesehen, aber sie ist in besten Händen. Carter versteht was von seinem Job. Hör auf, dir Sorgen um diese Frau zu machen. Es ist vorbei.*

Zurück bei *Personal Protection* stelle ich meine Tasche ab, verstaue meine Waffen sicher und nehme mir Kaffee, um nach einer viel zu kurzen Nacht fit zu werden.

»Willst du einen neuen Auftrag oder an dem von Ava weiterarbeiten?«, fragt mich Daeven.

Ich zögere. Zu lange.

»Also weitermachen«, antwortet er für mich. »Dachte ich mir schon. Komm, ich zeig dir, was wir Neues haben.«

Interessiert folge ich ihm zu einer Wand aus Bildschirmen, auf denen die Analyse von Avas eingescannter Fanpost und die Überprüfung weiterer möglicher potenzieller Opfer läuft. Darunter sind Lehrer der Highschools, die Topsportler und einige von ihren Eltern, die in der Politik sind und dort waren, um ihre Kinder beim Wettkampf anzufeuern.

»Das Programm sucht nach den üblichen Schlüsselwörtern, nach von uns zusätzlich definierten Begriffen und nach Mustern.« Er drückt eine Taste, und auf dem Display tauchen vergrößerte Texte auf. »Das ist das bisherige Ergebnis. Fünf Nachrichten, die an Ava adressiert waren. Es tut mir leid, aber allmählich deutet alles darauf hin, dass der Anschlag tatsächlich ihr galt. Gutes Bauchgefühl, Ty.«

»Mir wäre lieber, ich würde mich täuschen«, sage ich und lese das Ergebnis.

Man sieht sich immer zweimal im Leben.

Wir werden unsterblich sein.

Du bist schnell, aber nicht schnell genug.

Alles Gute kommt von oben.

Stirb!

»Sie stammen alle von demselben Absender«, sagt Daeven.

»Sehen gar nicht so aus«, murmele ich.

»Deshalb sind sie bisher nicht aufgefallen.«

»Also haben wir das Schwein?«

»Zumindest eine Spur«, meint Daeven. »Es muss jemand aus Avas Umfeld sein. Ich stimme mich dazu gleich mit dem FBI ab.«

Chloe und Lauren schließe ich sofort aus. Sie würden Ava einen Streich spielen, aber ganz sicher nicht solche

Briefe schreiben. Und auch Wade und Jason kommen nicht infrage. Für beide würde ich mich jederzeit verbürgen.

»Kannst du den Personenkreis weiter einengen?«, frage ich.

»Wird schwer mit dem, was wir haben. Aber ich versuche es.«

»Gut, dann finde ich heraus, mit wem Ava in den letzten Jahren zu tun hatte.«

Es wird eine lange Liste von Personen, die ich dazu sprechen muss. Natürlich Ava. Dicht gefolgt von Chloe und Lauren. Sie kennen Ava besser als jeder andere Mensch. Vielleicht erinnern sie sich sogar an jemanden, über den Ava sich beschwert hat oder der ihr unheimlich war.

Dann folgt Rebecca, Avas Managerin. Sie kann mir alle Geschäftskontakte geben. Auch wenn sie dabei herumzetern wird. Schließlich lebt sie von ihren Connections.

Und zu guter Letzt wäre da ihr Trainer Stan Chapman. Denn hinter dem Angriff könnte auch eine neidische Mitstreiterin von Ava stecken.

Adrenalin pumpt durch meinen Körper.

Der Reihe nach, Knight. Mit wem beginnst du?

Ava?

Nein, besser sie hat mal eine Pause von all dem.

Dann Chloe oder Lauren?

Ich meine mich zu erinnern, dass Chloe mit Jason Aufnahmen am Strand macht, dabei will ich nicht stören. Aber Lauren müsste freihaben. Also rufe ich sie an und habe Glück, denn sie geht ran.

»Hi, hier ist Tyler«, melde ich mich und will gerade einen Termin ausmachen. Da ruft sie: »Du hast ihr nicht rein zufällig einen GPS-Tracker untergeschoben, oder?«

»Ähm … Wieso?«

»Wir waren am Union Square. Ich dachte, frische Luft würde ihr guttun. Aber plötzlich ist sie einfach aufgestanden und losgerannt. Und sie kann schnell rennen. Zu schnell für uns alle.«

Was zum Henker?!

»Gib mir Carter!«, fordere ich in meinem Kommandoton, woraufhin ich sofort meinen Kollegen am Handy habe. »Was genau ist passiert?«

Ich höre Carters keuchenden Atem, als würde er rennen. Dazu kommen Autolärm und die üblichen Geräusche der Stadt.

»Los, rede!«, belle ich ins Telefon.

»Fuck, sie ist nicht zu Hause«, sagt er wenig später.

»Was heißt das?«, fragt Lauren, die ihm gefolgt sein muss.

»Carter!«, knurre ich. *Kann mir mal jemand erklären, was los ist?*

»Verdammt, Tyler, du hast gesagt, sie ist in Ordnung!«, ruft er.

Habe ich. War sie ja auch. »Und?«

»Und?!« Nun klingt er angepisst. »Ich kann dir sagen, was passiert ist. Sie hatte eine Panikattacke und ist über die Post Street weggelaufen. Ich dachte nach Hause, doch hier ist sie nicht.«

»Mist!«, fluche ich. *Ava könnte also überall sein.* »Hat sie Lieblingsplätze?«, frage ich Lauren.

»Fort Point vielleicht?«

Ich schüttele den Kopf. »Das ist euer Ding, nicht ihres. Laufstrecken?«

»Eigentlich Embarcadero«, sagt sie. Die Uferpromenade vom Ferry Building, die Piers entlang zum Fishermans Wharf. »Aber wenn sie dahin wollte, wäre sie in die andere Richtung gerannt.«

»Was ist mit Crissy Fields?« Das ist auch eine beliebte Route mit Blick auf die Golden Gate Bridge.

»Das wäre mir neu«, sagt Lauren.

»Weiter! Wo geht Ava hin, wenn sie für sich sein will?« Ich werde ungeduldig. »Du bist doch ihre Freundin. Was würde sie tun?«

»Keine Ahnung!«, ruft sie frustriert zurück. »Normalerweise hat Ava keine Panikattacken. Normalerweise rennt sie nicht weg. Normalerweise ist sie die Frau mit dem schärfsten Verstand, den ich kenne. Aber seit diesem gottverdammten Tag ist nichts mehr normal.«

»Schon gut«, sage ich und höre auf, sie unter Druck zu setzen. »Uns fällt was ein.« *Mir muss was einfallen.*

»Ihr geht es gut, oder?«, fragt sie besorgt.

»Ganz bestimmt«, beruhige ich sie und mich.

Ja, dieser eine Tag hat alles verändert, denke ich mir. *Dieser eine Tag …*

»Wartet bei ihr zu Hause«, sage ich Lauren und renne los.

»Du weißt, wo sie ist?«, fragt Carter.

»Ich hab da so eine Ahnung …«

Ava müsste dort sein, wo wir uns zum ersten Mal allein, ohne unsere Freunde, begegnet sind.

Dort, wo alles angefangen hat.

11. KAPITEL

Ava

Erst will ich einfach nur weg. *Als könnte man seinem Leben davonlaufen!*

Dann meldet sich ein Teil der alten Ava. Diese logisch denkende Frau, die weiß, dass man sich seinen Ängsten stellen muss. Und ich kenne plötzlich mein Ziel: Ich muss dahin, wo alles angefangen hat. *Ins Stadion!*

Ich laufe, als ginge es um mein Leben. Die Hügel von San Francisco können mich nicht aufhalten. Und obwohl ich vor Anstrengung schnell atme, habe ich nicht länger das Gefühl, dass mir die Kehle zugeschnürt wird.

Sobald das Stadion am Rande des Golden Gate Parks vor mir auftaucht, sprinte ich. Das gesamte Areal ist heute komplett verlassen und mit Plastikband abgesperrt. Doch davon lasse ich mich nicht bremsen. Ich renne an den leeren Tribünen vorbei direkt auf die Laufbahnen zu.

Kerzen und ein Mix aus frischen und verwelkenden Blumen übersäen das Gelände. Banner, deren Enden mit Steinen befestigt sind, damit sie nicht wegfliegen, tragen die Namen der Schüler und Schülerinnen, die gestorben sind. Weil es in den letzten Tagen nicht geregnet hat, sieht man überall dunkle braunrote Flecken. Getrocknetes Blut. Und zwischen Weitsprung- und Hochsprunganlage klaffen riesige Löcher im Boden. Die Granaten haben das Erdreich komplett umgepflügt, und Rasen, Erde und Schutt verteilen sich sternförmig um die Einschlagstellen.

Und ausgerechnet hier erfasst mich plötzlich ein tiefer Frieden. Meine Kraft verlässt mich. Ich lege mich aufs Feld, schaue in den Himmel und stelle mir vor, es hätte mich getroffen, und eine Last fällt von mir ab.

Ich habe tolle Freunde, die immer für mich da sind. Ich bin Sportlerin des Jahres und halte den Landesrekord über einhundert Meter. Und vielleicht hätte es vor zwei Tagen mit mir zu Ende gehen müssen. Weil ich in meinen jungen Jahren so viel erlebt habe wie manch anderer in seinem ganzen Leben.

Reisen um die Welt …

Medaillen …

Fernsehauftritte …

Fotoshootings …

Und Begegnungen mit jeder Menge berühmter Persönlichkeiten. Ich hab sogar schon dem Präsidenten die Hand geschüttelt!

Es wäre wirklich besser gewesen, wenn es mich auch erwischt hätte, statt jetzt nicht mehr zu wissen, wer ich eigentlich bin. Als wäre mein innerer Kompass durcheinandergeraten und ich wüsste nicht mehr, was richtig ist und was nicht. Weil sich alles, was normal war, plötzlich seltsam anfühlt. Und weil gerade das, was früher seltsam war, plötzlich gut ist.

Wie Tyler …

Ich beobachte die Wolken und versuche wie ein Kind, Formen zu erkennen. *Ein Pferd, ein Drache, ein Ritter …*

Tyler!, denke ich wieder. *Irgendwie war er bei all diesem Chaos meine Konstante.*

Aber er ist gegangen.

Erneut ringe ich nach Luft. Als hätte ich vor zwei Tagen bei dem Anschlag doch etwas abbekommen, und erst jetzt zeigen sich die Folgeschäden.

»Ava!«, brüllt jemand in dem Moment. »Fuck, nein!«

Irritiert richte ich mich auf und sehe genau den Mann, an den ich gerade gedacht habe, in einem Wahnsinnstempo über das Feld sprinten. Und plötzlich ist er bei mir und drückt mich an sich.

»Geht es dir gut, Ava?« Hände reiben prüfend über meinen Rücken. »Rede! Bist du in Ordnung?«

»Ja«, sage ich und erwidere die Umarmung. *Jetzt wieder. Bei ihm.*

»Du Verrückte!«, meint er und klingt erleichtert. »Du total Verrückte!«

Ich muss lachen, weil mir gefällt, die Durchgeknallte zu sein. Auch ohne zu Tina Turner zu tanzen oder Arschbomben zu machen wie meine Freundinnen.

Dann, zögerlich, lockert Tyler seinen Griff. Er behält einen Arm um mich geschlungen, fährt mir mit der freien Hand durch die Haare und mustert mich eindringlich.

»Hast du Ärger bekommen?«, frage ich. »Das wollte ich nicht.«

»Kein Problem«, antwortet er überraschend sanft. »Nimm das nächste Mal nur Carter mit.«

»Er ist zu langsam für mich.«

Daraufhin lacht Tyler leise und drückt mich wieder an sich.

»Ich meine das ernst«, sage ich.

»Ich weiß«, erwidert er. »Dann lauf in Zukunft nicht so schnell.«

»Das hat noch nie jemand von mir verlangt.«

»Irgendwann ist immer das erste Mal.«

Das stimmt. Mein Herz wummert in meiner Brust. Und plötzlich weiß ich, was all das zu bedeuten hat. Ich habe mich in Tyler Knight verliebt. Ich wollte es gar nicht, aber es ist passiert.

Nur dass er nicht so empfindet, Ava.

Also schlag dir diesen Mann aus dem Kopf!

»Woher wusstest du, wo ich bin?«, frage ich.

»Es war bloß eine Ahnung.« Wieder sieht er mich tief an. »Weil sich hier dein Leben verändert hat. Für immer.«

»Das ist dir aufgefallen …«, murmele ich. *Das muss doch was bedeuten, oder?*, meldet sich mein idiotisches Herz.

»Weil ich so was auch erlebt habe«, sagt er zu meiner Enttäuschung. »Du musst aufhören, an deinem alten Leben zu hängen, und das neue akzeptieren.«

»Genau das versuche ich«, sage ich. »Erst bin ich hergekommen, als könnte ich die Ereignisse ungeschehen machen. Aber dann ist mir klar geworden, dass sie alles verändert haben, mich verändert haben.«

»Das ist ein Anfang«, sagt er.

Glaubt er, ich meine den Anschlag? Ja, der war schlimm. Doch wirklich auf den Kopf gestellt hat Tyler mein Leben. In meiner schwärzesten Stunde ist er aufgetaucht, wie die Antwort auf alle noch ungestellten Fragen. Wie meine Rettung. *Meine Zukunft.*

»Danke«, sage ich leise.

»Wofür?«

»Dafür, dass du hier bist.«

Wortlos drückt er mir einen Kuss aufs Haar.

Daraufhin drehe ich mich zur Seite, und für den Bruchteil einer Sekunde sehe ich etwas in Tylers Gesicht, das ich nicht für möglich gehalten hätte. Sorge um mich. Und die

Entschlossenheit, alles zu tun, was nötig ist, damit es mir gut geht.

»Du weißt was Neues über den Anschlag, stimmt's?«, frage ich.

Sein Körper spannt sich an.

»Was ist es?«, bohre ich nach. »Sag es mir!«

»Es wird noch einen geben.«

»Oh mein Gott, gab es eine Drohung? Konkrete Hinweise? Wann? Wo?«

Ruhig streicht er mir durchs Haar, aber seine Hand zittert leicht. »Wir wissen das, weil er sein Ziel nicht erreicht hat. Eine Einzelperson.«

Entsetzt sehe ich Tyler an. »Mich?«

»Dich«, sagt er leise.

Und plötzlich muss ich lachen. Ich schmiege mich in die Arme des Mannes, der mit all dem Chaos in mein Leben gekommen ist. Und der es irgendwie schafft, es zu vergrößern und gleichzeitig auf Abstand zu halten. Und ich lache lauter und lauter. Wie erlöst. Weil Tyler zwar heute Morgen gegangen ist, aber nun ist er zurück, und das muss etwas bedeuten. Irgendwas.

»Hey, keine Panikattacke kriegen, Angel.«

Angel?

Der Kosename, der Tyler unbemerkt herausgerutscht ist, bestätigt mir das und gibt mir die Sicherheit, die ich brauche. »Es geht«, antworte ich. »Ich kann nur nicht glauben, was ich gleich sagen werde.«

»Was denn?«, fragt er, kräuselt amüsiert die Lippen und fährt mir mit beiden Händen fest über den Rücken.

»Bring mich hier weg, Tyler! Irgendwohin, wo der Typ mich nicht finden kann. Bis das Ganze vorbei ist.«

Tyler

Avas Blick bohrt sich in mich.

Darin liegt Angst, die nur ich ihr nehmen kann.

Und eine wilde Entschlossenheit.

Sie hasst es, das Opfer zu sein. Sie ist niemand, der die Hände in den Schoß legt. Wenn sie könnte, würde sie mehr tun. Aber das Beste, was sie in der Situation tatsächlich machen kann, ist zu verschwinden, bis der Täter geschnappt worden ist.

»Carter –«, beginne ich.

»Nein, du!«, sagt sie, und ich bin endgültig verloren. Ich will sie zu sehr, um sie erneut wegzustoßen. Egal, ob ich für sie nur ein Abenteuer bin oder nicht. Ich weiß, dass Carter gut auf sie aufpassen würde. Aber ich kann das noch besser.

»In Ordnung«, sage ich. »Komm mit.«

Ich ziehe sie mit mir hoch und lasse einen Arm um ihre Hüfte geschlungen, um sie bei Gefahr mit meinem Körper schützen zu können. Wie erst vor wenigen Tagen laufen wir über den Parkplatz, der jetzt – bis auf meinen Wagen – komplett verwaist ist.

»Ich muss nur noch ein paar Sachen holen, dann geht es los«, sage ich, als wir einsteigen.

»Wie? Dieses Panzerauto ist nicht voll beladen mit Equipment?«

»Wirst du jetzt frech?«, frage ich überrascht und gebe Gas.

»Klingt wohl so.« Ihre Augen funkeln mich vergnügt an. »Probleme damit, Cowboy?«

Mein Schwanz wird unpassend hart, was man in der Hose zum Glück nicht sieht.

»Überhaupt nicht«, sage ich, werfe ihr jedoch einen Blick zu, der sagt, dass sie vielleicht welche bekommt, je nachdem, wie frech sie noch wird. *Cowboy?! Ts! Also wenn, dann bin ich der Sheriff und sorge für Recht und Ordnung.*

Daraufhin wirft sie lachend den Kopf an die Stütze. Und ich verstehe plötzlich, was Ava, Chloe und Lauren verbindet. Es ist nicht ihr sportlicher Background oder dass sie in Miramar aufgewachsen sind. Sondern die Tatsache, dass jede einen Knall hat. Einen niedlichen Knall. Aber einen Knall. Und das gefällt mir.

Über die Freisprechanlage des Autos gebe ich bei *Personal Protection* Bescheid, dass ich komme, und fahre eine halbe Stunde später durch die Toreinfahrt auf den Innenhof des dreistöckigen Gebäudes.

»Hier wohnst du?«, fragt sie und sieht sich neugierig um.

»Quasi«, antworte ich. »Das ist der Sitz von *Personal Protection.*«

Ich betrete den offenen Büroraum und nicke Daeven und Gabe zu, die wie üblich an ihren Rechnern sitzen, während auf der Bildschirmwand im Hintergrund Analysen zu den aktuellen Aufträgen laufen.

»Hi, Ava!«, begrüßen die Jungs sie wie eine alte Freundin, weil sie die Frau an meiner Seite von den Recherchen kennen.

»Ähm … hi!«, antwortet Ava.

»Komm mit!«, sage ich, bevor einer von ihnen einen blöden Spruch bringen kann, greife nach Avas Hand und führe sie zu den Spinden.

»Ich dachte, ich kriege deine Wohnung zu sehen«, bemerkt sie eine Spur enttäuscht.

»Später«, verspreche ich. »Weiter hinten im Gebäude gibt es eine Treppe. In der zweiten Etage sind Besprechungs-

und Übungsräume. Und in der dritten Apartments. Auch meine. Ist praktisch.«

»Verstehe, es ist immer jemand zum Blumengießen da«, murmelt sie.

»Noch ein Scherz?«

»Sorry, ich konnte mich nicht bremsen.«

»Gefällt mir«, sage ich. Je öfter sie aus sich herauskommt, desto mehr nimmt sie mich für sich ein.

Ich gehe in mich und überlege, was ich alles brauche, nehme mir einen Rucksack und verstaue zwei Laptops im Rückenpolster, dazu Solarakkus und mehrere Powerbanks. Ich überlege, ob ich das Fernglas oder den Feldstecher mitnehme, entscheide mich für beides und wechsele dann zum Waffenschrank. Als Ergänzung zu meiner Waffe wähle ich ein Scharfschützengewehr und mehrere halb automatische Modelle und packe großzügig Munition ein. Bis zwei Taschen voll sind. Wobei ich Avas Blicke spüre.

»Keine Sorge«, sage ich. »Ich rechne nicht mit einem Großangriff, ich bin bloß gerne vorbereitet.«

»Ich mach mir keine Sorgen«, sagt sie da.

»Ach ja?« Verwundert drehe ich mich zu ihr und erwische sie dabei, wie sie auf ihrer Unterlippe herumknabbert.

»Das ist heiß«, gesteht sie, und ihre Wangen färben sich rot. »Du bist heiß.«

Mein Blick wandert über Ava, und mir kommen Ideen, was ich alles mit ihr anstellen könnte, um ihr zu zeigen, dass ich nicht nur heiß aussehe, sondern auch heiße Sachen draufhabe. Aber ich reiße mich zusammen.

Falscher Film, Knight.

Und absolut falscher Moment!

Ich trage den Rucksack und die Taschen zum Wagen und lade als Nächstes Trinkwasserkanister und haltbare Lebensmittel ein, die bei *Personal Protection* immer auf Lager sind. Danach gehen wir in mein Apartment, und ich packe eine weitere Tasche mit meinen persönlichen Sachen. Unterwäsche, Socken, warme, wetterfeste Hosen, Shirts, Pullover und Jacken … Und Ava lässt ihren Blick über die zweckmäßige Einrichtung gleiten.

»Und?«, frage ich gespannt auf ihr Urteil.

»Passt zu dir.«

»Wie ist das denn zu verstehen?«

»Überhaupt nicht einladend, trotzdem ein Ort zum Wohlfühlen.«

Es wäre so verflucht einfach, sie an mich zu ziehen und zu küssen. *Verdammt, ich will es. Aber es wäre falsch.* »Ich hab alles, was ich brauche«, sage ich daher, bevor ich schwach werden kann. *Vor allem dich, Angel.* »Lass uns gehen.«

12. KAPITEL

Ava

»Soll ich mit dir reinkommen?«, fragt mich Tyler, als wir vor meiner Wohnung halten.

Das Fenster in meinem Wohnzimmer ist angekippt, und mir wird klar, dass Lauren da sein muss. Die vor Sorge bestimmt schier am Durchdrehen ist.

Neben ihrem alten Hyundai steht Chloes Fahrrad. Also ist sie auch hier. Und ich fühle mich schrecklich, dass ich ihnen solchen Kummer bereite.

»Kannst du nachkommen?«, frage ich. Damit ich ein paar Minuten allein mit meinen Mädels habe.

»Sicher, kein Problem.«

Ich steige aus, und bevor ich an meiner eigenen Haustür klingeln muss, reißt Lauren die Tür auf und umarmt mich.

»Tu uns das nie, nie, nie wieder an! Hörst du?«, ruft sie.

»Oder hab dein verfluchtes Handy dabei!«, sagt Chloe, reicht mir mein Smartphone mit über hundert Benachrichtigungen und umarmt mich ebenfalls.

»Verstanden«, sage ich schuldbewusst, sehe Carter im Hintergrund und drücke meine Freundinnen an mich.

»Wo warst du überhaupt?«, fragt Lauren.

Wenn sie das wüssten, würden sie mich einweisen lassen.

»Kurz durchatmen«, erkläre ich daher vage.

»Es ist schlimm, oder?«, fragt Chloe. »Du bist nicht verletzt worden, und wir dachten, dass deshalb alles wie immer ist. Aber das ist es nicht, richtig?«

»Nein«, sage ich und spüre kurz Freude, weil mich die Umstände zu Tyler geführt haben. Bis die Angst erneut gewinnt. »Leider nein.«

»Es wird besser«, sagt Chloe leise.

»Woher willst *du* denn das wissen?«

Sie verzieht ihr Gesicht, aber Lauren antwortet: »Schon vergessen? Weil auch wir harte Zeiten durchgemacht haben.«

Mist, habe ich natürlich nicht. Chloe hat ihre Jugendliebe verloren und Lauren ihr Kind. »Sorry«, sage ich.

»Schon gut, vertrau uns!«

Ich nicke. »Das tue ich. Tyler hat was Ähnliches gesagt.«

»Tyler?«, wiederholt Lauren, wobei mein Herz plötzlich wieder wummert, weil ich ihn gerne bei mir hätte.

»Du magst ihn, oder?«, sagt nun Chloe, die mich sehr genau beobachtet. »Ich hatte gleich so ein Gefühl.«

»Wir passen doch gar nicht zusammen!«, rufe ich.

»Das stimmt«, sagt Lauren.

»Na ja, äußerlich vielleicht nicht«, gibt Chloe zu bedenken.

»Er sieht aus wie ein Bad Boy!«, entfährt es mir. Als wäre Aussehen wichtig.

»Verrat ihm das bloß nicht«, meint Lauren.

»Zu spät«, gebe ich zu. Das war ja beinahe das Erste, was ich ihm an den Kopf geknallt habe.

»Und wenn schon! Ist das nicht gerade im Trend? Heiße Frauen, die abgeranzte Typen als Partner haben!«

»Also, dass er abgeranzt ist, hab ich nie behauptet.« Der Mann duscht täglich, rasiert sich akribisch und trägt Klamotten in tadellosem Zustand.

»Uhhh, da verteidigt jemand diesen Kerl aber verdammt heftig«, meint Chloe amüsiert und kitzelt mich.

»Von wegen! Ihr seid doof«, schnappe ich nach Luft.

»Wir kämpfen nur für die Wahrheit«, behauptet sie.

»Hört auf, mich zu löchern!«, pruste ich unter ihrem Ansturm lachend.

»Dann erzähl uns halt, was da läuft!«

»Nichts!«

»Dann erzähl uns von dem Nichts.«

»Verdammt«, fluche ich. »Wir haben uns geküsst. Zufrieden?«

»WAS?!«, rufen beide wie aus einem Mund.

»So richtig?«, hakt Chloe nach.

»War es gut?«, will Lauren wissen.

»So richtig«, antworte ich. »Und es war phänomenal.«

»Und jetzt?«, fragt Lauren neugierig weiter.

»Es ist kompliziert«, sage ich. Auch wenn er mich ›Angel‹ genannt hat.

»Bleib dran! Er ist auf jeden Fall besser als Jerry«, sagt Chloe.

»Terry«, korrigiere ich sie sofort und schüttele mich beim Gedanken an den Kollegen aus meinem Leichtathletikteam. Vor anderen hat er immer den formvollendeten Gentleman gegeben, aber sobald wir unter uns waren, hat er alles zu einem Wettkampf erklärt, bei dem er unbedingt gewinnen wollte. Was ihm allerdings nur selten gelungen ist.

»Ist doch egal, wie der andere Typ hieß«, sagt Chloe. »Tyler ist um Längen besser.«

»Woher willst du das wissen? So gut kennst du ihn doch gar nicht.«

»Aber ich kenne Jason und weiß, dass er nicht mit Arschlöchern befreundet ist. Und ich kenne dich, Süße!

Deine Augen verraten dich. Sie strahlen, wenn du von ihm sprichst.«

»Ach, hört auf damit!«, rufe ich, halte mir die Ohren zu, genieße jedoch, dass sie mich ausquetschen.

»Bist du so weit?«, fragt Tyler und platzt mitten in unser Gelächter.

Augenblicklich werden wir ernst.

»Was meint er?«, wendet sich Chloe an mich.

»Wir verlassen für ein paar Tage die Stadt«, kläre ich sie auf.

»Weil du in Gefahr bist?!«

»Nein«, sage ich sofort und werfe Tyler einen warnenden Blick zu, dass er die Wahrheit für sich behalten soll. Sie machen sich schon genug Sorgen. »Ich muss nur mal raus«, rede ich weiter. »Bis alles vorbei ist. Ich weiß, das kommt übereilt, aber –«

»Du musst es uns nicht erklären«, sagt Chloe. »Das, was gerade passiert, ist schrecklich. Und ich bin froh, dass du Tyler an deiner Seite hast.«

»Ich auch«, meint Lauren.

»Danke euch«, sage ich ergriffen. »Ihr seid toll.«

»Du bist toll«, haucht Chloe.

Es tut gut, das von ihnen zu hören. Sie wissen, dass das Leben einem manchmal einen Strich durch die Rechnung macht. Und dass die Art, wie wir damit umgehen, definiert, wer wir sind. Ja, ich verlasse die Stadt. Aber ich kämpfe gegen die Angst, und ich werde gewinnen.

»Kannst du das Wasser abdrehen, die Stecker aus den Steckdosen ziehen und überprüfen, ob alle Fenster zu sind?«, bitte ich Tyler, damit wir bald loskönnen.

»Sicher«, sagt er, drückt mir einen Kuss auf die Wange und macht sich ans Werk.

Er küsst mich?

Nicht nur ich stehe total verdattert da. Meine Freundinnen ebenso. Bis Chloe breit grinst. »Ich hab dir ja gesagt, Ty ist einer von den Guten.«

Ich lasse das unkommentiert, gehe ins Schlafzimmer, hole meinen Koffer aus der Ecke und packe Unterwäsche, Shirts, warme Pullover und Jacken ein. So wie Tyler es auch getan hat. Dann nehme ich meine Waschtasche, die immer griffbereit im Bad steht, falls ich kurzfristig verreisen muss. Und ich stecke ein paar Tampons und was zum Lesen ein. Schließlich weiß keiner, wie lange wir weg sein werden.

»Fertig?«, fragt mich Tyler, als ich den Koffer gerade schließe.

»Ja, fertig.«

Er nimmt mein Gepäck und trägt es zum Wagen, und tief durchatmend lasse ich den Blick durch meine Wohnung schweifen. Eigentlich, um mich zu vergewissern, dass der Herd aus und alle Fenster zu sind. Aber plötzlich ist da noch ein anderes Gefühl.

All die Male, die ich hier Sport gemacht habe, fallen mir ein. Die vielen Abende, die ich mich auf Dates vorbereitet habe. Die verregneten Sonntage, an denen ich mit Chloe und Lauren zusammen war. Mein Blick fällt auf Auszeichnungen, die in einem Regal stehen. Und schließlich auf Fotos von Chloe, Lauren und mir in Miramar … bei der Eröffnung des Yogastudios … am Strand … und am Fort Point …

Das hier ist ein Abschied, wird mir klar. *Nicht von meiner Wohnung, sondern von einem Lebensabschnitt. Und wenn ich wiederkomme, wird alles irgendwie anders sein. Ich habe nur noch keine Ahnung, wie.*

Dann schließe ich die Tür hinter mir, drehe mich um, nehme die Treppe und verlasse das Gebäude. Draußen warten Chloe und Lauren auf mich, und wir drücken uns erneut. Dieses Mal noch fester. So als würden auch sie spüren, dass das ein viel wichtigerer Moment ist, als es auf den ersten Blick scheint.

»Pass auf sie auf, Ty«, sagt Chloe schließlich und lässt mich los.

»Und bring sie heil wieder«, ergänzt Lauren.

»Das mache ich«, verspricht er und wendet sich an mich. »Bereit?«

»Ja.«

Tyler

»Wohin fahren wir?«, fragt Ava, als ich die Abfahrt zur Bay Bridge ignoriere und die 101 Richtung Süden nehme.

»Zu Wades Hütte in den Bergen«, sage ich, bekomme aber plötzlich Zweifel, ob das für sie das Richtige ist. Sie wird von den Trainingscamps einfache Verhältnisse gewohnt sein, doch dort draußen haben wir nicht mal fließend Wasser. »Wir können natürlich auch woanders hin«, wende ich ein. »Es gibt mehr als einen sicheren Ort, um unterzutauchen.«

»Keine Sorge, das ist okay«, sagt sie und grinst. »Ich kann es gar nicht erwarten, die Hütte zu sehen, die Lauren als ›Versteck eines Psychopathen‹ bezeichnet hat.« Sie spricht von dem Moment, als Lauren zu Wade gefahren ist, um ihn zu bitten, sie zu trainieren. »Sie hatte damals echt Schiss, dass Wade sie an die Bären verfüttert.«

Ich muss lachen. »Das würde er nie machen.«

Sie wiegt den Kopf. »Jetzt vielleicht nicht mehr, aber nach dem, was Lauren über diese eine Nacht erzählt hat …«

Wir fahren auf die Interstate, kommen allerdings nur langsam voran, weil die Straßen Richtung Palo Alto und Silicon Valley verstopft sind. Und mir gefällt, wie zwanglos wir miteinander reden können.

Ob es auch so gewesen wäre, wenn wir uns unter normalen Umständen besser kennengelernt hätten?

Unwahrscheinlich, Knight! Sie wäre mit einem Typen wie Cole aufgetaucht und hätte vor deinen Augen mit ihm Händchen gehalten!

Apropos …

»Weiß Cole schon Bescheid?«, frage ich sie.

»Oh, verdammt«, flucht sie. »Den habe ich ja völlig vergessen. Und Rebecca denkt bisher auch, ich bin morgen wieder beim Training!« Sie wendet sich mir zu. »Stört es dich, wenn ich telefoniere?«

Um Cole Arschloch abzusagen? Ganz sicher nicht. Ich habe Mühe, nicht vor Begeisterung den Countrysong im Radio mitzusingen. »Nur zu«, sage ich jedoch cool.

Ava ruft, sofern ich das mitkriege, zuerst ihre Managerin an. Sie bittet sie, ihre Trainings zu canceln und ihren Verein zu informieren, und wird still, als Rebecca antwortet.

»Ich weiß nicht, wie lange ich weg sein werde«, sagt sie schließlich. »Keine Ahnung! Drei Tage. Drei Wochen. Drei Monate.«

»MONATE?!« Rebecca redet so laut, dass selbst ich das höre.

»Sag ihr, ich rechne mit zwei Wochen«, mische ich mich ein. Ava nickt mir zu, zum Zeichen, dass sie verstanden hat, und hört sich weiter Rebeccas Predigt an, bis sie wiederholt, was ich gesagt habe.

»Ja, Tyler ist bei mir«, bestätigt sie und kaut auf ihrer Unterlippe herum, als Rebecca antwortet. »Wie? Plötzlich ist es kein Problem, ob ich zwei, drei oder vier Wochen weg bin? Das Gespräch ist hiermit beendet!«

Eine kurze Pause.

»Hab selbst süße Träume! Bye.« Mit einem Schnauben legt sie auf.

»Alles in Ordnung?«, frage ich. »Was hat sie gesagt?«

Avas Wangen färben sich rot. »Sie glaubt, wir brennen durch. Ist das zu fassen?!«

»Wir hassen sie also?«, rate ich, muss dabei aber grinsen.

»Hey!« Sie boxt mir gegen die Schulter. »Du machst dich über mich lustig.«

»Ich bin bloß ein Kerl und habe keine Ahnung, wie ich reagieren soll.«

»Steh einfach auf meiner Seite!«

»Okaaay … Wie kann sie es wagen zu behaupten, dass wir durchbrennen?!«, rufe ich gespielt entrüstet. »Besser?«

Nun muss auch Ava lachen, was mir gut gefällt. Erst recht, als ihr ein kleiner Grunzer entweicht, den ich nie zuvor bei ihr gehört habe, allerdings ziemlich niedlich finde. *Diese Frau!*

»Und jetzt Cole?«, frage ich, bevor ich länger übers Durchbrennen nachdenke und daran, wie sehr mir die Idee mit Ava an meiner Seite gefällt.

»Ja, jetzt Cole«, sagt sie, atmet mehrmals tief durch und wählt seinen Kontakt. »Hi«, meldet sie sich. »Ich wollte dir erst schreiben, aber ich finde, es ist das Mindeste, dass ich anrufe.«

Ich spitze meine Ohren, weil ich zu gerne hören würde, was er antwortet, verstehe jedoch nichts. Ich kriege nur einen schrägen Seitenblick von Ava zugeworfen und tue daraufhin so, als würde ich mich intensiv auf die Straße konzentrieren.

»Ich … ja, mache ich«, sagt sie.

Eine Pause folgt.

»Es tut mir leid, Cole. So hätte das nicht laufen sollen.«

Macht sie Schluss mit ihm? Jetzt muss ich doch kurz zu ihr schauen.

»Ja, seinetwegen«, sagt sie schließlich.

Gibt es noch einen Mann?, frage ich mich, bis sich unsere Blicke treffen, und ich verstehe. Sie meint mich. Meinetwegen beendet sie das mit Cole. Und mir wird gleichzeitig klar, was das bedeutet. Dass ich definitiv kein Abenteuer für sie bin.

Dann bricht sie den Blickkontakt ab und konzentriert sich wieder auf das Gespräch mit Cole. Sie tauschen Höflichkeiten aus, und nach allem, was ich mitkriege, gehen sie im Guten auseinander.

»Alles okay?«, frage ich sie dennoch, als sie aufgelegt hat.

Sie dreht sich zu mir und sieht mich lange an. »Findest du, dass es unter den Umständen besser wäre, wenn wir umkehren und ich mit Carter in die Hütte fahre?«

Meint sie mit ›Umständen‹, dass ich jetzt weiß, dass sie mehr für mich empfindet, als sie bisher zugegeben hat? »Nein«, sage ich. Denn egal, was das zwischen uns ist und wie es weitergeht, noch mal lasse ich sie nicht aus den Augen.

»Dann ist alles okay«, sagt sie, beugt sich zu mir und drückt mir einen Kuss auf die Wange. »Und bei dir?«

Meine Hose wird enger im Schritt, doch ich ignoriere das Verlangen nach dieser Frau. »Alles bestens.«

»Sehr schön!«, sagt sie mit einem Lächeln auf den Lippen und lehnt sich wieder zurück. Und irgendwie werde ich das Gefühl nicht los, dass ich Ava nicht mehr allzu lange widerstehen kann.

Aber du musst, Knight. Du weißt, wie dumm es ist, jetzt was anzufangen. Du bist ihr Retter, natürlich empfindet sie was für dich. Lass dich erst auf sie ein, wenn das hier vorbei ist. Wenn sie dich dann noch will.

13. KAPITEL

Ava

Er will mich.

Er hält sich zurück, aber er will mich.

Mir müssten zig andere Gedanken durch den Kopf gehen. Doch ich kann nur *daran* denken.

***

»Wir sind da«, sagt er, als wir in der Abenddämmerung auf einen Kieselweg und wenig später auf einen holprigen Waldweg abbiegen und vor der Hütte halten. Dichter Wald umgibt das Grundstück. Holzscheite stapeln sich an einer Wand. Die Fensterläden sind geschlossen, die Veranda ist bis auf zwei Holzblöcke, die wie Hocker an einem improvisierten Tisch stehen, leer. Etwas abseits steht das Toilettenhäuschen.

»Und hier hat Wade Lauren beinahe draußen schlafen lassen!«, entfährt es mir.

»Er war wirklich sauer auf sie«, meint Tyler.

»Verteidigst du ihn etwa? Du weißt doch, dass es in der Gegend Bären gibt!«

»Ja, deshalb ist eine Flinte in der Hütte.«

»Würdest du mich auch draußen alleine lassen?«, frage ich, steige aus, atme die kühle, aber frische Luft ein und fröstele leicht.

»Auf keinen Fall«, sagt er, kommt um den Wagen herum, schließt fürsorglich meine Jacke und drückt mich kurz.

Als er jedoch zurückweichen will, halte ich ihn auf.

»Auf keinen Fall, Ava«, bekräftigt er noch mal und zieht mich enger an sich, als würde er niemals zulassen, dass mir was passiert.

Ich nehme seine Wärme auf und fühle, wie anders unsere Situation ist im Gegensatz zu Lauren und Wades. Und ich will ihn küssen. Nein, besser: Ich will, dass er mich küsst.

»Komm, lass uns reingehen und alles für die Nacht vorbereiten, bevor es richtig dunkel wird«, sagt er da.

Ich belecke mir die Lippen. »Du weißt, was ich will«, sage ich.

Sein Blick wandert brennend zu meinen Lippen, dann wieder zu meinen Augen. »Später, Angel.«

»Wann?«

»Wenn das hier vorbei ist.«

»Das Anheizen der Hütte?«

»Netter Versuch!« Leise lachend löst er sich von mir, nimmt einen Teil des Gepäcks und geht voraus, und ich folge ihm mit meiner Tasche und verstehe. Tyler gibt erst nach, wenn der Typ, der es auf mich abgesehen hat, keine Gefahr mehr darstellt. Ich weiß nur nicht, ob ich so lange warten kann.

Tyler lässt seine Sachen in der Hütte fallen und holt gleich darauf das restliche Zeug aus dem Auto und dann Feuerholz. Denn die Scheite neben dem Kamin werden für die Nacht nicht reichen.

Ich stelle meine Tasche neben seinen ab.

Das Innere der Hütte ist ein einziger Raum von vielleicht vierzig Quadratmetern. Nicht besonders groß. Aber gerade würde es mir auch nichts ausmachen, mit Tyler in einem

Pappkarton zu übernachten. Je kleiner der Raum, desto näher ist dieser Mann mir.

Es gibt eine Küchenzeile mit Geschirr und ein Regal mit Konserven. Ich inspiziere die Etiketten und räume die Sachen weg, die Tyler mitgebracht hat. Verhungern werden wir nicht. Während Tyler Feuer im Kamin macht, damit wir es warm haben, klopfe ich alle Decken, Kissen und Polster auf der Veranda aus. Danach teste ich eine Kesselvorrichtung und koche Teewasser über dem Kaminfeuer. Bis ich Tylers Blick auf mir spüre.

»Was ist?«, frage ich und mustere ihn lächelnd. »Willst du mich jetzt endlich vernünftig küssen?«

»Ich will dich einfach anschauen«, sagt er. »Dazu hatte ich bisher noch gar keine Gelegenheit.«

»Du warst doch ständig in meiner Nähe.«

»Stimmt, und dabei waren meine Blicke vor allem auf die Umgebung gerichtet«, erklärt er und lässt sich nicht aus der Ruhe bringen. »Dir gefällt es hier, oder?«

»Ja«, sage ich, ohne zu zögern. Weil niemand von der Hütte weiß. Weil ich in Sicherheit bin. Und weil Tyler bei mir ist. Was meinen Puls sofort steigen lässt.

Tyler inspiziert unsere Vorräte und hebt in jeder Hand eine Dose hoch. »Was möchtest du? Links oder rechts?«

»Das in der Mitte«, rutscht mir heraus. »Dich.«

Ihm gefällt meine Antwort, aber er sammelt sich. »Du willst mich über dem Feuer warm machen und auffressen? Sorry, daraus wird nichts.«

Er wendet mir den Rücken zu, öffnet eine der Dosen und erwärmt unser Abendessen. Und ich lasse meinen Blick über ihn gleiten, frage mich, wie sich seine Haut auf meiner anfühlen wird, und leide, weil ich seine Hände wirklich dringend auf mir spüren will.

»Ich bin draußen auf der Veranda«, sage ich und ziehe mir eine zweite Jacke über. »Ruf mich, wenn ich was tun kann!«

Vor der Tür empfängt mich dunkle, kalte Nacht. Doch die Kälte stört mich nicht. Sie ist eine willkommene Abwechslung zu dem Feuer in mir.

Keine Ahnung, was gerade mit mir los ist. Ich könnte die Zeit nutzen, Sport treiben, Fanpost beantworten oder Pläne für die Zukunft schmieden. Stattdessen kann ich nur daran denken, dass Tyler bloß eine Holzwand von mir entfernt ist. So nah und doch so fern.

Als die Tür aufgeht und Tyler nach draußen kommt, drehe ich mich um, und ein neuer Hitzeschwall überkommt mich.

Nimm mich!

Heb mich hoch, schleif mich in die Hütte und fall über mich her.

»Essen ist fertig«, sagt er stattdessen.

»Gut«, antworte ich, rühre mich jedoch nicht. Endlose Sekunden schauen wir uns an. Und so wie ich nicht ans Essen denke, tut es Tyler garantiert auch nicht.

»Komm!«, sagt er schließlich.

»Komm?«, wiederhole ich und erschauere, während dieses eine kleine Wort meine Knie weich werden lässt.

»Zum Essen«, fügt Tyler hinzu, atmet schwer, aber gibt sich dann einen Ruck und geht hinein. »Es sei denn, du bist nicht hungrig.«

Oh, ich bin hungrig, und wie! Nach dir. Komplett nach dir. Aber auch nach richtigem Essen. Mein letzter Snack war heute Morgen.

Ich folge Tyler nach drinnen, wo er gerade den Bohneneintopf auf zwei Schüsseln verteilt und Brot bricht.

»Möchtest du noch was anderes?«, frage ich, um mich auch einzubringen. »Wasser? Bier? Whiskey?«

»Bier«, meint er.

»Du trinkst im Einsatz?«, wundere ich mich, öffne eine Flasche und stelle sie auf den Tisch, bleibe selbst jedoch bei meinem Tee.

»Du bist in Sicherheit. Und ich hab quasi Feierabend.«

Erst jetzt fällt mir auf, dass Tyler müde aussieht. Müde und überarbeitet. Und meine Prioritäten ändern sich. Ich sehne mich nach einem Kuss. Aber wichtiger ist mir gerade, dass es ihm gut geht. Etwas, das ich bisher für keinen Mann empfunden habe.

»Probier mal, wie es dir schmeckt«, sagt Tyler und setzt sich. »Ich hab den Eintopf etwas verfeinert.«

Ich stelle Salz und Pfeffer auf den Tisch, setze mich zu ihm und nehme einen ersten Löffel. »Mmh! Lecker! Was hast du genommen?«

»Frische Kräuter, Curry, einen Schuss Zitrone«, zählt Tyler auf und macht sich über seinen Teller her.

»Klingt, als würdest du gerne kochen.«

»Ich hab als Kind nur meiner Mom oft genug über die Schulter geschaut, um mir ihre Geheimnisse abzugucken.« Er nickt zu meinem leeren Teller und will schon aufstehen. »Mehr?«

»Bleib sitzen! Das erledige ich selbst.« Ich stehe auf und verteile den Rest auf unseren Tellern. Wir essen weiter, und als ich auch die zweite Portion verschlungen habe, fühle ich mich rundum wohl. Und spüre erneut den anderen Hunger. Nach Tyler.

»Du bleibst dabei?«, frage ich und muss nicht erklären, was ich meine.

»Ja«, sagt er.

»Was machen wir dann?« Es ist dunkel draußen, aber zu früh, um schlafen zu gehen.

»Wie wär's mit reden?«

»Reden?!«

Amüsiert kräuselt er die Lippen. »Macht man das nicht so, wenn man jemanden kennenlernen will? Erst ein Date, um sich zu unterhalten. Dann eines, bei dem man was unternimmt. Und am Ende vielleicht ein Kuss.«

»Wir hatten den Kuss schon«, erinnere ich ihn. *Und was für einen!* Sofort spüre ich wieder seine Lippen auf meinen, wie seine Zunge mich erobert hat, wie dieser Mann nicht genug von mir bekommen hat, als würde er sterben, wenn ich ihn zurückweise.

»Ein Grund mehr, jetzt zu reden«, sagt er und reißt mich aus meinen Gedanken.

»Warum? Ich weiß längst, dass ich dich mag«, sage ich.

»Aber du kennst mich kaum.«

»Stimmt. Dafür weiß ich, wie du bist. Du bist für die Menschen da, die dich brauchen. Du gehst durchdacht, ruhig und überlegt vor. Du hast Humor – manchmal zumindest«, sage ich mit einem Zwinkern, was ihn zum Lachen bringt. »Und …« Ich sehe in seine warmen braunen Augen, verkneife mir jedoch, ihm zu sagen, wie sexy ich ihn finde. »Du bist ein toller Kerl.«

»Und das reicht dir?«

»Was sollte ich sonst noch wollen?«

»Ich meine: Mehr möchtest du nicht über mich erfahren?«

Oh doch, denke ich sofort und lasse meinen Blick über ihn gleiten. *Was steckt hinter den Tattoos? Wie ist er zu seinem Job gekommen? Welche Beziehung hat er zu seiner Mom? Welche Promis kennt er? Wie vielen Frauen hat er schon den Kopf verdreht?*

»Würdest du mir denn alles erzählen, was ich wissen will?«, frage ich.

»Klar«, sagt er, ohne zu zögern. Er wird ernst. »Würdest du mir denn was verheimlichen?«

»Nein.« *Würde ich nicht. Nicht ihm.*

»Warum also Cole?«, fragt er.

»Ich dachte, ich darf anfangen?«, gebe ich zurück, muss aber grinsen, weil er mit Cole begonnen hat, als wäre er eifersüchtig.

»Du hast zu lange gezögert. Da hab ich die Initiative ergriffen. Also?«

Ich stehe auf, räume das Geschirr zusammen und kümmere mich um den Abwasch, Tyler nimmt sich ein Handtuch zum Abtrocknen. Ich glaube, nicht nur weil er gute Manieren hat, sondern weil er gerne in meiner Nähe ist.

»Cole ist nett, humorvoll, offen«, erkläre ich. »Jemand, der gut mit Menschen klarkommt.«

Tyler lässt das unkommentiert.

»Er ist sportlich. Das mag ich. Man teilt gleich etwas«, rede ich weiter. »Aber er ist nicht Teil des Sportzirkus. Er wäre in San Francisco gewesen. Wie ein Zuhause.«

»Mmh«, macht Tyler, als könnte er es immer noch nicht verstehen.

»Ich hatte auch schon Beziehungen mit Sportlern. Ständig ist einer für Wettkämpfe oder Pressetermine unterwegs. Man ist ein Jahr zusammen, sieht sich aber vielleicht nur dreißig Tage. Das ist gar nichts«, fühle ich mich genötigt, mich zu verteidigen, bin fertig mit dem Abwasch und trockne mir die Hände ab. »Geht es dir nicht genauso? Du bist doch auch viel unterwegs.«

»So weit denke ich nie, wenn ich jemanden kennenlerne«, sagt er, nimmt sich sein Bier so wie ich mir meinen

Tee, und wir setzen uns auf Kissen an den Kamin, wo es am wärmsten ist, während von draußen die Kälte durch die Holzwände dringt.

»Es gab also Frauen?«, hake ich nach.

»Gab es«, sagt er.

»Woran ist es gescheitert?«, frage ich und unterdrücke die Eifersucht, weil sie schon hatten, was ich so gerne hätte.

»Was denkst du warum? Für viele bin ich nur ein Abenteuer. Der finstere tätowierte Kerl, der im Personenschutz arbeitet und mit Promis zu tun hat.«

Wieder wird mir klar, wie wenig wir zusammenpassen. Und trotzdem brennt meine Haut, und ich will ihn. »Also lag es eher an den Frauen?«, frage ich vorsichtig nach.

»Nein, nicht nur«, sagt er und schaut ins Feuer. »Umgekehrt habe ich auch Fehler gemacht.«

»Welche?« Ich kann keinen an ihm entdecken.

»Die Pflicht geht bei mir immer vor.«

Mein Herz schlägt schneller. »Aber du hast Ausnahmen gemacht?«

»Ja, bei dir. Bisher bloß bei dir, Ava.« Er sieht mich eindringlich an und räuspert sich, als hätte er damit mehr verraten, als er eigentlich wollte. »Warum bist du mit keinem der perfekten Männer zusammengeblieben, wenn du doch genau so jemanden willst?«

»Darüber habe ich noch nie nachgedacht«, gebe ich zu.

»Solltest du vielleicht mal«, sagt er sanft.

»Moment.« Ich durchforste meine Vergangenheit, bis ich ein Muster erkenne. »Das kann nicht sein!«, rufe ich.

»Erzähl!«

»Ich habe immer versucht, die perfekte Freundin zu sein. Das hat gut für die Männer funktioniert, aber auf Dauer nie für mich.« *Wie peinlich.*

»Das hast du auch bei mir probiert«, sagt er weit weniger überrascht als ich.

»Wann denn?!«

»Als ich in deinem Wohnzimmer stand und du mir Wasser angeboten hast.«

»Ich war höflich«, versuche ich, mich zu retten.

»Du warst nicht du selbst«, stellt er klar. »Viel lieber hättest du die Polizei gerufen, um mich – deinen Bewacher – bewachen zu lassen.«

»Erwischt!«, sage ich lachend. »Ich war in dem Moment wirklich nicht ich selbst. Aber ich bin es bei dir«, füge ich leise hinzu. Und genau jetzt will ich ihn wieder küssen, hier vor dem Kamin. Ich will seine Haut an meiner spüren, seine Hitze, seine Härte …

»Nein«, sagt er ruhig, ohne den Blick von mir abzuwenden.

»Ich hab nichts gesagt.«

»Es steht dir ins Gesicht geschrieben, und die Antwort lautet Nein.«

Ich warte ein paar Atemzüge lang, ob er seine Meinung ändert. Doch das tut er nicht. Und plötzlich merke ich, wie müde ich bin und wie viel Kraft mich dieser Tag gekostet hat. Auch wenn ich Tyler brauche, ich kann nicht mehr um ihn kämpfen. Nicht heute.

»Es ist spät, ich mach mich fertig und geh schlafen«, sage ich und stehe auf. »Du kannst gerne noch wach bleiben. Das stört mich nicht.«

»Alles in Ordnung?«, fragt er.

»Sicher«, antworte ich und bin wieder die logische Ava, die jetzt nichts Dummes tun wird. »Es war nur ein langer Tag.«

Tyler

Ava lügt mich an. Und das ist nach dem Gespräch gerade wie ein Schlag ins Gesicht. Aber ich fange keine Diskussion an.

Sie geht zur Waschecke, um sich die Zähne zu putzen und sich umzuziehen. Und bevor sie ihren Pulli abstreift und mir ihren nackten Rücken präsentiert, schütte ich das Schmutzwasser vom Abwasch weg, benutze die Außentoilette und hole weiteres Holz für den Kamin. Als ich fertig bin, huscht sie in einem dicken Schlafanzug an mir vorbei nach draußen und benutzt im Schein einer Taschenlampe die Toilette. Ich suche die Umgebung nach wilden Tieren ab, aber der Wald bleibt ruhig, und als sie zurückkommt, verriegele ich die Tür von innen. Ich nehme mir lauwarmes Wasser, höre ihre Schritte hinter mir und dann, wie sie ins Bett geht. Und mir wird ganz schwindelig, wenn ich mir vorstelle, gleich neben ihr zu liegen. Wie in unserer ersten Nacht.

Ich wasche mich, putze mir die Zähne und ziehe mir Thermounterwäsche an. Dann überprüfe ich noch mal das Kaminfeuer, lösche das Gaslicht und lege mich zu ihr. »Hast du alles?«, frage ich und packe unaufgefordert eine weitere Decke über sie.

»Alles? Nein«, sagt sie und mummelt sich ein. »Aber mir ist warm, und das Bett ist viel bequemer, als ich erwartet habe.«

»Dann gute Nacht, Ava.«

»Nacht«, murmelt sie.

Kurz befürchte ich, ich kriege kein Auge zu. Diese sexy Frau liegt nur eine Armlänge von mir entfernt. Ihr Duft steigt mir in die Nase. Und ich habe einen mittelharten

Ständer, weil ich weiß, dass sie mich will. Doch der Tag fordert seinen Tribut. Und zu wissen, dass sie in Sicherheit ist und ihr vorerst nichts passieren kann, ist wie ein starkes Schlafmittel. In null Komma nichts bin ich weg.

Bis mich Tritte wecken.

»Au!« Ich weiche zurück, und es dauert einen Moment, bis sich meine Augen an den schwachen Schein der Glut gewöhnt haben. Was heißt, dass ich vielleicht zwei, drei Stunden geschlafen habe. Nicht mehr.

»Nein!«, murmelt Ava neben mir, windet sich und kämpft mit ihren Decken. »Bitte nicht!«

Ihr letzter erotischer Traum, den ich gestört habe, verlief genauso, und ich muss grinsen. *Diese Frau!*

Doch dann schluchzt sie leise, weil es kein schöner, sondern ein Albtraum ist.

»Hey, wach auf!« Ich greife nach ihren wild um sich schlagenden Händen und rüttele sie sanft. »Ava, alles ist gut. Du bist in Sicherheit.«

Sobald sie meinen echten Widerstand spürt, kämpft sie stärker gegen mich an. Aber schließlich schlägt sie schwer atmend die Augen auf und blinzelt verwirrt.

»Tief durchatmen, Angel«, sage ich, lasse ihre Hände los und streiche ihr verschwitzte Haarsträhnen aus dem Gesicht. »Willst du darüber reden?«

Ihre Augen füllen sich mit Tränen. »Du warst in Gefahr, Tyler, und ich war nicht schnell genug, um dir zu helfen.«

Fuck! Ihr ängstlicher Blick killt mich. Als würde ihre Welt zum zweiten Mal untergehen, falls mir was passieren würde.

»Komm her!«, sage ich leise, öffne meine Decke, breite meinen Arm aus und werde ruhiger, als sie sich an mich schmiegt. »Siehst du, mir geht es gut. Nichts passiert.«

Sie zittert immer noch leicht. Deshalb fahre ich ihr beruhigend über den Rücken. Ich spüre ihr verschwitztes Oberteil, ihre Hände und Füße sind eiskalt, und ich gebe ihr nur zu gerne was von meiner Wärme ab.

»Besser?«, frage ich sie nach einer Weile und kämpfe darum, in dieser Situation nicht geil zu werden, sondern weiterhin das Richtige zu tun.

Nein. Sie verkneift es sich, aber es steht in ihren Augen.

Verdammt, ich ertrage es nicht, wenn sie leidet! Ich küsse sie. So zurückhaltend wie möglich. Und gleichzeitig so hungrig, dass es mich alles kostet, nicht über sie herzufallen.

»Und jetzt?«, frage ich. »Besser?«

Mehr, sagen ihre Augen. »Besser«, sagt sie jedoch nur. Und genau deshalb, weil sie sich zurücknimmt, kann ich es nicht.

Sacht fahre ich mit dem Daumen über ihre weichen Lippen und spüre ihren zittrigen Atem. Dann küsse ich sie erneut gefühlvoll, aber länger, tiefer, leidenschaftlicher. Ihre Hände greifen in meinen Nacken, und ich bin wie berauscht, als ich merke, dass ihre Finger wärmer geworden sind. Dass alles an ihr wieder warm ist.

»Aber jetzt, richtig?«, frage ich und streife spielerisch mit meinen Lippen ihre.

»Hörst du auf, wenn ich Ja sage?«

»Das habe ich vor.«

»Dann geht es mir nicht besser.«

»Lügnerin!«, rufe ich liebevoll und rücke etwas ab.

Ava schmiegt sich wieder an mich – und bewegt dabei sexy einladend ihre Hüfte. »Tyler, bitte!«

Ich liebe ihre warme weiche Haut, schiebe eine Hand unter ihr Oberteil und lege die andere auf ihren Hintern, besitzergreifend und fest. »Schlaf, Angel!«

»Kann ich nicht«, sagt sie und lässt ihre Hand unter mein Shirt gleiten. »Bitte!«

Auch ich werde wacher, aber weigere mich mitzuspielen. »Nein.«

»Und jetzt?«, fragt sie und streift mit den Fingern meinen Schritt.

»Fuck, Ava!« Mein Schwanz ist schon seit einer ganzen Weile hart, und die Berührung schickt Höllenqualen durch mich. Blitzschnell packe ich ihre Hand, um zu verhindern, dass sie das wiederholt. Dabei will alles in mir, dass sie ihre Finger fest um meinen Schwanz schließt und mich wichst. »Lass es! Ich werde nicht mit dir schlafen.«

»Aber du willst es.«

»Ich will auch den Weltfrieden. Trotzdem kriege ich ihn nicht.«

»Ist es, weil du denkst, ich sehe das hier nur als Abenteuer?«, fragt sie da leise – und eine Spur angespannt. »Denn das tue ich nicht.«

»Das weiß ich«, sage ich. *Mittlerweile.* »Es ist, weil die letzten Tage verrückt waren. Lass uns warten.« Ich fahre ihr durchs Haar und genieße, wie sie unter meinen Fingerspitzen erschauert. »Nur etwas. Bis es vorbei ist. Wenn du mich dann noch willst, bin ich dabei.«

»Ich weiß nicht, ob ich das kann.«

»Was denn? Hab ich dich etwa so um den Finger gewickelt?«, necke ich sie. Dabei geht es mir ähnlich.

»Ja. Das hast du«, ist ihre schlichte Antwort, und sie schmiegt sich an mich, als wäre sie trotz allem plötzlich verdammt zufrieden.

Oh, Angel, jetzt warten wir erst recht, beschließe ich und drücke ihr einen Kuss aufs Haar. Wir müssen. Denn das hier, das ist Liebe. Zumindest bei mir. Ich will Ava. Nicht nur einmal, sondern für immer. Und nicht nur für Sex, sondern für ein ganzes Leben. Und ich werde sie nicht anrühren, bis klar ist, was ›für immer‹ für uns beide bedeutet …

14. KAPITEL

Ava

Ich werde wach, strecke mich wohlig und lächele, als ich Tyler neben mir spüre. Ganz anders als beim letzten Mal. *Das ist ein Riesenfortschritt.* Er liegt auf dem Rücken, ein Arm ist ausgestreckt, und im fahlen Licht, das durch die Fensterblenden der Hütte dringt, betrachte ich ihn ungeniert. Seine Lippen sind voll, und ich erinnere mich, wie gut sie küssen können. Seine Gesichtszüge sind kantig und verleihen ihm diesen sexy durchsetzungsstarken Look. Sein Kinn und seine Wangen haben einen leichten Bartschatten. Und plötzlich finde ich genau diesen finsteren Bad-Boy-Look unheimlich attraktiv.

Ich kann nicht widerstehen und streiche ihm durch seine mittlerweile nicht mehr ganz so kurzen Haare. Woraufhin er genüsslich und männlich stöhnt. Und ich grinse zufrieden.

Gefällt dir wohl, was?

Ich warte, ob er wach wird. Aber diese Hütte in den Bergen ist so sicher, dass er tief und fest weiterschläft und mich nicht wie eine potenzielle Gefahr abwehrt.

Mein Blick wandert tiefer, und ich registriere erneut die Tattoos an seinem Hals, die mir schon öfter aufgefallen sind. Die Bettdecke hebt und senkt sich rhythmisch. Und über seinem Schritt ist sie verlockend ausgebeult. Als würde mich sein bestes Stück rufen. *Ich muss ihn einfach berühren!*

Langsam, um Tyler nicht zu wecken, schiebe ich meine Hand unter die Decke und beobachte dabei sein Gesicht. Seine Lippen öffnen sich etwas, sein Atem geht flacher, aber er schläft weiter. Ziemlich sicher einen verdammt guten Traum genießend. Sonst würde er mich aufhalten.

Aufgeregt setze ich meine Wanderung fort, fühle Haare auf seinem Bauch, den Bund seiner Hose und die Ausbuchtung etwas tiefer. Ich zögere, führe meine Hand unter seine Shorts, ertaste seine Erektion, umschließe sie bewundernd und reibe sie.

»Fuck, ja!«, murmelt Tyler, und seine Finger, die bis eben locker auf meinem Hintern gelegen haben, graben sich nun fester in mich.

Wusste ich doch, dass dir das gefällt, Cowboy!

Ich fahre mit der Hand zu seiner Spitze und spüre die ersten Tropfen seiner Lust. Sanft verreibe ich sie und spiele fasziniert mit ihm. Bis er plötzlich in meine Hand stößt.

Erschrocken halte ich inne und sehe zu ihm, doch er schläft. Beziehungsweise träumt einen ziemlich guten Traum, wenn ich seine stummen Lippenbewegungen richtig deute.

Hör auf, Ava!, meldet sich eine warnende Stimme in meinem Kopf.

Aber ich kann nicht.

Sein Penis fühlt sich heiß und samtig an, und zu spüren, wie er in meiner Hand härter wird, erregt mich.

Aufmerksam beobachte ich sein Gesicht und bewege meine Hand langsam auf und ab, in einem Rhythmus, der ihm gefällt, wenn ich nach seinen tiefen Atemzügen gehe.

»Jaaa!«, stöhnt er leise und packt meine Hand.

Ertappt zucke ich zusammen, aber statt zurechtgewiesen zu werden, benutzt er meine Hand, um sich fester zu ficken. Und mir gefällt, dass ich ihm solche Lust bereite. Sehr sogar.

»Ja, ja, ja! Gott, Ava!«, murmelt er lauter.

Er steht kurz davor zu kommen. Auf seiner Stirn bilden sich süße Falten, und sein Hals rötet sich vor Anstrengung. Dann stöhnt er plötzlich richtig laut, Feuchtigkeit schießt über meine Hand, und sein Griff lockert sich. Hastig ziehe ich meine Hand weg, und sobald seine Augenlider flattern, springe ich aus dem Bett, streife mir mein Oberteil ab und klappere am Waschbecken herum, als würde ich mich dort schon eine ganze Weile waschen. *Das war knapp!*

»Was zum –?«, höre ich vom Bett aus Tylers verschlafene Stimme, die gerade noch meinen Namen wie ein Gebet gerufen hat.

Mit dem Oberteil vor den Brüsten drehe ich mich zu ihm, bis sich unsere Blicke treffen. »Wenn du weitermachen willst …«, sage ich einladend.

Hunger nach mir verdunkelt seinen Blick, und sein Schwanz zeichnet sich erneut hart unter der Decke ab. Wie ein einladendes ›Komm her!‹

»Fuck, zieh dich an!«, knurrt Tyler jedoch.

»Sofort?«, frage ich grinsend.

»Ava!« Das ist nicht der sexy Ruf von eben, sondern ein warnender.

»Gut, wie du willst!«, sage ich, gehe zu meinen Sachen, lasse mein Oberteil los und gebe ihm einen unverstellten Blick auf meine Brüste und meinen Bauch.

Tyler könnte wegschauen, aber er tut es nicht. Und das macht mich mutiger.

Wie zur Show lege ich betont langsam meinen BH an, rücke ihn zurecht, bis mein Busen perfekt sitzt, und ziehe mir dann ein Shirt und eine Jacke über. Im Anschluss schiebe ich wie selbstverständlich meine Hände unter den Saum meiner Schlafhose.

»Was soll das?«, knurrt er mit einem hitzigen Unterton in der Stimme, der mich ganz bedürftig werden lässt.

»Ähm … Ich ziehe meine Schlafhose aus und meine Sporthose an. Genau wie du es wolltest. Was sonst?«, tue ich unschuldig. »Sieh halt weg, wenn du den Anblick nicht erträgst.«

Ich warte, aber er atmet normal weiter. Also schiebe ich meine Hose extrem langsam tiefer, woraufhin er sich über die Lippen leckt.

Himmel, ich will ihn. Jetzt sofort!

Ich lasse die Hose zu Boden gleiten, steige aus dem Stoff, und vor meinen Augen fasst Tyler sich an den Schwanz. Bis ihm das selbst klar wird. »Fuck! Ich bin draußen!«, knurrt er, springt auf und tritt vor dir Tür, obwohl es dort eiskalt sein muss. Wenig später öffnet er die Fensterläden und lässt Licht ins Innere der Hütte.

»Ein Anfang«, murmele ich.

Sobald ich umgezogen bin, schlüpfe ich in meine Sportschuhe, trete nach draußen und atme tief die frische Morgenluft ein.

»Was jetzt? Hast du mich noch nicht genug gequält?«, ruft mir Tyler zu, als er mich entdeckt.

»Gestern ist mein Training ausgefallen. Und es fehlt mir. Ich wollte vor dem Frühstück laufen. Den Weg bis zur Einfahrt von der Straße und zurück«, sage ich. Das müssten ein paar Meilen sein. »Warum außerdem so sauer? Wenn ich es richtig mitbekommen habe, bist du doch auf deine Kosten gekommen.«

Tief durchatmend reibt er sich über das Gesicht. »Sorry, Ava! Kannst du kurz warten? Ich komme mit.«

»Musst du nicht.« Zum ersten Mal fühle ich mich wieder sicher. »Ich werde etwa eine Stunde weg sein und bleibe auf dem Weg.«

»Warte einfach, okay?«, knurrt er. »Ich lauf sonst auch jeden Tag, und es wird uns beiden ganz guttun.«

»Wie du meinst. Aber sei gewarnt: Ich bin schneller als du.«

»Das werden wir sehen.«

Ich bin erleichtert, dass sich die Spannung zwischen uns für den Moment verflüchtigt hat. Und mir gefällt, dass Tyler jemand ist, dem Sport ebenfalls wichtig ist. Auch wenn er mich nie im Leben im Laufen schlagen wird.

Die Luft ist so kalt, dass Atemwölkchen entstehen, und ich trete auf der Stelle, um nicht auszukühlen.

»Kann's losgehen?«, frage ich, als er in langen Sportsachen erscheint.

»Bin bereit.«

Ich setze mich in Bewegung, und Tyler hält Schritt.

»Du bist gut in Form«, sage ich anerkennend, nachdem wir etwa zwanzig Minuten unterwegs gewesen sein müssen, in einem Tempo, das andere als schweißtreibend bezeichnen würden, das für mich aber moderat ist.

»Danke«, sagt er, atmet jedoch nun, da wir sprechen, etwas flacher. »Wann läufst du mir davon?«

Ich lache. »Meine Sprints wollte ich auf dem Rückweg machen.«

»Wenn du noch Energie hast?«

»Wenn ich die Strecke kenne«, sage ich, als wir eine weitere Kurve nehmen. »Bin ich dir gerade zu schnell?«

»Nimm auf mich keine Rücksicht. Ich mag Herausforderungen.« Er wirft mir ein verschwitztes Lächeln zu. »Außerdem: Wann hat man schon mal die Chance, mit einer Olympionikin zu trainieren?«

»Na dann«, sage ich und ziehe das Tempo an. Wenn ich den Weg richtig in Erinnerung habe, ist es noch etwa eine Meile, bis wir an der Straße sind.

Im Augenwinkel sehe ich, dass Tyler Schritt hält, höre aber an seiner Atmung, dass er nun zu kämpfen hat.

»Hopp, hopp, hopp, nicht aufgeben!«, rufe ich vergnügt, jetzt auch etwas außer Atem. »Gleich geschafft!«

Ich laufe weiter, und als ich den Wendepunkt ausmache, beschleunige ich für einen ersten Sprint und lasse Tyler zurück. Statt dann sofort zu wenden, atme ich durch, dehne mich und warte auf ihn.

»Gut gemacht«, lobe ich ihn.

»Fuck«, sagt er nur und stützt sich auf den Knien ab.

»Geht's?«

»Gib mir fünf Minuten!« Er wischt sich den Schweiß aus dem Gesicht. »Du musst aber nicht auf mich warten.«

»Schon mal was von Sportsgeist gehört?«, sage ich. »Ich lass dich doch nicht zurück! Was, wenn ein Bär kommt?« Ich albere herum und mache einen Grizzly nach, der mit erhobenen Pranken auf ihn zustapft. »Groß, böse, hungrig!«

Tyler lacht über meine Performance, richtet sich immer noch schwer atmend auf und kitzelt mich, sodass ich abbrechen muss. »Ich glaub, mit dieser speziellen Bärenart komme ich klar«, sagt er und hält mich enger.

Plötzlich verändert sich die Stimmung. Ich werde auch atemlos, nur aus ganz anderen Gründen.

»Egal, was du gleich tust, Cowboy, ich bin dabei«, hauche ich. Er könnte mich küssen, seine Hand in meine Hose oder unter mein Shirt schieben, mich gegen einen der Bäume drücken und einfach nehmen, wild und hemmungslos – oder mir den Hintern dafür versohlen, dass ich ihn so verrückt mache. »Alles, was du willst«, füge ich leise hinzu.

In dem Moment knackt etwas im Wald. Es könnte ein Ast, ein Eichhörnchen, der Wind sein. Aber ich zucke zusammen, und Tyler sucht sofort das grüne Dickicht nach Gefahren ab.

»Dann lass uns besser zurücklaufen«, sagt er. »Schnell.«

»Okay«, erwidere ich, dabei ärgere ich mich, denn dieser Mann war ganz kurz davor, schwach zu werden.

Wir joggen los, und sobald wir etwa auf der Hälfte der Strecke sind, beginne ich mit meinen Sprints. Bei zwei Abschnitten schließt sich mir Tyler an, um sich auszutesten. Und die letzten Meter laufe ich schließlich mit maximaler Geschwindigkeit vor zur Hütte, um richtig ausgepowert zu sein. Zumindest für den Moment.

Als Tyler ein paar Minuten später nachkommt, atme ich noch schwer, muss aber sofort lächeln.

»Was ist?«, fragt er.

»Ich freue mich, dich zu sehen.«

»Wir waren nur fünf Minuten getrennt.«

»Ich freue mich immer, dich zu sehen«, sage ich, und dabei klopft wieder mein Herz, weil ich damit so viel mehr verrate.

Er grinst. »Ava Jennings, hörst du noch nicht auf, mich zu verführen?«

»Nie«, sage ich knapp und öffne die Tür der Hütte. »Deshalb bist du auch herzlich eingeladen, mir beim Waschen zuzusehen. Ich werde nackt sein, und das erhitzte Wasser wird über meine heiße Haut laufen.«

Ich sage es mit Absicht lasziv, und Tyler lacht schallend. »Du Perverse! Geh vor! Ich komm in zehn Minuten nach. Und wenn ich dann deinen nackten Hintern sehe, gibt es Ärger!«

»Da steh ich drauf, Cowboy!«

»Ava!«, sagt er streng, allerdings mit amüsiert verzogenen Lippen.

»Schon gut.« Ich zucke mit den Schultern. »War einen Versuch wert!«

Ich verschwinde in der Hütte, mache Wasser warm und bin richtig glücklich. Zum ersten Mal, seit mein Leben kopfsteht. Denn Tyler wird schwach werden. Dessen bin ich mir nun absolut sicher. Vielleicht nicht innerhalb der nächsten zehn Minuten, aber bald.

Tyler

Ich starre auf die Tür, durch die Ava gerade verschwunden ist, und muss grinsen. *Wie kann bloß irgendwer denken, sie sei Miss Superkorrekt? Diese Frau hat es faustdick hinter den Ohren. Eben diese sexy Einladung, vorhin die Grizzlynummer im Wald …* Allein bei der Erinnerung muss ich leise lachen. Wenn das Knacken nicht gewesen wäre, ich hätte sie geküsst und weiß der Henker, was ich sonst noch mit ihr angestellt hätte.

Mach mit mir, was du willst …

Sie hat es spielerisch gesagt, aber ernst gemeint. Was es mir auf dem Rückweg verdammt schwer gemacht hat, mit ihr Schritt zu halten, weil ein Teil meines Blutes immer wieder in meinen Schwanz und nicht in meine Muskeln wollte. *Verrückt!*

Ich hab keine Uhr, höre jedoch Ava in der Hütte herumpoltern, Wasser erhitzen, herumplanschen.

»Darf ich endlich?«, rufe ich nach einer angemessenen Wartezeit.

»Gleich!«, kommt zurück.

Was plant diese Frau jetzt wieder? »Mir wird kalt«, sage ich. Es sind vielleicht acht oder neun Grad. Das wird sich erst ändern, wenn die Sonne höher steht.

»Jetzt kannst du!«, ruft sie.

Fröstelnd flüchte ich in die Wärme der Hütte, stutze jedoch, weil Ava angezogen mit hochgekrempelten Ärmeln und einem Schwamm in der Hand neben der Waschschüssel mit frischem warmen Wasser steht. Als wollte sie mich waschen.

»Was wird das?«, frage ich misstrauisch.

»Zieh dich aus!«, sagt sie.

»Ava!« *Das kann nicht ihr Ernst sein.*

»Es ist kein Sex«, sagt sie.

»Es ist Vorspiel«, erwidere ich und ziehe mir die Turnschuhe, die Jacke und die Socken aus. Den Rest behalte ich erst mal an.

»Und das ist auch verboten?«

Oh, sie kann noch so unschuldig tun, ihre Augen verraten sie!

Aber dieses Spiel können auch zwei spielen.

»Das läuft wenn dann andersherum ab«, sage ich und sehe verdammt zufrieden, wie sie schluckt. »Ich hab den Schwamm in der Hand, und du bist nackt.« Ich grinse fies. »Aber da du ja jetzt schon fertig bist …«

»Ich merke mir das für später«, sagt sie gelassen.

»Tu das! Aber schon vergessen?« Ich muss noch breiter grinsen. »Du läufst schneller als ich und wirst immer die Erste sein, die zurück ist und sich vor mir waschen kann.«

»Dann entgeht dir was«, sagt sie daraufhin eine Spur eingeschnappt.

Ich lasse meinen Blick über sie gleiten. »Ich hebe mir das Vergnügen, dich heißzumachen, nur für später auf.«

»Vielleicht spiele ich später nicht mehr mit?«

»Doch, wirst du«, sage ich.

Besiegt verdreht sie die Augen. »Okay, du hast gewonnen, Tyler. Hier hast du den Schwamm, ich mach Frühstück.«

Diese Frau!

Stimmt, ich habe gewonnen. Aber sie auch. Denn es fällt mir immer schwerer, ihr zu widerstehen.

Ich wasche mich, ziehe mich um, bringe unser Schmutzwasser nach draußen, und als ich wieder zurück bin, stehen auf dem Küchentisch Kaffee, Tee, Bacon und Eier. Und Ava nimmt gerade den Toast vom Kamingrill.

»Du bist besser im Camping als Lauren«, stelle ich fest, weil ich Wades Erzählungen kenne.

»Und auch als Chloe«, sagt sie stolz. »Bei drei Mädels muss sich ja eine an den Grill trauen, wenn es Essen geben soll. Das bin ich.«

»Ganz die Pragmatische!«

Sie zuckt mit den Schultern, als wäre ihr das Label unangenehm.

»Aber manchmal bist du auch die Verrückte«, schiebe ich hinterher.

»Stimmt«, gesteht sie lachend. »Bitte verrate das keinem. Das könnte meinen guten Ruf ruinieren.«

»Dein Geheimnis ist bei mir sicher.«

Wir essen. Danach übernehme ich den Abwasch, und als Daeven anruft, ziehe ich mir eine Jacke über und gehe nach draußen, um in Ruhe zu telefonieren.

»Bei euch alles klar?«, erkundigt er sich.

Ich denke an den Traum, den ich heute Morgen hatte, und daran, dass ich gekommen bin, während Ava sich gewaschen hat. Was echt peinlich war. »Keine Vorkommnisse«, sage ich mit einem Räuspern.

»Brauchst du sonst noch was?«

Ich drehe mich um und sehe zur Hütte. Wir haben Gas für einen Monat, genug Essensvorräte, Benzin im Tank, Waffen. Ich gehe die Liste immer weiter durch. Doch da ist nur ein Gedanke. Sie. Ich brauche sie. Nur dabei kann mir Daeven nicht helfen.

»Nein, wir haben vorerst alles«, fange ich mich.

»Und wie geht es ihr?«

Weil die Stimmung zwischen uns so locker ist, habe ich fast vergessen, dass sie letzte Nacht einen Albtraum hatte. »Sie ist stark«, sage ich.

»Das sind die Jungs, die in den Krieg ziehen, auch. Und trotzdem kriegen einige einen Knacks fürs Leben. Leg ihr eine Therapie nahe.«

»Ich weiß«, sage ich nur. »Danke für die Erinnerung.«

»Konntest du mit ihr schon wegen der Fanpost sprechen?«

Ich höre Ava im Haus leise ein Lied summen. Noch etwas, das nicht zu Miss Superkorrekt passt und mir zeigt, dass es ihr besser geht. »Ihr habt nichts Neues?«, frage ich in der Hoffnung, dass das für Ava belastende Gespräch überflüssig wird.

»Leider nein. Keine weitere Spur.«

»Gut, ich frage nach und melde mich. Bis gleich.«

Wir legen auf, und ich starre in den Wald und fühle mich plötzlich wieder scheiße hilflos. Ava ist hier in Sicherheit. Aber die Sache ist noch nicht vorbei. Das sollten wir beide nicht vergessen. *Fuck!*

Nach einem weiteren tiefen Atemzug lasse ich das Handy in meiner Hosentasche verschwinden, gehe zurück in die Hütte und begegne Avas Blick.

»Ich muss was mit dir besprechen«, sage ich und hole meinen Laptop, auf dem die fünf verdächtigen Nachrichten sind. »Schau mal.«

»Das ist meine Fanpost«, sagt sie.

»Genau«, bestätige ich. »Weißt du, von wem das ist?«

Sie schüttelt den Kopf, aber zieht sich den Bildschirm heran und liest die Nachrichten wieder und wieder und wieder … Bis ich den Laptop zuklappe.

»Kannst du eine Liste mit allen Leuten machen, mit denen du in den letzten zwei Jahren Kontakt hattest? *Personal Protection* wird sie überprüfen. Das würde helfen, den Mistkerl zu identifizieren.«

»Meinst du, jemand, den ich *kenne*, hat es auf mich abgesehen?«, haucht sie ängstlich.

Wieder fühle ich mich hilflos. »Statistisch gesehen spricht einiges dafür«, gebe ich zu und reiche ihr einen Zettel. »Kannst du uns Namen nennen?«

»Oh mein Gott!« Sie starrt das Papier an. »Ich erinnere mich nicht. Könnt ihr nicht einfach mein Handy auswerten?«

»Dürfen wir denn?«, frage ich. Schließlich geht es hierbei nicht bloß um Telefonverbindungen, sondern auch WhatsApp-Nachrichten, SMS, Fotos, E-Mails, Kalendereinträge. Vieles davon wird privat sein.

»Bitte!«, sagt sie nur und schiebt mir blass ihr Gerät zu.

»Du machst das toll«, lobe ich sie, ignoriere das Handy und ziehe sie an mich, um ihr Kraft zu spenden.

»Wie oft warst du schon in so einer Situation?«, fragt sie leise.

»Ich führe keine Liste.«

»Also oft?«

»Sehr oft«, sage ich.

»Angst?«

»Immer etwas.«

»Wie lebst du damit?«

»Indem ich genau weiß, was ich im Ernstfall tun muss.«

Sie runzelt die Stirn.

»Gegen die Bären habe ich zum Beispiel die Flinte«, wechsele ich das Thema.

»Also erschießt du einen, wenn er zu nahe kommt?«

»Notfalls. Ja.«

»Der Ansatz gefällt mir«, sagt sie. »Was kann ich tun?«

»Wovor genau hast du denn Angst?«

»Davor, dass der Attentäter mich hier findet und ich in der Falle sitze.«

Ich könnte ihr jetzt sagen, wie unwahrscheinlich das ist. Natürlich könnte jemand unsere Handys orten. Doch das ist für eine Person außerhalb der Behörden nicht so leicht, wie es im Fernsehen immer aussieht. Mal davon abgesehen, dass die Mobilfunkmasten in der Umgebung weit auseinanderstehen und das Gebiet, in dem man uns suchen müsste, riesig ist. Und selbst wenn man uns findet: Es ist verdammt schwer, in dieser Gegend eine Drohne zu steuern.

Aber mit Logik komme ich jetzt nicht weiter.

»Ich sag dir, was ich tun würde, wenn er käme, Ava. Ich würde ihn diese Entscheidung bereuen lassen.«

»Wie?«

»Indem ich mit allem auf ihn schieße, was ich zur Hand habe«, sage ich. »Geht es jetzt wieder besser?«

»Nein. Zeig mir, wie ich das auch machen kann!«

15. KAPITEL

Ava

Ich rechne damit, dass Tyler mir meine Bitte abschlägt. Mir Dinge erzählt wie: ›Du als Frau musst dich nicht selbst verteidigen können, du hast ja mich!‹ Aber er löst sich von mir und holt eine der Taschen, die er von *Personal Protection* mitgebracht hat.

»Schon mal geschossen?«, fragt er und legt diverse kleinkalibrige Modelle, ein Scharfschützengewehr und eine Automatikwaffe vor uns auf den Tisch.

»Zählt Dosenschießen auf dem Jahrmarkt?«, frage ich und starre auf all das Equipment, als könnte es beim kleinsten Windhauch hochgehen.

»Zählt«, sagt er, bemerkt, wie unwohl ich mich fühle, und zeigt mir, dass die Waffen noch nicht geladen sind. »Gib mir nur einen Moment, um *Personal Protection* deine Handydaten zu geben, dann können wir mit den Basics beginnen.«

»Klar.« Ich warte, bis Tyler erneut seinen Kollegen anruft. Er gibt ihm meine Handynummer durch, fragt mich nach meiner PIN und meinem Cloud-Passwort, leitet beides weiter, legt auf und reicht mir eine kleine Waffe. »Hier, nimm mal die!«

»Die ist schwer«, sage ich.

»Seit wann hast du Gummiarme?«, zieht er mich auf.

»Na gut, ungewohnt«, korrigiere ich mich.

»Richtig so!«, meint er. »Man sollte sich nicht daran gewöhnen, eine Waffe in der Hand zu haben.« Er nimmt sie mir ab, zeigt mir die Sicherung und erklärt den Abzug. Dann reicht er mir das Magazin, legt es mit mir zusammen ein und entfernt es wieder, damit ich es alleine mache.

»Noch mal«, sagt er.

»Ich hab das Prinzip verstanden«, antworte ich.

»Trotzdem, noch mal! Bis sich die Bewegung vertraut anfühlt.«

»Ich denke, ich soll mich mit der Pistole nicht zu wohl fühlen?«

Er schmunzelt. »Du sollst aber auch keine Angst davor haben. Du beherrschst die Waffe, nicht sie dich. Sie ist bloß ein Werkzeug. Wie eine Bohrmaschine oder eine Heckenschere.«

»Was ich ebenfalls noch nie in der Hand hatte«, murmele ich.

»Aber du verstehst, was ich meine?«

»Ja.« Er will, dass ich im Ernstfall nicht über die Funktionsweise nachdenken muss.

Nach dem zehnten Mal habe ich den Dreh raus. Wir verlassen die Hütte, und Tyler stellt Ziele auf dem Vorplatz auf. Dennoch bleibt ein Rest Unbehagen, und ich richte den Lauf immer dahin, wo Tyler nicht ist. *Sicher ist sicher.*

»Dann zeig, was du kannst!«, meint er, joggt zu mir und deutet auf Bäume, deren Stämme er mit farbigen Kreisen markiert hat.

Vielleicht hätte ich erwähnen sollen, dass ich auf dem Jahrmarkt keines der Ziele je erwischt habe?

»Wie nah darf ich ran?«, frage ich in der Hoffnung, mich nicht komplett zu blamieren.

»Von hier!«, sagt er und zeichnet mit dem Schuh eine Linie in den Boden.

»Das sind dreißig Meter!«

»Zwanzig«, korrigiert er mich amüsiert. »Also leg los!«

»Einfach so?«

»Einfach so!«

Meine Handflächen schwitzen, aber Tyler steht hinter mir und hält meine Arme stabil.

»Wie ziele ich?«

»Wenn du gerade stehst, bilden die Waffe und dein Blick eine Linie. Schau mit beiden Augen, nie mit nur einem. Das war's.«

»Klingt ja total easy«, murmele ich.

»Probier es mal!«

Also gut … Alles geht wahnsinnig schnell. Ich drücke ab, und es gibt einen Knall. Vögel flattern auf. Und Tyler lacht.

»Was?«, frage ich. »Hab ich getroffen?« *Das wäre ja fantastisch!*

»Meilenweit daneben.«

»Ehrlich?« Enttäuscht sehe ich zu dem Baum, der unbeschädigt ist. »Was hab ich erwischt?«

Seine Hand beschreibt einen Winkel von fast fünfundvierzig Grad.

»Das Klohaus?!«, rufe ich, sichere vorbildlich die Waffe und gehe hin, um mir den Schaden aus der Nähe anzuschauen. »Wade wird mich umbringen!«

»Wird er nicht!«, meint Tyler lachend, hebelt die Kugel mit einem Messer aus dem Holz und verreibt mit dem Daumen die Splitter. »Zumindest wenn du es nicht noch mehr durchsiebst.«

»Ha, ha«, mache ich, genieße jedoch die lockere Atmosphäre zwischen uns. »Lass es mich noch mal probieren!«

»Aber dieses Mal mit geöffneten Augen«, sagt er.

»Sie waren offen!«

»Von wegen!«

»Mmpf.«

Ich gebe mich geschlagen. Wahrscheinlich waren sie zu, obwohl ich hätte schwören können, sie wären offen gewesen. Ich gehe wieder zu meiner Markierung und fixiere den Baum ein zweites Mal. Ich stehe gerade, meine Arme zeigen nach vorne. *Dieser Schuss wird perfekt.*

Peng! Ich feuere die Waffe ab, Baumrinde splittert, und ich jubele. »Das war ein Volltreffer, richtig?«

»In der Tanne daneben«, meint Tyler amüsiert lächelnd. »Du kommst deinem Ziel näher.«

Wie kann das sein? Aber die Einkerbung im benachbarten Baum spricht Bände. »Dann jetzt«, murmele ich. »Darf ich?«

»Nur zu!«

Tyler korrigiert meine Haltung, damit ich die Schultern locker lasse, und ich drücke erneut ab. Dieses Mal treffe ich, schaue jedoch nicht nach, wo genau, sondern gebe weitere Schüsse ab, bis das Magazin leer ist.

»Verschwenderisch, aber effektiv«, meint Tyler.

»Das war gut?«, frage ich aufgeregt.

»Wir üben das, aber ja, das war nicht schlecht.«

»Wie? Hören wir etwa auf?«

»Du hast die gesamte Munition verballert«, sagt er.

»Und du doch noch eine volle Tasche in der Hütte. Ich fange gerade an, besser zu werden. Lass uns weitermachen!«

»Du bist immer so ehrgeizig, was?«, fragt Tyler.

»Auf jeden Fall. Wie glaubst du, bin ich sonst so schnell geworden?«

»Fein, machen wir weiter. Aber jetzt nicht mehr mit Schüssen aus dem Stand, sondern wenn du dich bewegst.«

»Dann wird es wieder schwerer!«

»Und realistischer.«

Gut, darüber kann ich mich schlecht beschweren. Er hat ja recht!

Tyler schickt mich einen Parcours entlang. Nicht ganz wie im echten Leben, aber nahe dran. Von meinen zehn Zielen treffe ich im ersten Durchlauf sechs, was recht ordentlich ist. Die anderen vier Schüsse gehen daneben, wenn auch nicht meilenweit und nicht ins Klohäuschen.

»Fühlst du dich jetzt besser?«, fragt Tyler nach weiteren zwei Runden.

»Zumindest nicht mehr komplett hilflos«, sage ich und gebe ihm die Waffe zurück.

Ein Adler oder Bussard kreist in der plötzlichen Ruhe über uns, und ich zucke mal wieder zusammen. *Meine Nerven!* Zum Glück habe ich die Pistole nicht mehr in der Hand, ich hätte sie glatt abgefeuert.

»Er findet dich hier nicht«, sagt Tyler, verstellt mir den Blick zum Himmel, umarmt mich und fährt mir durch die Haare. »Und falls doch, verballern wir jedes Magazin, das wir haben.«

Ich muss kichern, weil Bilder von Rambo in meinem Kopf auftauchen, mit einem Maschinengewehr an der Hüfte, einem Schweißtuch um die Stirn und einem Munitionsgürtel über der Schulter.

»Du machst dich über meine Schießkünste lustig«, beschwere ich mich.

»Von wegen! Ich baue fest auf sie.«

Wir müssen beide lachen, und ich bin Tyler dankbar, dass er es immer wieder schafft, dass ich in dieser furchtbaren Zeit nicht durchdrehe.

»Mir fällt übrigens noch etwas ein«, sagt er da.

»Was?«

»Hier in der Nähe gibt es Höhlen, in denen man sich verstecken kann. Wir können nach dem Mittagessen hinwandern. Wie klingt das?«

»Als sollte ich aufhören, mir Sorgen zu machen, weil du alles im Griff hast.« Ich gebe ihm einen schnellen Kuss, löse mich und steuere die Hütte an. »Und so, als sollten wir was essen, damit es losgehen kann.«

Tyler

Erst bin ich froh, dass Ava nicht länger versucht, mich herumzukriegen. Dann merke ich, dass gerade diese normalen Dinge, die wir teilen, mich ihr immer mehr verfallen lassen. Mir gefällt, dass sie sich nicht einfach ihrem Schicksal ergibt, dass sie was tun will – und vor allem, dass sie mir bei all dem vertraut. Das ist zwar eine unheimliche Verantwortung, aber auch eine, die ich verdammt gerne trage. Denn sie soll nie wieder Angst haben.

»Wie weit ist es?«, fragt sie, als wir nach dem Mittagessen zu den Höhlen aufbrechen.

»Nicht ganz eine Stunde zu Fuß. Das erste Stück ist leicht zu gehen, die letzten Meter schwieriger.«

Ich gebe das Tempo vor, und Ava hält problemlos Schritt.

»Falls du hier mal alleine lang musst, kannst du dich an der Wetterseite der Bäume orientieren. Siehst du?« Ich zeige ihr die eine Seite, die moosig ist, die andere ist frei. »Wir laufen gerade Richtung Nordnordost. Dann kommt eine kleine Steinformation, an der sich der Weg gabelt.«

»Wo hast du das gelernt? Beim Militär?«

»Schon früher, von meinem Dad. Wir sind oft draußen unterwegs gewesen«, erzähle ich, was ich sonst eher selten tue.

»Wie alt warst du?«

»Vier.«

»Vier?!« Sie fällt kurz zurück, schließt jedoch problemlos wieder auf. »Kein Wunder, dass das bei dir so leicht aussieht.«

»Wie meinst du das?«

»Du läufst durch den Wald, als wäre es eine ausgeschilderte Straße im Mission District, während ich nur Grün erkenne.«

Ich muss lachen. Aber sie hat recht, die Natur ist für mich wie eine große Landkarte. Ich gehe nicht verloren.

»Was hast du noch von deinem Dad?«, fragt sie, und mir gefällt, dass sie sich für mich interessiert. Ganz anders als vor ein paar Tagen, als sie mich für einen hirnlosen Muskelprotz gehalten hat, der Dreck am Stecken hat.

»Er hat mich zum Jagen mitgenommen«, erzähle ich.

»Mit vier?!«, ruft sie wieder, dabei kenne ich Familien, die ihren Kids statt Spielzeug gleich echte Waffen in die Hand drücken.

»Mit sechs«, sage ich.

»Na, das ist natürlich was anderes.«

»Bei uns war das normal. Ich komme aus Texas. Wir ballern auf alles, was vier Beine hat.«

»Howdy, du klingst nicht wie ein Texaner.«

»Was meinst du?«, frage ich, dabei weiß ich, worauf sie hinauswill.

»Schimpfen die nicht auf Vegetarier, diese ganzen New-Age-Leute in der Bay Area und jeglichen technischen Firlefanz?«

»Wir haben Internet und Handys«, tue ich gekränkt, verrate mich allerdings durch mein Lachen. »Dass ich weltoffen bin, hast du meiner Mutter zu verdanken.«

»Einem in Texas gestrandeten Hippie?«

»Hey, keine Witze über meine Mom!« Ich funkele sie an, aber sie grinst, weil sie mich bloß necken wollte, und hebt ergeben die Hände.

»Bitte nicht losballern, Cowboy.«

Ich lache laut auf. »Du kennst doch das Sprichwort: Hinter jedem starken Mann steht eine starke Frau. Das ist meine Mom. Sie ist offen für alles Neue.« Mir wird wieder klar, dass ich mich echt lange nicht bei ihr gemeldet habe. Aber sie weiß, dass ich das nur mache, weil ich für andere Menschen da bin, und das respektiert sie. »Von ihr hab ich auch meine Manieren. Also sag ihr nicht, dass du mich für einen Bad Boy gehalten hast, sonst krieg ich mächtig Ärger.«

Ava prustet los.

»Was denn, hast du an meinen Manieren was auszusetzen?« In meiner DNA steht, immer das Richtige zu tun. Und ich will mir nicht ausmalen, wie meine Mom reagiert, wenn sie erfährt, dass ich eine Frau nicht mit dem nötigen Respekt behandelt habe.

»Nein, natürlich nicht! Aber wie soll ich ihr erklären, dass ich mich nicht wie eine feine Dame benommen habe?«

»Weil du versuchst, mich zu verführen?« *Volltreffer!* Ava wird rot. »Dafür hat meine Mom Verständnis. Schließlich weiß sie, was für ein Prachtbursche ich bin.«

»Hast du einen Sonnenstich?«, fragt Ava gespielt besorgt und legt mir die Hand auf die Stirn.

»Keine Sorge, wenn mir zu heiß wird, dann nur deinetwegen, Angel«, säusele ich kitschiger, als es meine Art ist.

»Von wegen Manieren!«, ruft sie lachend. »Das werde ich deiner Mom petzen. Ich bin mir sicher, für solche Sprüche kriegst du Ärger.«

Ich lache, weil das hier Spaß ist und er uns beiden guttut. Danach könnte ich echt süchtig werden. »Oh Ava, meine Mom wird dich mögen!«

Ihre Wangen färben sich rot, und sie wird plötzlich ernst. »Ähm … Ty? Reden wir etwa gerade darüber, dass ich deine Mom kennenlerne?«

»Sieht ganz danach aus«, antworte ich, ohne das geringste Gefühl von Panik. Dabei sind solche Zusagen Neuland für mich.

Wieder knistert die Luft zwischen uns. Und dem Funkeln in ihren Augen nach will Ava etwas sagen, verkneift es sich jedoch und macht eine wegwerfende Geste – oder vertreibt Fliegen. »Da vorne ist der Steinhaufen, den du meintest, oder?«, sagt sie. »Lass uns weiterlaufen!«

Ich sollte es nicht tun, aber es fühlt sich richtig an. Deshalb ziehe ich sie kurz an mich, küsse sie und marschiere dann mit dem Gefühl von ihren Lippen auf meinen voraus.

»Wofür war das?«, fragt sie eine Spur atemlos, was bei einer Frau wie Ava, die in Topform ist, nicht oft vorkommt.

»Weil du toll bist.«

»Ach so«, sagt sie zufrieden, hält mich auf und drückt mir umgekehrt einen langen, süßen Kuss auf den Mund.

»Und wofür war der?«, frage ich.

»Weil du es auch bist.«

Jetzt will ich sie wieder heftig. Sie steht direkt vor mir, und es wäre leicht, sie zu nehmen. Dann trifft uns ein Regentropfen, und das bricht den Bann.

»Los, weiter«, treibe ich sie nun zur Eile an, damit wir nicht nass werden.

Sie folgt mir, und als wir ein Steinfeld überqueren müssen, reiche ich ihr die Hand und helfe ihr hinüber. Eigentlich braucht sie das nicht, aber sie nimmt die Hand trotzdem, und danach lässt sie sie nicht mehr los. Keiner sagt es, aber wir gehören zusammen. *Verdammt, wir gehören so was von zusammen!*

»Hier ist es«, sage ich, als wir die Höhle erreichen. »Der Eingang ist eng, aber dahinter wird es geräumig.«

Ich gehe voraus, leuchte den Bereich aus und helfe Ava herein, wo es trocken ist, während es draußen mittlerweile nieselt.

»Und von außen kann uns niemand sehen?«, fragt sie.

»Richtig, wer in die Höhle leuchtet, sieht die hintere Wand, aber in der Ecke ist man vor Blicken geschützt.«

»Danke, dass du mir das hier gezeigt hast«, sagt sie und klingt erleichtert.

»Immer gerne. Wird Wade freuen, dass wenigstens einer die raue Landschaft zu schätzen weiß.«

»Lauren mag halt Wasser«, verteidigt sie ihre Freundin und setzt sich hin.

Ich bleibe stehen und checke das Wetter auf dem Handy.

»Was ist los?«, fragt Ava vom Boden.

»Wir sollten umkehren«, sage ich und reiche ihr die Hand.

»Denkst du nicht, es hört gleich wieder auf zu regnen?«, antwortet sie, aber lässt sich aufhelfen. »Es tröpfelt nur etwas.«

Ich drehe mein Handy, damit sie auf die App schauen kann. »Nach der Prognose zieht ein Unwetter auf. Vorhin, als wir los sind, war es erst für den Abend angesagt, doch es ist ziemlich schnell näher gekommen. Wir sollten keine Zeit verlieren. Ich will nicht über die Steine klettern, wenn alles nass ist.«

»Weil es dann zu unsicher ist?«

»Genau.«

Sie grinst. »Jason hat recht, du bist total der Sicherheitsfreak.«

»Bloß bei den Menschen, die mir wichtig sind.«

»Bin ich das also?«

»Du kennst die Antwort, Ava.« Ja, anfangs lag es an Jason, dass ich sie aus dem Stadion geholt habe. Aber alles, was seitdem passiert, mache ich ihretwegen.

Stumm sehen wir uns an, und erneut will ich sie küssen. Richtig, nicht nur wie vorhin. Die Dunkelheit der Höhle, das sanfte Tröpfeln draußen und ihr Duft verführen mich. Doch ein entferntes Grollen lässt mich zur Vernunft kommen. »Wir müssen zurück. Sofort.«

»Gehst du wieder voraus?«, fragt sie.

»Versuch du, den Weg zu finden«, sage ich, weil ich möchte, dass Ava auch ohne mich klarkommt.

»Im Regen?!« Sie weiß genau, dass es bei dem Wetter schwieriger ist, weil alles anders aussieht als auf dem Hinweg.

»Wenn du ihn jetzt findest, dann immer«, ermuntere ich sie.

»Also gut.« Entschlossen setzt sie sich ihre Kapuze auf und verlässt die Höhle. Die Steine sind nass. Sie rutscht weg und landet auf dem Hintern. Doch sie rappelt sich sofort wieder auf und macht das Victory-Zeichen. »Nichts passiert, Ty!«

»Dein Glück«, murmele ich und folge ihr trittsicher.

Der Regen wird stärker, und in einem nun zügigen Tempo geht Ava weiter. Nur an zwei Stellen zögert sie. Aber sobald es nicht mehr weit ist, findet sie den Weg intuitiv und hechtet die letzten Meter unter das Dach der Veranda, wo sie sich bibbernd den Regen von der Jacke schüttelt und dann in der Hütte verschwindet. Ich folge ihr, komplett durchgeweicht, während draußen die Welt untergeht. Wir haben es gerade noch rechtzeitig geschafft.

»Wade hat nicht zufällig irgendwo eine Badewanne versteckt?«, fragt sie, als sie ihre durchnässte Jacke abstreift und sich die Haare auswringt. Dabei kennt sie die Antwort. Zum Waschen gibt es lediglich eine Schüssel.

»Hier, nimm die und zieh dich um«, sage ich und lege ihr eine Decke über die Schultern, die sie sofort enger um sich zieht.

Tropfnass hocke ich mich vor den Kamin und kümmere mich um das Feuer. Dabei beobachte ich aus dem Augenwinkel, wie Ava sich umzieht.

»Jetzt du!«, sagt sie, als sie fertig ist, und nimmt mir den Schürhaken ab.

»Brauchst du mehr Holz?«

»Falls ja, hol ich selbst welches. Mach schon!«

»Also, so hat mir bisher keine Frau gesagt, dass ich mich ausziehen soll.«

»Umziehen, nicht ausziehen«, korrigiert sie mich amüsiert kichernd.

Ich nehme mir ein Handtuch, pelle mich aus meinen klatschnassen Klamotten und hole mir trockene Sachen.

Während ich mich umziehe, legt Ava Holzscheite nach, rutscht mit Kissen und Fellen an den Kamin und hält ihre Hände vor die Flammen.

Der Regen prasselt aufs Dach und schirmt uns von der Außenwelt ab. Das Feuer umgibt ihre Silhouette mit warmem Licht. Und plötzlich will ich sie wieder. Sie ist alles für mich, und nur weil ich mir unsicher bin, ob ich auch alles für sie bin, kann ich mich zurückhalten.

»Stimmt was nicht?«, fragt sie. »Du brauchst lange.«

Ich räuspere mich und gehe zur Kochecke. »Ich mach uns einen Tee.«

»Oh, gute Idee«, ruft sie.

Ich setze einen Kessel Teewasser auf und bringe Obst, Käse und Brot als Snack zu ihr. Sobald der Tee fertig ist, geselle ich mich zu ihr und umschlinge sie mit den Armen. »Wieder warm?«, frage ich.

»Es wird«, antwortet sie und lehnt sich an mich.

»Hier, möchtest du?« Ich gieße ihr eine Tasse Tee ein, sie nimmt sie, aber stellt sie gleich darauf wieder ab. »Was ist los?« Ihre Wangen haben Farbe bekommen, ihre Augen mustern mich intensiv und durchdringend. Und ich fühle mich mit ihr verbunden.

»Du, ich, der Regen, ein Feuer …«, murmelt sie da, als würde auch sie spüren, dass zwischen uns etwas passiert, und berührt mein Gesicht.

»Wir werden nicht miteinander schlafen.«

»Das meine ich nicht«, sagt sie und dreht sich weiter zu mir.

Ihre Augen strahlen anders als sonst. Ihre Berührungen prickeln auf meiner Haut und sorgen für wohlige Schauer. Und sie hat recht: Das hier hat nichts mit Sex zu tun. Das Gefühl geht tiefer, direkt in mein Herz.

»Was dann?«, frage ich und muss schlucken.

»Es ist idiotisch.«

»Ich glaube nicht, dass du jemand bist, der idiotische Sachen sagt.«

»Echt nicht?« Sie grinst frech. »Auch nicht nach den letzten Tagen?!«

Weil sie wie eine Verrückte wieder ins Stadion gerannt ist? Weil sie wollte, dass ich sie hierherbringe? Weil sie

Schießstunden genommen hat? Lächelnd spiele ich mit ihren feuchten Haarsträhnen. »Auch dann nicht. Also raus damit!«

»Ich sollte es nicht sagen … Vielleicht stimmt es nicht … Aber es fühlt sich richtig an …«

»Was denn, Ava?«

»Ich liebe dich.«

Fuck!

Sie wartet, dass ich was darauf erwidere, doch ich kann sie nur anschauen und die Kraft dieser Worte genießen. Denn ich empfinde genauso, und erst jetzt spüre ich, dass das hier mit ihr genau das ist, was ich immer wollte.

»Gott, wie peinlich«, sagt sie, als die Pause zu lang wird. »Vergiss es wieder! Keine Ahnung, was eben in mich gefahren ist!«

Das legt in mir einen Schalter um. »Keine Chance«, sage ich, drücke sie zurück in die Kissen und küsse sie mit dem Hunger, der sich in all den Tagen in mir aufgestaut hat.

Denn das ändert alles.

16. KAPITEL

Ava

Tyler liebt mich auch. Er sagt es zwar nicht. Aber ich spüre es an seinen Küssen und sehe es in seinen Augen.

Ich öffne die Beine für ihn, und er drückt seine Erektion gegen mich und deutet sinnliche Stöße an, gibt mir zu verstehen, dass er dieses Mal nicht aufhören wird. *Endlich!*

Die Kälte des Regens ist endgültig vergessen. Meine Haut brennt und sehnt sich nach seiner. Ich lasse meine Hände unter seinen Pullover und sein Shirt gleiten und schiebe beides hoch.

»Du bist zu schnell«, sagt er.

»Du bist zu langsam«, antworte ich.

»Ich will nur, dass du bereit für mich bist«, murmelt er und küsst meinen Bauchnabel.

Ich quieke erstickt, und er lacht, was mich erneut quieken lässt, weil sein Atem mich kitzelt. »Ich bin bereit«, beteuere ich. Dieser Mann hat ja keine Ahnung, wie schnell mein Körper feucht wird, wenn er in der Nähe ist, und wie viele meiner Höschen er schon ruiniert hat.

»Lass mich sichergehen«, sagt er.

Er schiebt meine Sachen höher. Ich strecke meine Arme, um ihm zu helfen, doch er hält inne, und meine Hände sind wie gefesselt. Ich könnte meine Kleidung abstreifen, aber mir gefällt, dass er mit mir spielt. Und ihm gefällt, dass er mit mir spielen kann. Dann greift er unter meinen Rücken und öffnet den BH-Verschluss, nicht beim dritten Versuch, sondern gleich beim ersten.

»Übung darin?«, frage ich und atme schwer.

»Anfängerglück«, sagt er, schiebt die BH-Schalen hoch und reibt mit den Daumen über meine harten Nippel.

»Bitte, beeil dich!«, wimmere ich.

»Das werde ich früh genug«, raunt er mir zu, und ich erschauere. »Lass mich dich nur noch etwas genießen, Angel.«

»Das kannst du auch danach«, sage ich.

»Oh, das werde ich«, meint er lächelnd. »Jetzt und später. Damit ich den Vergleich habe: Ava, wie sie mich vor dem Sex anbettelt. Und Ava, wie sie danach ist.«

Ich will ihm böse Dinge an den Kopf knallen, doch als würde er das ahnen, beugt er sich über mich und küsst mich wieder hungrig. Meine Nippel reiben an seinem Oberkörper. Seine Haut an meiner macht mich verrückt. Und ich befreie mich aus meinen Klamotten und greife nach seinen Schultern, um mehr von ihm zu spüren.

Für einen Moment ist das genug, dann lasse ich eine Hand tiefer gleiten und beginne, seine Hose hinunterzuschieben. Aber ich komme nicht weit. Blitzschnell greift er nach meiner Hand und drückt sie neben meinem Kopf auf den Boden.

»Nicht so schnell«, knurrt er.

Zittrig hole ich Luft, nehme seine mächtige Gestalt über mir wahr. Liebe seinen Blick, liebe ihn, liebe das Gefühl von ihm über mir, bin ihm ausgeliefert und fühle mich doch so sicher wie nie zuvor. Weil Tyler nichts tun wird, was mich verletzt.

Ich streife seine Lippen. »Krieg ich jetzt Ärger?« Denn ich will welchen. *Unbedingt.* »Bitte, Cowboy!«

Er streicht mir durchs Haar und ringt mit sich, aber ein Zittern durchfährt ihn, sein Schwanz zuckt, und ich weiß, ich habe gewonnen.

»Du hast es so gewollt«, sagt er, schiebt seine Hand in meine Hose, findet meine feuchte Pussy und stößt mit zwei Fingern in mich.

»Ja«, schreie ich erleichtert, und mein Unterleib erbebt. Dabei will ich eigentlich ihn, seine Finger sind bloß ein Ersatz.

Tylers Blick bohrt sich zufrieden in meinen. Und während er mich hart mit seiner Hand fickt, schluckt er meine Lustschreie, als bekäme er nicht genug davon.

Bedürftig öffne ich meine Beine breiter, auch wenn der Hosenbund dabei in meine Oberschenkel schneidet. Und als dieser Mann mit dem Daumen über meine Klit fährt, kralle ich mich in seinen Rücken.

»Oh mein Gott!«, wimmere ich. Denn das hier ist anders als der Sex, den ich kenne. Tyler hält sich nicht zurück. Er behandelt mich nicht wie den Leichtathletikstar Ava Jennings, sondern wie eine Frau, die es gilt, zum Schreien zu bringen, bis sie heiser ist. Und ich schreie.

»So ist es gut, Angel! Lass dich fallen!«

Bei jedem anderen Mann hätte ich Angst, aber nicht bei ihm. Sein Daumen erhöht den Druck auf meine Klit, er krümmt seine Finger in mir. Und um mich ist es geschehen.

»Fuck, Tyler!« Ich explodiere. Alles in mir zieht sich zusammen, meine Pussy zuckt wie wild, das süße Ziehen weicht einem erleichterten Pulsieren, und jegliche Kraft verlässt mich. Erschöpft liege ich unter diesem Mann, der mich das hat fühlen lassen, atme hektisch ein und aus und liebe ihn noch mehr.

»Alles in Ordnung?«, fragt er, streicht mir mit der einen Hand Haare aus dem Gesicht und hat die andere weiter in mir.

»Nein«, sage ich nur und schiebe meine Hände in seinen Nacken, lasse sie über seine Schultern gleiten, mag, wie nah wir uns sind, und kratze ihn frech.

»Nein?«, wiederholt er, runzelt die Stirn und reibt wieder mit dem Daumen sehr, sehr, sehr sanft über meine Klit, was für ein neues süßes Prickeln sorgt.

»Du bist zu gut zu mir«, sage ich und beiße ihn leicht in die Unterlippe. »Hör auf, dich zurückzuhalten, Tyler. Ich liebe dich. Also sei du selbst.«

»Ist das so?« Er lächelt zufrieden und küsst mich erneut, verwöhnt meinen Körper, macht mich ganz schwach, bis ich wimmere, weil die Lust schon wieder unerträglich wird.

»Bitte!«, flehe ich.

»Fass in meine Hosentasche«, sagt er da und knabbert an meinem Hals.

Ohne nachzufragen, löse ich eine Hand und suche nach der Tasche.

»Nein, nicht die vorne, die an meinem Hintern!«, haucht er mir ins Ohr.

Ich schiebe meine Hand hinein, spüre seinen Knackarsch und ein Folienpäckchen, das ich herausziehe. Ein Kondom.

»Öffne die Packung!«, befiehlt er.

Das ist Schwerstarbeit mit einem sexy Kerl über sich, der einem die Hose und das Höschen abstreift und einen mit Küssen alle paar Sekunden vergessen lässt, wie die Aufgabe lautet. Aber ich schaffe das.

»Und jetzt zieh es mir über den Schwanz!«

»Willst du das nicht tun?«, frage ich aufgeregt.

»Ich kann gerade nicht«, sagt er, hat eine Hand noch in mir, die andere neben mir aufgestützt und küsst mich. »Ich bin damit beschäftigt, einer gewissen Frau den Verstand zu rauben.«

»Gelingt dir«, sage ich.

Während Tyler an meinem Hals knabbert und meine Pussy verwöhnt, schiebe ich ihm die Hose und seine Boxershorts über den Hintern, befreie seinen Schwanz und reibe bewundernd über seine harte Länge.

»Gefällt dir, was du fühlst?«, fragt er.

»Ja«, hauche ich, denn die Erektion passt zu diesem Mann. Groß, mächtig, perfekt.

»Dann roll das Gummi jetzt drüber.«

Nach Gefühl setze ich das Kondom an. Und langsam, verdammt langsam komme ich meiner Pflicht nach, wobei ich spüre, wie heftig Tyler atmet. Als würde es ihn alles kosten stillzuhalten.

»Fertig?«, fragt er schließlich und sieht mich ernst an.

»Fertig!«

»Fuck, ja!«, knurrt er und gibt jegliche Zurückhaltung auf. Er zieht seine Hand von meiner Pussy weg, drückt meine Schenkel weiter auseinander und rammt sich in mich. »Ja, ja, ja!«

Das Gefühl ist unglaublich. Mehrmals setze ich dazu an, etwas zu sagen, aber meine Worte gehen in Keuchen, Lustschreie und Stöhnen über. Ich spüre ihn tief in mir. Er erobert mich voll und ganz, als wollte er mich verschlingen. *Wie konnte ich nur so lange ohne das hier auskommen?*

Er nimmt mich, wie mich noch nie ein Mann genommen hat. Er ist nicht nett, sondern folgt seinen Instinkten. Er braucht die Erlösung. Genau wie ich sie brauche.

Mein Unterleib zuckt erneut, weil der nächste Orgasmus sich in mir aufbaut. Und Tyler küsst mich daraufhin wild, verschlingt mit Lippen und Zähnen meinen Hals, mein Ohr, meinen Mund, jedes Stückchen Haut, das er erreichen kann. Seine Stöße sind so heftig, dass ich mich kaum halten kann.

Und er packt mich und macht mir unmissverständlich klar, dass er dieses Mal bis zum Ende geht. *Gott sei Dank!*

Keine Ahnung, wie ich den Sex nennen soll, den ich bisher hatte. Er war wie ein Dauerlauf. Gut, entspannt, nicht schlecht. Aber kein Vergleich zu dem Sprint, den wir hier hinlegen, wenn Lust und Adrenalin durch die Adern fließen, das Herz rast und man alles tut, um dieses eine Ziel so schnell wie möglich zu erreichen.

Jetzt!

»Tyler!«

Mit einem Schrei komme ich.

»Fuck, Ava!«, knurrt er und kommt ebenfalls, stöhnend, keuchend und meinen Namen murmelnd, heftig, sexy, perfekt.

Dann werden seine Stöße ruhiger, und schließlich bleibt er tief in mir auf mir liegen. Ist mit mir vereint. So wie es sein soll.

Wir sind beide außer Atem, sehen uns an, und nie habe ich mich vollkommener gefühlt. Alles, was mein Leben so schwer gemacht hat, ist weg. Es gibt nur Tyler und mich in diesem Augenblick. Keine Wettkämpfe und Medaillen. Nicht Chloe und Lauren. Nichts und niemanden. Nur ihn.

»Ich liebe dich auch«, bricht er da leise das Schweigen. Und mehr muss er nicht sagen. Mehr muss ich nicht sagen. Perfekter geht es nicht.

Tyler

Draußen regnet es immer noch in Strömen. Kälte dringt durch die Ritzen der Wände in die Hütte, während das Kaminfeuer weiterhin wohlige Wärme spendet. Die Situation ist unwirklich, und doch habe ich mich nie mehr wie ich selbst gefühlt als jetzt.

Mein Körper vibriert vom Orgasmus nach. Ich habe nie zuvor so sehr die Kontrolle verloren. Und nie erlebt, dass eine Frau das tut. Jegliche Kraft verlässt mich. Langsam löse ich mich von Ava, drehe mich auf die Seite und ziehe sie zu mir, um die Verbindung möglichst lange auszukosten. Meine Hände streicheln zärtlich über ihre Schultern, und tiefe Zufriedenheit durchströmt mich, weil alles davon mir gehört. Sie hat es mir gegeben, ich hab es mir genommen. Und ich gebe es nicht mehr her.

Besitzergreifend drücke ich eine ihrer Pobacken, und Ava seufzt leise, sieht zu mir auf, zeigt mir, wie wunschlos glücklich sie ist, und schmiegt sich dann wieder an mich, auf einem Arm halb aufgestützt, den anderen um mich geschlungen.

Aber was, wenn es schiefgeht?, frage ich mich. *Da draußen ist noch immer jemand, der es auf Ava abgesehen hat. Das hier ist nicht unser normales Leben. Es ist dumm, etwas miteinander anzufangen, wenn die Zukunft so unklar ist.*

Ich drücke Ava einen Kuss auf die Schulter, weil ich sie nicht verlieren will. Ich habe versucht, ihr zu widerstehen, weil unser Timing schlecht ist. Doch jetzt, da ich den Kampf verloren habe, kann ich nicht mehr zurück.

Es wird nicht schiefgehen, sage ich mir stur. *Wir lieben uns. Keine Ahnung, wie das passieren konnte – sie, die feminine Grazie, ich, der zumindest nach außen hin finstere Grobian. Ein ungleiches Paar. Die Schöne und das Biest … Aber es ist so. Im Innern sind wir verbunden.*

Ava lacht leise an meiner Brust.

»Was ist?«, frage ich sie.

»Das hier ist verrückt, findest du nicht?«

»Ist ›verrückt‹ schlecht?«

»Überhaupt nicht.«

»Okay, dann ist es verrückt«, sage ich schmunzelnd. *Herrlich verrückt!*

Wir müssten darüber reden, was das alles zu bedeuten hat. Aber in der Abgeschiedenheit der Berge fühlt sich die wirkliche Welt viel zu weit entfernt an. Wir haben uns gefunden, obwohl wir uns nicht gesucht haben. Und wir haben die einmalige Chance, uns ungestört kennenzulernen. Mehr brauchen wir nicht.

Ihre Finger tanzen über meinen Körper, erkunden mich. Ganz sicher spürt sie die Narben unter meinen Tätowierungen, aber das scheint sie nicht abzustoßen, sondern zu faszinieren. Bis sie ein Bild an meinem Oberarm streift und kichert. »Du hast ein Einhorntattoo?!«

»Erschien mir passend«, sage ich.

»Wie meinst du das?«, hakt sie neugierig nach.

»Den kleinen Schnitt, den du spürst, hab ich mir geholt, als ich jemanden beschützt habe, der Plüschtiere für Jahrmärkte produziert.«

»Warum war er in Gefahr?«

»Ein Kartell hat ihn erpresst und wollte die Viecher für den Drogenschmuggel einsetzen.«

»Krass«, entfährt es ihr.

»Klingt übler, als es war.«

»Du bist verletzt worden«, sagt sie skeptisch.

»Nicht lebensgefährlich«, erwidere ich.

Sie mustert meine anderen Tattoos und runzelt die Stirn, als ihr klar wird, dass jedes eine spezielle Bedeutung hat.

»Das hier«, sage ich und zeige auf eines am Bein. »Das war heftig.«

»Sieht gar nicht so schlimm aus«, meint sie.

»Stimmt. Aber der Splitter hat meine Oberschenkelarterie getroffen, ich hätte beinahe das Bein verloren.«

»Das war beim Militär?«

»Im zweiten Jahr. Meine einzige lebensgefährliche Verletzung.«

»Und gleichzeitig dein erstes Tattoo?«

»Ja«, sage ich. »Als Mahnung, vorsichtiger zu sein.«

»Und das bist du seitdem?«

»Immer«, raune ich ihr zu und küsse sie, langsam und sanft, damit sie spürt, dass ich die Wahrheit sage.

»Und trotzdem wirst du manchmal verletzt.«

»Nie schwer«, betone ich. »Du verletzt dich doch auch manchmal.«

»Schon, aber das ist nicht das Gleiche.«

»Nicht?«, ziehe ich sie auf, und sie streckt mir die Zunge raus. Was ich ihr durchgehen lasse, denn ich weiß, was sie meint. Das eine ist, in echter Gefahr zu sein, das andere, einen Unfall zu haben. Oder, wie in ihrem Fall, sich beim Training einen Muskel zu zerren oder ein Gelenk überzubeanspruchen. »Mach dir keine Sorgen, Angel! Wenn ich bei der Polizei wäre, wäre mein Job weitaus riskanter. Das sind die Leute, die die Verbrecher stellen. Mein Job ist es, in Deckung zu gehen.«

»Würdest du –?« Sie bricht ab, aber ich weiß, was sie fragen will.

»Ja, irgendwann, wenn ich körperlich nicht mehr fit genug bin, werde ich in den Innendienst wechseln und bei der Analyse der Einsätze helfen. Aber nicht jetzt. Dafür liebe ich zu sehr, was ich mache.«

»In Lebensgefahr zu schweben?«

»Andere Menschen zu beschützen.«

»Mistkerl!«, flucht sie scherzhaft. »Ich fühle mich, als würde ich versuchen, Superman auszureden, ein Held zu sein!«

»Jetzt bin ich also Superman? Nicht mehr der böse Junge?«, frage ich amüsiert nach.

»Menschen ändern ihre Meinung«, sagt sie mit einem Schulterzucken. »Du stehst ja offensichtlich doch auch auf Blondinen.«

»Nur auf eine«, sage ich und spiele mit ihren Haaren.

Das genügt, damit wir vergessen, wie kompliziert unser Leben ist – und unsere Zukunft. Wieder zählt nur der Moment und dass wir uns haben. Und mit einem Funkeln in den Augen reckt Ava sich und küsst mich. Mein Hunger auf sie erwacht wie nie gestillt, ich küsse sie zurück, und wir lieben uns erneut, dieses Mal deutlich länger und genüsslicher.

Danach stürzen wir uns auf die Snacks. Dann machen wir was Richtiges zum Abendessen, und vor dem Feuer lieben wir uns erneut, bis wir irgendwann einschlafen.

Das hier ist perfekt. Und ich hoffe, wir haben viel Zeit, um es zu genießen. *Am liebsten für immer.*

17. KAPITEL

Ava

Mein Handy brummt und weckt mich. Ich komme zu mir und fühle mich großartig, weil ich keine Albträume hatte. Da klingelt Tylers Handy. Sobald es aufhört, melden sich beide, und bevor der Terror erneut losgeht, löst sich Tyler von mir, steht auf und geht ran.

»Ja?«, meldet er sich.

Er klingt sexy verschlafen, weil wir uns die halbe Nacht geliebt haben … Und ich fühle mich so wohl in meiner Haut wie lange nicht mehr. Liebe es hier mit ihm.

Liebe ihn.

»Ihr habt den Kerl?«, wiederholt Tyler verblüfft, was er gerade gehört hat.

Sofort hellwach wickele ich mich in eine Decke, reiche Tyler auch eine und gebe ihm ein Zeichen, dass er den Lautsprecher anstellen soll.

»Ava hört mit«, sagt er nur, legt das Handy auf den Küchentisch und zieht mich wärmend an sich.

»Der Abgleich der Fanpost mit den Handydaten hat einen Treffer ergeben. Terry Raine. Sagt dir der Name was, Ava?«, fragt Daeven.

Mir wird schlecht, und ich lege mir beruhigend eine Hand auf den Bauch. »Er war in meinem Team. Ich hatte drei Dates mit ihm. Eines schlimmer als das andere. Es hat nicht gefunkt. Dann hat er mit dem Sport aufgehört, und der Kontakt ist abgebrochen. Seid ihr sicher, dass er es war?«

Tyler drückt mich tröstend.

»Das FBI ist sich sicher. Vor einer Stunde haben Beamte sein Haus gestürmt und ihn festgenommen. Es wurden Sprengstoffe beschlagnahmt. Er ist es, ohne jeden Zweifel. Wir haben ihn.«

»Aber warum?«, werfe ich ein. »Warum sollte er das tun?«

»Die ersten Vernehmungen deuten auf Rache hin. Weil er dich nicht haben konnte, sollte dich keiner haben. Gleich nach eurer Trennung hat er angefangen, den Angriff zu planen. Er dachte, mit einer Drohne würde man ihn als Täter nicht aufspüren können.«

»Oh Gott«, hauche ich. »Dann sind so viele meinetwegen gestorben!«

»Und er hat allein gehandelt?«, fragt Tyler.

»Ermittler befragen ihn. Wir kriegen die Protokolle. Aber ja, es sieht alles danach aus. Es ist vorbei.«

»Wow!«, sage ich platt, während schon wieder mein Handy klingelt.

»Red mit deinen Freunden, ich mach hier weiter«, meint Tyler.

Ich zögere.

»Na los! Du kennst sie doch. Sie werden keine Ruhe geben, bis du dich bei ihnen zurückgemeldet hast.«

Mir geht das alles zu schnell. Bis eben dachte ich, Tyler und ich haben unendlich viel Zeit, hier in den Wäldern der Sierra Nevada. Aber urplötzlich holt uns das echte Leben ein.

Ich setze Kaffee auf, weil ich den jetzt brauche, nehme mein Handy, auf dem etliche Benachrichtigungen angezeigt werden, und gehe beim nächsten Anruf von Lauren ran.

»Meine Güte, wir dachten, dich hat der Bär erwischt?!«, ruft sie.

»Dem ist es zu nass«, sage ich. »Hier regnet es seit gestern ununterbrochen.«

»Du weißt es?«, fragt Chloe, die bei Lauren sein muss.

»Ja, jemand von *Personal Protection* hat angerufen, Tyler spricht noch mit ihm. Es ist vorbei.«

»Du klingst irgendwie nicht sooo happy darüber.«

»Doch«, sage ich. »Doch, unbedingt! Ich bin bloß gerade erst aufgewacht. Vor einer Minute dachte ich noch, jemand will mich töten. Und jetzt ist alles wieder beim Alten.«

»Du glaubst gar nicht, wie froh wir sind, dass sie diesen Mistkerl haben.«

»Und dass dir nichts passiert ist«, fügt Chloe hinzu.

Nichts passiert?, denke ich. Mein Herz rast heftig, und als ich zu Tyler schaue und seinem Blick begegne, setzt es kurz aus.

Doch, mir ist was passiert. Was Verrücktes, Unerwartetes, Wundervolles.

»Bist du noch dran?«, fragt Chloe.

»Ja, natürlich«, antworte ich.

»Wie schnell kommst du zurück?«

»Sofort«, sage ich. Die Hütte war unser Unterschlupf, aber den brauchen wir jetzt nicht mehr.

»Jippieh!«, kreischt Chloe. »Dann treffen wir uns am Fort Point, um zu feiern. Hier regnet es nämlich nicht.«

»Ich weiß nicht …«, zögere ich.

»Wehe, du kneifst!«, ruft sie. »Ich hol dich bei dir ab. Wir machen das immer so.«

Sie hat recht. Nur ›immer so‹ fühlt sich plötzlich falsch an. »Natürlich komme ich«, sage ich also, fühle mich aber seltsam, als ich auflege.

Ich sollte glücklich sein, dass ich in mein altes Leben zurückkann. Stattdessen sehe ich Tyler an, der nach wie vor mit Daeven spricht – jetzt leise, sodass ich ihn nicht verstehe –, und bekomme bei dem Blick, den er mir zuwirft, ein ungutes Gefühl.

Tyler

Daeven berichtet, dass sie den Attentäter haben. Und Erleichterung durchdringt mich. *Ava kann nichts mehr passieren.* Gleichzeitig sind da Schuldgefühle. Ich will Ava nach wie vor, doch ich hätte warten sollen. Wir lieben uns. Aber erst jetzt wird sich zeigen, ob wir wirklich zusammengehören.

»Erde an Tyler«, ruft Daeven, weil er mir gerade was erzählt hat und ich dazu geschwiegen habe, und ich konzentriere mich wieder auf unser Gespräch.

»Ja, ich hab dich verstanden«, sage ich. »Carter braucht Support. Wir packen gleich zusammen und kommen zurück. Heute Abend könnt ihr mich briefen.«

Wir verabschieden uns, und ich sehe Ava an, sie mich, und ich weiß nicht, was ich sagen soll.

»Du hast schon den nächsten Auftrag?«, bricht sie das Schweigen.

Ich nicke. »Sobald ich ankomme, geht es weiter.«

»Also kannst du nicht mitfeiern? Am Fort Point? Mit den anderen?«

Sie will mich dabeihaben. Bei der Feier und in ihrem Leben. Aber daraus wird nichts. Egal, wie sehr ich mir das wünsche.

»Wir können ja hier schnell feiern«, sage ich und pirsche mich wie ein Grizzlybär an. Sie versucht, sich in Sicherheit zu bringen, und lacht, als ich sie einfange und kitzele. Dann küsst sie mich, oder ich sie. Erst verspielt, dann geradezu verzweifelt. Bis wir beide schwer atmend innehalten.

»Hättest du am Anfang nicht gedacht, dass ich dir so ans Herz wachse, oder?«, sage ich.

»Auf keinen Fall«, antwortet sie grinsend, aber ein Hauch von Angst liegt in ihrem Blick. »Ich hab wohl eine Schwäche für Bad Boys.«

»Und ich für nervige Blondinen.«

»Wann sehen wir uns dann?«, fragt sie.

»Kann ich dir in einer Sekunde sagen.« Ich nehme mein Handy, sie macht das Gleiche, und mit ihr in den Armen gehe ich die Tage durch. »Kannst du Freitagabend?«, frage ich. Heute ist Montag. Das wäre auszuhalten.

»Nein, ich bin in Los Angeles.« Sie geht ihre Einträge durch. »Wie ist es Sonntag?«

»Neuer Auftrag«, sage ich knapp.

»Den ganzen Tag?«

»Und die darauffolgende Woche.«

Sie scrollt durch ihren Kalender. »Also dann gut zwei Wochen später? Wie wäre es mit Dienstag?«

»Dienstag?«, wiederhole ich und prüfe das bei mir. »Ich könnte eher den Montag davor.«

»Nein, da habe ich ein Fotoshooting. Ganztägig.«

»Und Donnerstag?«

Sie verzieht das Gesicht. »Da geht es für drei Tage zu meinem Sponsor nach New York.«

»Wow, ist bei dir viel los! Wann wird es weniger?«

»Das ist schon wenig. Sobald das Trainingslager und später die Wettkampfsaison startet, bin ich nonstop weg.«

»Krass!«, stöhne ich.

»Aber wir finden was, Ty. Wie ist denn Mittwoch?«

Ich scrolle nicht länger durch meinen Kalender, sondern ziehe Ava an mich, atme ihren Geruch ein und treffe eine Entscheidung. »Wir sollten es lassen, Angel.« *Bevor das hier richtig wehtut.*

»Was? Nein!«, protestiert sie. »Wir finden einen Termin.«

»Für zwei Stunden?«, frage ich sanft. *Das ist lächerlich wenig.*

»Das sind zwei Stunden mehr als nichts.«

»In vier Wochen?«, füge ich hinzu. »In dem Tempo haben wir nach einem halben Jahr gerade mal einen Tag miteinander verbracht.«

»Aber es kommen wieder andere Zeiten«, wendet sie ein.

»Und die sind dann besser?«

Wir beide kennen die Antwort. *Es wird nicht besser.* Ich habe meinen randvollen Terminkalender, sie ihren.

»Tyler, das kann nicht dein Ernst sein«, protestiert Ava dennoch weiter. »Ich hab das alles nicht umsonst durchgemacht.«

»Es werden andere Männer kommen«, versuche ich, sie zu trösten.

»Ach, soll ich also doch mit Cole anbändeln?« Sie befreit sich und tigert auf und ab.

Ich unterdrücke den Brechreiz, der bei der Vorstellung, dass der Kerl sie berührt, in mir aufsteigt. »Ich hab dich gewarnt«, sage ich, fühle mich wie das größte Arschloch auf dem Planeten, aber wäre ein viel größeres, wenn ich ihr falsche Hoffnungen machen würde.

»Nein!«, protestiert sie wieder. »Das akzeptiere ich nicht. Ich will dich, Tyler. Du bist ein toller Mann. Mit Manieren und Anstand, und du küsst wahnsinnig gut. Also zieh jetzt nicht diese Nummer ab!«

Unglücklich reibe ich mir übers Gesicht. *Ich will sie nicht gehen lassen. Aber lief es nicht von Anfang an darauf hinaus?*

»Komm schon, Tyler!«, ruft sie da. »Alles, worüber du lange nachdenken musst, kann ja wohl kaum das Richtige sein!«

Ich mag ihr Feuer. Doch das ändert nichts. »Es ist das Beste«, sage ich.

»Es ist ein Scheißdreck!« Sie kommt wieder zu mir geschossen und drückt sich an mich, und mein Schwanz wird hart, weil er glaubt, er hat erneut seinen großen Auftritt. »Du willst mich. Wir kriegen das hin.«

»Nein«, sage ich, dabei will ich mich in ihr vergraben. Aber eine tageweise Beziehung kann ich ihr nicht antun. Wir sind uns nicht ohne Grund vorher nur im Vorbeigehen begegnet. Ohne Jason und Wade wären unsere Leben nie kollidiert. Sie sind zu verschieden.

»Tyler, bitte!«

»Nein«, wiederhole ich und schiebe sie von mir. »Wir lassen es.«

»Das kannst du doch nicht für uns zusammen entscheiden! Was ist mit dem, was ich will?«

»Stimmt«, erwidere ich ernst. »Ich kann das nicht für uns entscheiden, aber für mich. Und das habe ich, Ava.«

»Verdammt, Tyler, tu das nicht!«, bettelt sie nun, und es zerreißt mich innerlich.

»Zu spät«, sage ich kühler, als ich empfinde.

»Du elender Mistkerl«, tobt sie da und attackiert mich mit ihrem Finger. »Ich erzähle das Jason. Er und Wade werden nie wieder mit dir surfen. Dafür sorge ich! Dann wirst du ja sehen, was du davon hast!«

Ich weiche ihrem Zeigefinger aus und mache mich daran, den Kamin zu säubern, die verderblichen Lebensmittel zusammenzuräumen und die Hütte zu sichern. *Es ist das Beste.*

»Hör auf damit!«, ruft sie, und ich liebe sie dafür, dass sie so kämpft.

»Ich tue nur, was getan werden muss.«

»Glaubst du, ich lass dich einfach gehen?«

»Was willst du denn tun?«, frage ich.

»Ich tackele dich!«

Wie ein Bleigewicht hängt sie sich an meinen Hals, und ich bewege mich mit ihr langsamer durch den Raum.

»Sag mir, dass es dir wenigstens leidtut«, meint sie ruhiger, sieht ein, dass sie jemanden wie mich nicht aufhalten kann, und gleitet zu Boden.

»Es tut mir wirklich leid.«

»Aber es ändert nichts?«

»Nein, Ava.«

Wut blitzt erneut in ihren Augen auf. Sie klebt mir eine, nicht symbolisch, sondern so heftig, dass meine Wange brennt. Dann stopft sie ihre Sachen in die Tasche, wirft die Klamotten, die ich ihr gestern ausgezogen habe, zusammen mit meinen in den Müll und stapft nach draußen.

»Hältst du es wenigstens noch aus, mich zurückzufahren? Oder brauch ich einen Fahrservice?«, fragt sie mich frostig über die Schulter.

»Natürlich fahre ich dich«, sage ich. Denn ich bin noch der Mann, in den sie sich verliebt hat, und will das Beste für sie. Mit der Zeit wird sie das hoffentlich verstehen.

»Fein, ich warte dann im Wagen auf dich«, ruft sie und hechtet durch den Regen zum SUV.

Ich sehe ihr hinterher, und alles in mir zieht sich zusammen. So plötzlich, wie unsere Leben kollidiert sind, trennen sie sich wieder. Und ich will das nicht.

Aber fuck, Knight, seit wann geht es im Leben immer um das, was man will?

Ich verdränge das schmerzhafte Gefühl in meiner Brust und konzentriere mich auf das, was getan werden muss. Ich räume die Hütte zu Ende auf und verfrachte das restliche Gepäck im Wagen.

Das Leben geht weiter.

Irgendwie.

Sekunde um Sekunde.

18. KAPITEL

Ava

Ich bin so unglaublich sauer auf Tyler, dass mir während der Rückfahrt nach San Francisco immer mal wieder ein Schnauben entweicht. Am liebsten würde ich ihm den Hals umdrehen! Oder ihn den Bären der Sierra Nevada zum Fraß vorwerfen. Oder ihn von einer Klippe stoßen!

Letzte Nacht haben wir uns geliebt. Ich habe mich mit Tyler verbunden gefühlt. Nicht nur ihm nah, sondern eins mit ihm. *Und nun sagt er mir, dass es das war, bloß weil wir keinen Termin finden, um uns zu treffen?* Natürlich ist das Mist. Aber ich hätte nicht einfach aufgegeben. Ich bin mir sicher, es gibt eine Lösung. Die gibt es immer. Stattdessen beendet er es. Obwohl er mir gesagt hat, dass er mich liebt! *Wer tut denn so was?*

Als wir die Ausläufer der Bay Area erreichen, zieht sich mein Herz immer enger zusammen. Weil der Abschied naht. Der endgültige. Tränen sammeln sich in meinen Augen. Und störrisch konzentriere ich mich darauf, sauer auf diesen Mann zu sein. Das ist immer noch besser, als neben ihm zusammenzubrechen.

Scheißkerl, Scheißkerl, Scheißkerl!

Als wir in meine Straße einbiegen und das Haus auftaucht, rast mein Herz. Wir halten, und mir wird ganz anders.

»Bitte sag mir, dass du es dir anders überlegt hast?«, krächze ich.

»Tut mir leid. Das hab ich nicht, Ava.«

Ich will ihn küssen, will noch einmal in den Genuss seiner Nähe kommen, denn ich wusste doch letzte Nacht nicht, dass unser erstes gleichzeitig unser letztes Mal sein würde. Aber mein Selbstschutzmechanismus gewinnt.

»Lass dich nie wieder bei mir blicken, Tyler Knight. Sonst mach ich dir das Leben zur Hölle«, knurre ich und springe aus dem Wagen. Ich schnappe mir meine Tasche aus dem Kofferraum und laufe zur Haustür. Dort drehe ich mich noch mal um. »Und pass gefälligst auf dich auf!«

Ein Teil von mir hofft, dass er auch was sagt. Aber Tyler fährt einfach weg. Ohne ein Wort. *Ohne ein einziges gottverdammtes Wort!*

»Alles okay?«, empfängt mich Chloe, meine stets glückliche, optimistische, strahlende Freundin, die bei mir zu Hause gewartet hat, um mich für die Feier am Fort Point abzuholen.

»Sehe ich so aus, als wäre alles okay?«, blaffe ich sie an.

»Hey, ich hab dir nichts getan!«, ruft sie und mustert mich irritiert.

»Doch«, sage ich. »Hast du!«

»Und was, wenn ich fragen darf?«

Meine Verzweiflung erwischt mich wie eine Monsterwelle. »Du! Du und Jason, ihr beide habt Tyler auf mich angesetzt. Ihr seid an allem schuld!«

Wir betreten das Treppenhaus, gehen zu meiner Wohnung, ich schließe auf, und drinnen pfeffere ich die Tasche in eine Ecke. Aber das erhoffte befriedigende Gefühl bleibt aus. Also schnappe ich sie mir wieder und stopfe sie in die Mülltonne vor dem Haus.

Als könnte ich damit auch die Erinnerungen an die Zeit in der Hütte entsorgen.

»Also ist das mit euch beiden nichts geworden?«, fragt Chloe verwirrt über mein Verhalten, als ich zurück bin.

»Ist er etwa bei mir? Halten wir Händchen? Knutschen wir rum?«, rege ich mich weiter auf, statt einfach Nein zu sagen. »Weit gefehlt! Der feine Herr ist in seinem Batmobil losgedüst, um die Welt zu retten.«

»Das heißt, du würdest gerne mit ihm herumknutschen?«, fragt sie.

»Können wir bitte aufhören, über diesen Scheißkerl zu sprechen?«

Abwehrend hebt sie die Hände. »Ich hab nicht damit angefangen. Das warst du.«

»Aber du hast doch –!«

Endlich beruhige ich mich ein wenig. *Stimmt, ich hatte angefangen, mich über ihn aufzuregen. Und nun stauche ich Chloe zusammen, die nichts dafür kann, dass Tyler so ein Bastard ist.* »Sorry, Süße«, sage ich und umarme sie. »Ich bin nur sauer auf den Kerl.«

»Merke ich«, sagt sie. »Sollen wir meditieren?«

»Glaub mir, ich bin ganz im Hier und Jetzt.« *Leider.* »Ich bezweifle, dass mir das hilft.«

»Aber es ist einen Versuch wert. Komm!«

Chloe setzt sich aufs Sofa, verschränkt die Beine und klopft auf den Platz neben sich. Brav geselle ich mich zu ihr, dabei ist mir eher danach, in meinem Wohnzimmer auf und ab zu tigern.

»Tief einatmen und langsam den Atem entweichen lassen«, sagt sie mit ihrer sanften Stimme.

Ich mache mit, schnaufe dabei jedoch wie nach einem Sprint.

»Sehr gut«, lobt sie mich dennoch, greift nach meiner Hand und drückt sie aufmunternd. »Und jetzt spüre deinem Körper nach! Wie fühlt sich deine Kopfhaut an, deine Stirn, dein Gesicht …«

Allein ohne Tyler.

»Und deine Lippen.«

Verloren ohne Tyler.

»Deine Schultern.«

Schwer ohne Tyler.

»Deine Arme.«

Nutzlos ohne Tyler.

»Dein Bauch.«

Mir wird schlecht, und ich breche ab. »Sorry, aber das bringt nichts.«

Ich gehe duschen, erst warm, dann so kalt, wie ich es aushalte. Und als ich in ein flauschiges Handtuch gewickelt in mein Schlafzimmer verschwinde, folgt mir Chloe.

»Kann ich was für dich tun?«, fragt sie mitfühlend.

»Nie wieder diesen Mistkerl erwähnen.«

»Noch was anderes?«, hakt sie nach. »Lauren wartet am Fort Point auf uns. Soll ich ihr absagen?«

Ich halte inne, schüttele dann aber den Kopf. »Nein, wir gehen dahin. Jemand wollte mich umbringen, und ich lebe noch. Wenn das kein guter Grund zum Feiern ist, weiß ich auch nicht!«

»In Ordnung«, meint Chloe und schlingt die Arme fest um mich.

Seltsamerweise hilft mir genau das, endlich runterzukommen, zumindest etwas. *Bestimmt hätte Tyler dafür eine Erklärung. So was wie: ›Ihr ruhiger Puls geht auf dich über!‹* Dann verziehe ich das Gesicht, weil ich eigentlich nicht an Tyler denken will. Aber da muss ich wohl durch. Trotz der kurzen Zeit hat sich der Kerl tief in mein Hirn eingegraben. Es wird schmerzhaft sein, ihn daraus wieder zu entfernen, an manchen Stellen vielleicht sogar unmöglich.

»Danke«, sage ich leise an ihrem Hals.

»Wenn du jemanden zum Reden brauchst, Süße …«

»Erst mal nicht«, lehne ich ihr Angebot ab und grinse halb optimistisch, halb schmerzerfüllt. »Ich werde eine Therapie anfangen. Tyler hat mir das empfohlen. Und auch wenn er zuletzt Müll erzählt hat, als hätte er einen ausgewachsenen Hirnschaden …«, beginne ich, mich schon wieder in Rage zu reden, kann mich aber im letzten Moment bremsen. »Ich glaube, in dieser Hinsicht hatte er recht. Eine Therapie wird mir helfen, das alles zu verarbeiten.« Nicht nur die Ereignisse im Stadion, sondern auch die mit Tyler.

Und plötzlich bin ich dankbar, dass wenigstens auf meine Freundinnen Verlass ist. Sie verstehen vielleicht nicht, was sich bei mir verändert hat. Aber sie haben recht: Wir müssen feiern, dass ich am Leben bin, dass es uns allen gut geht.

Mit neuem Schwung stehe ich auf und inspiziere den Inhalt meines Kleiderschranks. »Bleibt es heute Abend trocken?«, frage ich Chloe.

»Ja, aber es wird kühl.«

Entschlossen greife ich nach Unterwäsche, Jeans, einem Shirt und einem warmen Hoodie gegen den Wind und ziehe mich an. Dabei denke ich schon wieder, wie schön es wäre, wenn Tyler nachher dabei wäre. Aber ich muss damit aufhören. *Er ist weg. Für immer, Ava. Er wird nicht plötzlich überraschend auftauchen und dir seine Liebe erklären. Je eher du das akzeptierst, desto besser.*

***

»Was ist das denn?«, frage ich lachend, als ich wenig später am Fort Point mit dem größten Kuchenbuffet der Weltgeschichte begrüßt werde. Na gut, vielleicht nicht dem größten, aber mit drei Tischen voller Torten und Kuchen definitiv beeindruckend.

»Du wolltest ja nicht zu Tina Turner tanzen oder Arschbomben machen«, erklärt Lauren. »Da hat Jason dir das spendiert. Gut?«

Ich strahle, weil das total nett von ihnen ist.

»Ich fand es übertrieben«, sagt Lauren.

»Aber ich habe darauf bestanden«, stellt Chloe klar. »Probier mal Waldbeere-Schokolade. So was hast du noch nicht gegessen!«

»Du meinst die hier?«, frage ich und zeige auf eine rosafarbene Torte.

»Ja, genau«, sagt sie.

Die alte Ava hätte sich jetzt einen Kuchenteller genommen und sich mit einem, maximal zwei Stücken Torte zufriedengegeben. Aber ich bin nicht mehr die Alte. In mir tobt jemand Wildes, Leidenschaftliches, der die letzten Tage freigekommen ist und sich nicht wieder einsperren lassen will.

»Was sagst du, Lauren? Findest du sie auch so gut?«, frage ich, hebe den Teller an und werfe die Torte.

»Also ich –« *Patsch!*

Lauren wischt sich blinzelnd Kuchenreste aus dem Gesicht, und für einen Sekundenbruchteil ist es mucksmäuschenstill. Dann bricht Chloe in schallendes Gelächter aus.

»Das hast du nicht wirklich gemacht?! Na warte!«, ruft Lauren, läuft zum Tisch, greift nach dem Zitronenkuchen und revanchiert sich.

»Vorbei!«, trällere ich und nehme schon die nächste, die ich wie zur Verteidigung halte. »Ich bin zu schnell. Du kriegst mich nie«, informiere ich sie frech und bewerfe nun Chloe.

»Träum weiter!«, flötet die, wirft nach mir und erwischt mich mit Waldmeistercreme.

Eine kindische Kuchenschlacht beginnt.

Wie die Irren plündern wir die Tische und bombardieren uns gegenseitig mit Tortenkreationen. Und ich vergesse für einen Moment die Trennung von Tyler und fühle mich frei. Weil ich lebe und weil das etwas Wundervolles ist. Passanten machen Fotos, aber das stört mich nicht. Ich lande lieber mit einer Kuchenschlacht in der Presse als mit einem Anschlag. Das hier, das ist was Gutes.

Erst als die Tische bis auf ein paar Reste leer sind, halten wir inne und wischen uns Sahne, Obst und Teig aus dem Gesicht. Lauren holt Sektgläser, gießt uns ein, und wir stoßen an. »Auf dich!«, sagt sie, während ihr etwas Kuchentopping vom Kopf rutscht. »Schön, dass du wieder da bist.«

»Es waren doch nur ein paar Tage!«, werfe ich ein.

»Wir haben dich trotzdem vermisst«, sagt Chloe.

»Ihr zwei!«, rufe ich ergriffen aus. Denn ich hab sie auch vermisst.

Wir räumen auf, bevor wir Ärger mit der Stadtverwaltung bekommen und eine Strafe für das Verschmutzen öffentlicher Anlagen bezahlen müssen. Dann setzen wir uns.

»Was hab ich denn verpasst?«, frage ich, weil ich gerade zu glücklich bin und nicht an die Ereignisse der letzten Tage denken möchte.

»Ich war dabei, eine dumme Entscheidung zu treffen«, sagt Lauren. »Und Chloe, die ebenfalls gerne dumme Entscheidungen trifft, hatte ihre Mühe, mich davon abzubringen.«

»Worum ging es denn?«

»Ein halb nacktes Shooting, das ich abgesagt habe«, verkündet sie stolz.

»Für welches Magazin?«, hake ich nach.

»Ist doch egal«, mischt sich Chloe ein. »Nur Wade sollte ihren Waschbrettbauch zu Gesicht bekommen.«

Ich drehe mich zu Lauren. »Sag schon!«

»Die *Sports Illustrated.*«

»Was?!« Ich falle aus allen Wolken. »Und *das* hast du abgesagt? Warum?«

»Ich habe ihr dazu geraten«, meint Chloe. »Nacktbilder verfolgen einen ein Leben lang. Sie werden im Internet immer wieder auftauchen. Es war die richtige Entscheidung.«

Lauren schaut nun Chloe sauer an, Chloe wiederum mich. »Los, Ava, sag ihr, dass ich recht habe!«

Vielleicht hätte die alte Ava das gemacht, aber die neue ist anderer Meinung. Das Leben bietet so viele Möglichkeiten, und wir nehmen nur einen Bruchteil davon wahr, weil wir Schiss haben, was andere darüber denken. Aber wenn wir etwas wirklich wollen, warum es nicht einfach machen? Wie die Kuchenschlacht eben. Die war episch.

»Sorry«, sage ich daher zu Chloe. »Das war ein blöder Ratschlag. Wie kommst du dazu, Lauren das auszureden? Du hast in noch nicht allzu ferner Vergangenheit wildfremden Männern deine Brüste gezeigt!« Am Abend, als wir hier ihre ersten Kunden vom Yogastudio gefeiert haben und sie im Übermut ihr Shirt gehoben hat. Woraufhin Jason aufgetaucht ist. Plus Wade und Tyler.

Tyler … Sofort zieht sich in mir wieder alles sehnsüchtig zusammen. Meine Freundinnen bekommen von meinem kleinen Tief jedoch nichts mit.

»Ich hab es gut gemeint«, sagt Chloe und verdreht hilflos die Augen. »Also, dass Lauren das nicht machen soll«, schiebt sie hinterher. »Nicht meine Aktion damals. Die war wirklich verrückt.«

Lächelnd lehne ich mich im Gras zurück und drehe mich zu Lauren. »Soll ich Rebecca bitten, dass sie dich doch noch in das Shooting reinkriegt?«

»Das würdest du tun?«, sagt Lauren plötzlich ganz aufgeregt. »Ja, ja, ja!«

»Und für Wade ist das wirklich in Ordnung?«, frage ich.

»Natürlich«, ruft sie. »Er meinte schon, das wäre gute Werbung für unser Sportbuch, weil ich so top in Form bin. Er würde das Magazin jedem Kunden von uns schicken.«

»Glückwunsch, Süße!«, sage ich ehrlich, aber spüre erneut Ärger in mir aufsteigen.

Warum haben meine Freundinnen Männer, die sie bei allem unterstützen, und der Dritte in der Runde verkackt es so dermaßen?!

Ich schnaufe frustriert, trinke einen großen Schluck Sekt und genieße die angenehm betäubende Wirkung des Alkohols.

Ja, besser!

Bis mir Lauren mein Glas abnimmt.

»Was ist los?«, frage ich und richte mich wieder auf.

»Ist wirklich alles in Ordnung, Ava? Vorhin, bei der Kuchenschlacht, fand ich es okay, dass du so aufdrehst. Aber jetzt machst du mir ein bisschen Angst.«

Ich tausche einen Blick mit Chloe, die das mit Tyler mitbekommen hat. Doch es liegt nicht nur an ihm. »Die letzten Tage waren schrecklich«, suche ich nach den richtigen Worten. »Und irgendwie …«

»Willst du nun leben?«, rät Lauren.

»Nein, irgendwie will ich endlich ich selbst sein.«

»Aber so bist du sonst nicht«, findet Chloe.

»Sicher?«, sage ich. »Denn ganz früher war ich wie ihr. Dann kam der Erfolg. Und plötzlich war ich die disziplinierte Ava. Miss Superkorrekt.«

Chloe drückt meine linke Hand mitfühlend, Lauren meine rechte.

»Das war okay«, rede ich weiter. »Der Rolle habe ich viel zu verdanken. Aber sie hat mich auch eingeschränkt. Damit ist jetzt Schluss! Laufe ich eben mit verschiedenfarbigen Socken durch die Gegend! Oder klebt mir eben was zwischen den Zähnen. Das ist menschlich. Sorry, doch in Zukunft werde ich öfter verrückte Sachen machen.«

»Aber wir dürfen dich auf Salat zwischen den Zähnen hinweisen?«, hakt Lauren nach.

»Natürlich«, rufe ich. »Aber ihr wisst, was ich meine, oder?«

»Ja«, sagen beide.

Meine Mädels!

Wir lehnen uns wieder zurück, doch meine Euphorie verfliegt, als mir klar wird, wovor ich noch keine Angst haben will: vor einem Leben ohne Tyler. Aber das wird nicht leicht. Ich kann mir momentan nicht mal vorstellen, ohne ihn schlafen zu gehen.

So lange wie möglich zögere ich es hinaus, nach Hause zu fahren. Kurz vor Mitternacht falle ich schließlich ins Bett, wälze mich dann jedoch stundenlang hin und her.

Alles hat sich verändert. Leb damit, Ava!

Tyler

Das, was gerade passiert ist, ist nicht richtig. Ich rede mir das gar nicht erst ein. Es fühlt sich nicht richtig an, Ava zurückzustoßen. Es fühlt sich nicht richtig an wegzufahren. Nichts daran ist irgendwie richtig. Denn ich liebe sie immer noch. Aber der Abgleich unserer Kalender hat mir gezeigt, dass es besser so ist. Für uns, für sie, für mich. *Das Beste für alle.*

»Du siehst beschissen aus«, begrüßt mich Daeven, als ich zurück bei *Personal Protection* bin.

»Glückwunsch, dann geht der Titel des Mister Universe wohl an dich!«, knurre ich, lade meine Sachen ab, die später die Reinigungskräfte waschen werden, und räume mir eine neue Tasche für den nächsten Auftrag zusammen.

»Habt ihr schon die Abschrift des Verhörs von Terry Raine?«, frage ich, weil ich mich selbst davon überzeugen will, dass der Kerl allein gehandelt hat und Ava nicht weiter in Gefahr ist.

»Haben wir«, sagt Daeven. »Kann ich dir gerne als Gute-Nacht-Lektüre schicken.«

»Ja, mach das«, ignoriere ich seinen humorvollen Ton, bin mit der Tasche fertig und gehe nun zum Waffenraum, um mir neue Munition zu holen. Wobei ich einen kleinen Flashback kriege, wie ich mit Ava Schießübungen gemacht habe. *Echt unangebracht, Knight!*

»Warum braucht Carter plötzlich Unterstützung?«, frage ich, um mich auf den neuen Auftrag zu konzentrieren. »War das nicht ein Unternehmer? Es hieß doch, er schafft das allein?« Außerdem ist mein Kollege einer der besten, sonst hätte ich ihm neulich nicht Avas Fall übergeben.

»Er begleitet den Kunden auf eine Geschäftsreise nach Brasilien. Der wünscht für seine Göttergattin, die hierbleibt, jedoch ebenfalls Schutz.«

»Gefahrenstufe?«, hake ich nach und blättere die Akte durch.

»Niedrigstes Level. Es ist unwahrscheinlich, dass die Drohungen gegen Rick Benedict auch ihr gelten. Aber du weißt ja, wie es läuft: Der Kunde ist König.«

Na großartig! Und für diesen simplen Babysitterjob lasse ich Ava im Stich? Ärger keimt in mir auf. Doch wenn ich nicht wegen dieses Auftrags gegangen wäre, dann wegen eines anderen.

Routiniert packe ich meine Sachen zusammen.

»Besondere Hinweise?«, frage ich, als ich abmarschbereit bin.

»Keine. Nur eine Warnung. Mrs Benedict ist zwanzig Jahre jünger als ihr Mann. Und nach dem, was Carter beobachtet hat, gräbt sie alles an, was nicht bei drei auf den Bäumen ist.«

»Hat sie es etwa bei ihm versucht?« Mein Kollege mit den roten Haaren ist nicht unbedingt ein Frauenmagnet.

»Offenbar ja.«

»Klasse«, murmele ich. *Das kann ja heiter werden.* »Die Adresse?«

»Hab ich schon an den Bordcomputer von deinem Wagen geschickt.«

Ich nicke und will gehen.

»Tyler?«, hält mich Daeven auf. »Sonst alles klar bei dir?«

»Sicher, warum fragst du?«

»Und mit Ava?«

»Auch alles gut. Sie ist froh, dass es vorbei ist.«

»Und mit euch?«, fragt er weiter.

Ich werde nicht anfangen, ihm mein idiotisches Herz auszuschütten. *Sieht man ja, wozu das führt. Zur größten Scheiße, die man sich vorstellen kann.* »Bin ich jetzt in einer Quizshow?«, entgegne ich daher pampig. Und Daeven ist klug genug, nicht tiefer nachzubohren.

Ich steige in meinen SUV, rufe die Adresse in Napa auf und verlasse San Francisco über die Bay Bridge Richtung Nordosten.

Normalerweise bin ich in solchen Momenten immer auf meinen Auftrag konzentriert. Ablenkungen führen zu Fehlern. Und die führen zu Verletzungen. Doch in der Stille des Wagens muss ich an Ava denken und wie wir erst vor ein paar Stunden zurück in die Stadt gefahren sind. Ich nehme sogar noch ihren Duft wahr.

Wütend schalte ich das Radio ein, um die Stille zu durchbrechen. Aber ich lande nur bei dummem Gequatsche von Moderatoren und stelle es wieder aus.

Fuck, vergiss sie, Knight!

Wenn das nur so leicht wäre …

19. KAPITEL

Ava

Nach einer unruhigen Nacht ist es seltsam, am nächsten Morgen meine übliche Routine wieder aufzunehmen. Dabei hatte ich damit bisher nie Probleme. Ich dusche, frühstücke und mache mich auf den Weg zum Fitnessstudio. Ich müsste entspannt sein. Stattdessen könnte ich aus der Haut fahren. Denn irgendwas fühlt sich falsch an.

»Da ist ja mein Champion!«, fängt mich Rebecca am Eingang zum Studio ab und erdrückt mich fast mit ihrem Überschwang.

»War dir etwa langweilig ohne mich?«, necke ich sie.

»Dumme Nuss, ich war krank vor Sorge!«, sagt sie. »Im Fernsehen liefen ständig Sondersendungen zum Stand der Ermittlungen. Und pausenlos klingelte mein Telefon, weil alle ein Interview mit dir haben wollten. Ein paar Anfragen hab ich sofort abgesagt, aber über die anderen müssen wir sprechen.«

»Machen wir«, sage ich, obwohl ich überhaupt keine Lust habe, aus dem Unglück Profit zu schlagen. Dafür hat es mir zu sehr zugesetzt.

Ich betrete die Umkleiden und muss daran denken, wie Tyler mich hierhin begleitet hat. *Mist.* Ich verbringe die nächste Stunde an den Geräten, erinnere mich dabei jedoch daran, wie Tyler mir beim Training zugesehen hat. Und wie er selbst trainiert hat. *Verdammt!* Dann wechsele ich rüber ins Giants Stadion, um das gute Wetter auszunutzen und auf der Bahn zu trainieren. *Hier dürfte ich nicht an ihn denken!* Doch beim Absolvieren der Einlauf- und Sprungübungen sind da plötzlich Bilder, wie er im Wald dabei mitgemacht hat. *Scheiße!*

Ich hoffe, bei den Testläufen ändert sich das. Wie üblich gehe ich in Position und warte auf das Kommando des Trainers.

Alles ist wie immer, rede ich mir ein.

Aber das stimmt nicht, wird mir klar, als das Startsignal ertönt und ich lossprinte. Denn zum ersten Mal in meinem Leben renne ich nicht auf etwas zu, sondern vor etwas weg.

Vor Tyler.

Vor den Erinnerungen.

Vor dieser ganzen Scheiße.

Wie der Blitz laufe ich durchs Ziel.

»Elf Sekunden und zwei Hundertstel!«, ruft Stan, mein Trainer, der die Zeit meiner Hundert-Meter-Paradestrecke gestoppt hat. *Nicht mein bestes Ergebnis, aber wen wundert's?*

»Darf ich noch mal?«, frage ich, weil mit jedem Atemzug wieder mehr Sauerstoff in mein Gehirn statt in meine Muskeln kommt und Tyler erneut in meinen Gedanken auftaucht.

»Nach einer Pause.«

»Nein, jetzt!«, beharre ich.

»Bist du dir sicher?«, fragt mich Stan.

Ich nicke. Eigentlich braucht man längere Pausen zwischen den Läufen. Aber alles, woran ich denken kann, ist, Tyler hinter mir zu lassen. So als würde er verschwinden, wenn ich schneller laufe.

Wild entschlossen, ein besseres Ergebnis abzuliefern, nehme ich erneut an der Startbahn Aufstellung. Ich bin Ava Jennings. Ich liebe diesen Sport, und ich lasse mir das nicht von Leuten wie Terry oder Vollidioten wie Tyler kaputt machen. *Niemals!*

Auf das Zeichen von meinem Trainer starte ich mit der nächsten Gruppe und gebe alles. Bis ohne jede Vorwarnung ein heißer Schmerz durch meinen Oberschenkel zieht. Eine Muskelzerrung.

»Au!«, kreische ich, stolpere, aber kann mich fangen, bevor ich stürze und mich schlimmer verletze. »So eine Scheiße!«

Ich weiß genau, was das bedeutet. Eine Trainingspause von etwa einer Woche. *Also habe ich plötzlich doch Zeit*, denke ich mir wütend. *Vielleicht sollten Tyler und ich unsere Kalender jetzt abgleichen. Was er wohl dazu sagen würde?*

Zwei Teamkollegen tragen mich an den Rand der Laufbahn. Unser Physiotherapeut legt Eis auf meinen Oberschenkel. Und von Stan trifft mich ein strenger Blick.

»Was ist los mir dir, Ava?«, fragt er mich. »Normalerweise kennst du deinen Körper und respektierst seine Grenzen.«

»Ich war schnell«, sage ich. Das war ich wirklich. Ohne diesen Zwischenfall wäre ich weit unter den elf Sekunden gelaufen.

»Und jetzt setzt du aus«, sagt Stan.

»Ich könnte noch Kraft machen«, wende ich ein.

»Nicht heute, auf keinen Fall. Du hast genug.«

Klasse! Ich warte, bis der Schmerz abebbt. Dann lasse ich mich tapen und ziehe mich um.

***

»Mein Gott, was ist nun schon wieder passiert?«, fragt mich Rebecca unglücklich, als sie mich für die Mittagspause abholt.

»Ein kleiner Trainingsunfall«, spiele ich den Vorfall herunter, obwohl ich mit Krücken unterwegs bin. »Lass uns was essen gehen.«

Wie üblich laufen wir vom Fitnessstudio Richtung Wasser. Ein paar Möwen fliegen tief über uns vorbei, doch ich zucke nur leicht zusammen. Offensichtlich komme ich langsam darüber hinweg.

Als Rebecca jedoch unseren Lieblingsitaliener ansteuert, bleibe ich stehen. Weil ich schon wieder an Tyler denke, mit dem wir dort waren. *Damit klarzukommen wird wohl länger dauern.*

»Lass uns mal ein anderes Restaurant ausprobieren«, sage ich beiläufig. »Wie wäre es mit *Joey*?« Das liegt auf der gegenüberliegenden Straßenseite.

Rebecca stutzt, ist aber einverstanden. Wir nehmen Platz, bestellen, und ich gehe mit ihr die Termine durch, die sie vorsorglich abgesagt hatte. Ein paar können nämlich jetzt doch stattfinden.

»Was ist mit den neuen Sachen?«, frage ich sie, als unser Lunch kommt und wir essen.

»Es gibt fünf Anfragen für Fernsehauftritte zum Anschlag. Alle in den nächsten Tagen. Dann habe ich noch drei Fotoshootings, zwei potenzielle Werbeverträge, diesen ganzen Stapel Einladungen zu diversen Veranstaltungen und eine Anfrage für einen TED-Talk.«

»Ehrlich?«, frage ich. »Wie kommen die auf mich?«

»Du bist die Frau, die der Drohne davongelaufen ist. Die Organisatoren halten das für eine gute Story über das Scheitern und Weitermachen.« Sie verzieht das Gesicht. »Ist geschmacklos, ich weiß. Kommt weg, oder?«

»Nein, sehe ich mir an«, sage ich und greife nach dem Anschreiben. »Und versuch auch, möglichst viel von den anderen Sachen unterzubringen«, beschließe ich zu meiner und Rebeccas Überraschung. »Wir sollten den Hype nutzen.«

»Sicher, dass du das willst?«, fragt sie nach, weil hier nicht die alte Ava spricht, die den Zusatzkram gemieden hat, wo sie nur konnte.

»Ja, bin ich.« Wenn mein Training für eine Woche reduziert ist, fällt mir sonst die Decke auf den Kopf. »Ich schaff das schon. Du auch?«

»Aber hallo!«, tut sie gespielt entrüstet. »Mit links.«

»Na, wenn das so ist, dann hab ich noch eine Bitte …«, sage ich und atme auf, weil es zur Abwechslung mal nicht um mich geht.

»Immer raus damit!«, sagt Rebecca und drückt die Aufnahmefunktion von ihrem Handy, um nichts zu verpassen.

»Lauren hatte einen Deal mit der *Sports Illustrated.* Sie hat das Shooting abgesagt, aber vielleicht kannst du es doch wieder einfädeln? Es würde ihr viel bedeuten.«

»Klar, das ist meine leichteste Übung.«

»Du bist die Beste, Becs!«

»Ich weiß«, sagt sie. »Und sollte ich noch was wissen?«

Sie redet von Tyler, und meine Stimmung verfinstert sich. »Ja, das solltest du wohl«, sage ich, bevor mich der Mut verlässt. »Ich habe mit Tyler geschlafen. Ich hätte es dir gleich erzählen sollen. Aber … es lief nicht so gut.« Neue Wut übermannt mich. »Verdammt, Becs, was stimmt nicht mit mir?«

»Du hast dich in ihn verliebt, richtig?«

»Wie blöd von mir!«, gebe ich es zu. »Welche Frau mit gesundem Menschenverstand verliebt sich schon in so einen? Und weißt du, was noch bescheuerter ist? Er hat sich auch in mich verliebt! Und trotzdem hat er Schluss gemacht. Dieser Vollarsch!«

»Wir hassen ihn also?«

»Wir hassen ihn wie die Pest«, tobe ich. »Falls er sich jemals bei dir meldet, sag ihm, dass er mich mal kreuzweise kann.«

»Keine zweite Chance?«

»Definitiv nicht!«

»Deshalb willst du auch die vielen Termine wahrnehmen?«

»Ist das etwa ein Problem?« Wehe, sie rudert jetzt zurück und beschließt zu meinem eigenen Wohl, ein paar Sachen abzusagen.

»Überhaupt nicht«, sagt sie. »Soll der Kerl dein hübsches Gesicht ruhig in allen Medien sehen und sich wünschen, er hätte sich anders entschieden.«

»Danke dir.«

Ich fahre nach Hause, ziehe mich um, und noch am selben Abend gebe ich eine Pressekonferenz, die Rebecca für mich auf die Beine gestellt hat. Dabei spreche ich über die Anschläge, was mir jetzt, da die Gefahr vorbei ist, allmählich leichter fällt. Und gegen Mitternacht falle ich todmüde ins Bett und schlafe vor Erschöpfung durch.

Wenn das kein gutes Zeichen ist!

Am nächsten Tag flüchte ich mich in den Kraftsport, den mich Stan machen lässt, und die weiteren Termine. Und es tut gut, wieder ein Leben zu haben. Auch dass die Albträume ausbleiben, zeigt mir, dass ich auf dem richtigen Weg bin. Niemand baut ein neues Haus auf, wenn das alte noch brennt. Niemand repariert eine Brücke mitten im Sturm. Niemand lässt sein altes Leben hinter sich, wenn nicht klar ist, wie das neue sein wird. Doch ich kann es jetzt. *Endlich.*

Aber ganz so einfach ist es nicht.

Eine Woche später sind die Albträume zurück …

»Hi, Angel«, murmelt mir eine tiefe Männerstimme ins Ohr.

Ich blinzele, drehe mich um, sehe in schokoladenbraune Augen mit grauen Sprenkeln und lächele.

»Glücklich?«, fragt Tyler und spielt mit meinen Haaren.

»Überglücklich«, antworte ich, schiebe meine Hand unter seine Decke und schmiege mich an ihn.

Er grinst. »Ist das dein Zeichen zum Kuscheln oder das für Sex?«

»Blödmann!«, sage ich nur.

Er lacht.

»Vollidiot!«

Er beugt sich über mich.

»Flachwichs–!«

Er küsst mich.

»Das ist mein Zeichen, dass ich es mag, wenn du in meiner Nähe bist«, sage ich.

»Und für Sex?«

»Und für Sex«, gebe ich zu, lasse meine Hände über seinen Rücken gleiten, spüre seine alten Narben und plötzlich etwas Feuchtes. »Was ist das hier an deiner Schulter?«, frage ich besorgt.

Liebevoll lächelt er mich an und küsst mich. »Nichts, Angel!«

Ich bewege meine Finger, und das klebrige Gefühl wird intensiver. »Das ist nicht nichts.«

»Nur Schokolade.«

Ich runzele die Stirn, will mich weiter Tyler hingeben, kann das Unbehagen jedoch nicht abschütteln. »Dreh dich um!«, sage ich strenger. »Na los, mach schon!«

Er tut es nicht, aber ich ziehe meine Hand weg und sehe Blut an meinen Fingern. »Oh mein Gott, Tyler, du bist verletzt.«

»Nicht schlimm«, murmelt er und vergräbt sein Gesicht in meinem Haar.

»Doch, das muss sich ein Arzt ansehen.«

»Ich hatte schon viele Verletzungen. Nicht aufregen!«

Doch ich rege mich auf, denn die Wunde ist offen, und Tyler liegt in meinen Armen, als wäre nichts, dabei atmet er ruhiger. Immer ruhiger.

»Nicht einschlafen!«, sage ich.

Er lacht schwach. »Das fordert die Frau, die gerade schläft!«

»Nicht einschlafen!«, wiederhole ich panisch.

Dann rührt er sich nicht mehr.

Schweißgebadet wache ich auf.

So viel dazu, dass ich über Tyler hinwegkomme!

Eine ganze Weile starre ich die Zimmerdecke an und bekämpfe das Bedürfnis, bei *Personal Protection* nachzufragen, ob es Tyler gut geht.

Verdammt, das hier muss aufhören. Nur wie?

Mit professioneller Hilfe, fällt mir plötzlich ein. Die wollte ich doch in Anspruch nehmen.

Ich stehe auf, suche mein Portemonnaie und ziehe die Visitenkarte heraus, die mir Tyler bei unserem ersten Treffen gegeben hat. Auf der einen Seite steht die Nummer von *Personal Protection.* Auf der anderen in seiner Handschrift die von Dr. Carmen Moreno, Psychologin und Traumaexpertin.

Tief durchatmend rufe ich sie an und hinterlasse eine Nachricht auf ihrem Anrufbeantworter: »Hallo, Dr. Moreno, hier ist Ava Jennings. Ich habe Ihren Kontakt von Tyler Knight. Auch wenn es kurzfristig ist: Ich brauche dringend einen Termin bei Ihnen. Bitte rufen Sie mich unter dieser Nummer zurück. Danke.«

Auf dass das was bringt!

Tyler

Es sollten bloß ein paar Tage sein, die ich auf Mrs Benedict aufpasse, und jetzt sind es schon fast drei Wochen!, fluche ich innerlich. *Genau wegen solcher spontaner Planänderungen habe ich mit Ava Schluss gemacht. Wir befinden uns zwar in derselben Stadt – glaube ich zumindest –, aber wie soll man eine Beziehung mit jemandem führen, wenn man rund um die Uhr für die Dame des Hauses den Babysitter spielen muss?*

»Machen Sie mir doch bitte einen Eistee, Knight!«, säuselt Pauline Benedict und drückt meinen Oberarm, wobei sie etwas murmelt wie: »Sie großer, starker Mann!« *Brechreizalarm!*

Solche Situationen hatten wir in den letzten Tagen zuhauf. Ich gebe ihrem Hausdiener einen Wink, das zu erledigen, und folge ihr von der Liege am Pool zum Springbrunnen im Garten. Dabei ist mir eher danach zu türmen.

Laut der Analyse von *Personal Protection* und meiner eigenen Begutachtung des Anwesens ist die einzige Gefahr, in der sich diese Frau befindet, an Langeweile zu sterben. *Was für eine Zeitverschwendung!*

»Bin ich in Sicherheit?«, fragt sie mich mit einem grazilen Augenaufschlag und möchte, dass ich einmal um das Wasserbecken laufe.

»Sind Sie, Mrs Benedict«, sage ich, ohne mich zu rühren. Uns umgeben dieselben hübsch geschnittenen Büsche und weiter entfernt die typischen Weinberge wie gestern, vorgestern, vorvorgestern ...

»Aber was, wenn jemand eine Drohne verwendet?«

Dann wäre ich von Ihnen erlöst! Ich verkneife mir ein Augenrollen und verfluche, dass über den Anschlag immer noch in den Nachrichten berichtet wird – teilweise mit Ava.

»Das war eine Eigenanfertigung, die aus dem Verkehr gezogen wurde«, sage ich mühsam beherrscht.

»Wie gut!«, flötet sie, lässt sich exakt zehn Sekunden die Sonne ins Gesicht scheinen und spaziert dann zurück zum Haus, wo sie ihren Crosstrainer besteigt und sich darauf in einem Tempo bewegt, bei dem man Staub ansetzt. Doch nur so kann sie dabei den Eistee schlürfen, der ihr gerade gereicht wird.

Innerlich explodiere ich. Aber meine Anweisung ist simpel: Ich muss hier ausharren, bis Carter mit ihrem Göttergatten aus Brasilien zurückkommt. Auch wenn das für mich endlose Langeweile bedeutet – und verdammt viel Zeit, um über Ava nachzudenken und sie zu vermissen.

»Kommen Sie, Knight«, sagt sie nach fünf langen Minuten, hüpft von ihrem Crosstrainer und legt sich nun auf ihre Massageliege, als wäre irgendein Muskel nach der spärlichen Betätigung verhärtet.

Ich stelle mich stumm daneben und verkneife es mir, mit dem Masseur genervte Blicke auszutauschen. Ich bin mir nicht sicher, ob er das hier genauso furchtbar findet wie ich oder ob er diesen Blödsinn mag, weil es leicht verdientes Geld ist.

Routiniert beobachte ich das Gelände und zwinge mich zur Konzentration. Das Beste an meinem Tag ist eine Stunde Sport, die mir erlaubt wurde. Ansonsten fühle ich mich wie in der Hölle.

»Mmh, ist das gut«, säuselt die Dame. »Knight, können Sie vielleicht meine Waden übernehmen?«

»Ich bin dazu nicht ausgebildet«, blocke ich ab.

»Bitte! Sie haben so tolle Hände!«

»Nein«, sage ich möglichst tonlos. Wenn man einmal mit solchen Gefälligkeiten anfängt, kommen dieser Frau in ihrem von der Sonne weich gekochten Hirn sonst noch andere Dinge in den Sinn.

»Stoße ich Sie etwa ab?«, fragt sie pikiert.

»Nicht im Geringsten«, lüge ich und bereue im gleichen Augenblick, dass ich nicht bei meiner üblichen Taktik geblieben bin: stumm herumstehen.

»Mmh«, macht sie nachdenklich.

Der Laut lässt mir die Haare zu Berge stehen, und wieder gleitet mein Blick über das Grundstück, als würde gerade eine Befreiungsarmee versuchen, das Anwesen zu stürmen. Dabei raschelt lediglich der Wind in den Weinblättern.

»Wenn ich wirklich in Gefahr wäre, würden Sie aber handeln, oder?«

»Ja, Ma'am.«

»Schnell?«

Jetzt schweige ich. *Es reicht. Die Unterhaltung ist beendet.*

»Oh Gott!«, kreischt sie da keine Sekunde später.

Instinktiv reagiere ich und fange sie ab, bevor sie sich von der Matte rollt. Dabei schlage ich mir das Handgelenk ungeschickt an der Kante ihrer Liege an und spüre einen stechenden Schmerz vom Arm bis in die Schulter.

»Mein Held!«, säuselt sie und drückt mir einen Kuss auf die Wange, als hätte ich sie aus den Fängen der Mafia befreit.

Ich dagegen besinne mich auf das Protokoll. »Ihnen geht es gut, Ma'am?«, frage ich als Erstes, denn die Sicherheit des Kunden hat Vorrang.

»Ja, Knight, mir geht es ganz wunderbar«, sagt sie aufgedreht.

»Freut mich.« Elegant löse ich mich von ihr, begutachte meinen linken Arm, der geschwollen ist, und rufe dann in der Zentrale an. »Ich brauche eine Ablösung.«

Mrs Benedict sieht mich erschrocken an.

Tja, jetzt geht es Ihnen wohl nicht mehr so wunderbar, was?

»Was ist passiert?«, fragt Daeven. »Hat euch jemand angegriffen?!«

»Nein«, sage ich. »Mrs Benedict hatte einen kleinen Unfall. Ich konnte Schlimmeres verhindern, hab mir dabei aber das Handgelenk oder den Unterarm verletzt.«

»Gut, in dreißig Minuten schick ich Ferris vorbei, der für dich einspringt, und jemanden, der dich ins Krankenhaus fährt.«

»Danke, Mann.« Ich beende das Telefonat, während alles in mir jubelt. Das Kapitel Pauline Benedict ist für mich beendet. *Gott sei Dank!*

»Knight, ach du meine Güte, das tut mir so leid!«, säuselt Madame.

Ich ignoriere sie. Jetzt bin ich laut Protokoll dran. »Können Sie mir was zum Kühlen geben?«, frage ich den Hausdiener.

»Natürlich«, sagt der und holt Eiswürfel.

Vorsichtig lege ich den Beutel auf die Schwellung und atme auf, als der Schmerz nachlässt. *Ich hab Schlimmeres erlebt, das wird schon.*

Fast auf die Minute genau eine halbe Stunde später kommt Ferris, meine Ablösung. Ich erstatte ihm Bericht – nicht dass es viel gäbe, außer dass Madame im Schatten bleiben sollte, bevor ihr Hirn weiter weich gekocht wird. Dann verlasse ich die Villa und bin überrascht, dass Gabe, der Senior bei *Personal Protection*, an meinem Wagen steht, um mich ins Krankenhaus zu fahren. Und er sieht nicht happy aus.

»Was machst du denn hier?« Dass er seinen Schreibtisch verlässt, ist äußerst ungewöhnlich.

»Ich war in der Gegend«, antwortet er knapp.

Von wegen! Aber ich bin klug genug, das für mich zu behalten.

Wir steigen ein, und er schnallt mich an, weil ich das mit meinem Arm nicht alleine kann.

»Schlimm?«, fragt er und deutet auf die Hand.

»Werden wir gleich sehen«, sage ich.

»Okay«, meint er nur und fährt los. Doch es kommt noch mehr, das spüre ich.

Die Fahrt zum Krankenhaus nutzt er, um mich über Carters Fall ins Bild zu setzen. Sie haben endlich einen Flieger von Brasilien zurück in die Staaten bekommen und sind jetzt in der Luft. Carter wird Mr Benedict zur Sicherheit noch eine Woche begleiten. Es gab aber keine neuen Drohungen gegen den Kunden. Er wird die Geschäfte mit den Brasilianern starten können, und der Auftrag ist für uns damit erledigt.

»Wird Ferris freuen«, sage ich. »Ein paar Stunden wird er locker mit Pauline Benedict aushalten.«

»Stimmt«, meint Gabe, was mir zeigt, dass allen bewusst war, dass bei diesem Auftrag nicht die Bewachung von Mr Benedict die Herausforderung war, sondern die seiner Frau.

Im Krankenhaus muss ich dank einer guten Versicherung nicht lange warten, bis sich ein Arzt um mich kümmert. Einer der Vorteile, wenn man für *Personal Protection* arbeitet.

»Gebrochen?«, frage ich den Chirurgen nach dem Röntgen.

»Ja, die Elle«, sagt er und legt mir eine flexible Schiene an, die ich tragen muss, bis die Schwellung abgeklungen ist. Dann erst wird alles gegipst.

Klasse! Ich hatte gehofft, es wäre nur eine Prellung.

Schlecht gelaunt verlasse ich den Behandlungsraum.

»Wie lange fällst du aus?«, will Gabe wissen.

»Mindestens vier Wochen.«

»Scheiße«, flucht er, weil er nun jede Menge Aufträge umbuchen muss. Dabei ist es für mich viel härter. Ich habe massig Zeit, darüber nachzudenken, dass ich die beste Frau der Welt aus meinem Leben verbannt habe. »Und wie ist es passiert?«, fragt er, was er garantiert von Anfang an wissen wollte.

Wir gehen zu meinem SUV, wo er sich erneut hinter das Steuer setzt, dabei könnte ich mit der Schiene auch selbst fahren. Ich begnüge mich mit dem Beifahrersitz, und wir verlassen den Parkplatz. Ich schließe die Augen. Und da ist Ava, wie die Antwort auf alles.

Seit wann ist jede Minute meines Daseins eigentlich zur Hölle geworden?

Oh ja, richtig, Knight, seit du dieser fabelhaften Frau das Herz gebrochen hast!

»Erklär es mir, Ty!«, fährt mich Gabe an.

»Mrs Benedict hat sich von ihrer Liege gerollt. Ich konnte im letzten Moment eingreifen und Schlimmeres verhindern.«

Gabe runzelt die Stirn.

»Es war nicht meine Schuld«, beteuere ich.

»Sag ich ja auch nicht.«

»Du siehst mich aber so an!«

Er grinst schief. »Okay, ich gebe dir die Schuld. Allerdings nicht dafür, dass sich Mrs Benedict von der Liege gerollt hat. Die Frau hat definitiv einen Schaden.«

»Wofür dann?«

»Dafür, dass du nicht hundertprozentig bei der Sache warst.«

»Das ist verflucht schwer, wenn um einen herum tagelang nichts passiert. Staub fallen zu sehen ist nicht spannend!«

»Und das war der Grund?«, hakt er nach, sieht mich kurz an, ehe er sich wieder auf den Verkehr konzentriert. »Weil dir langweilig war?«

»Fuck!«, entfährt es mir.

»Soll ich raten, oder sagst du mir endlich die Wahrheit?«

Ich atme tief durch und habe wieder Avas Gesicht vor Augen. Sie unter mir, ich über ihr, wie sie mich angesehen hat, als sie mir gesagt hat, dass sie mich liebt. Ohne jeden Zweifel. Ich will wieder so angesehen werden. Nicht mit diesem wütenden Blick, mit dem sie mich zum Abschied gegrillt hat.

»Also gut, ich rate und tippe auf eine gewisse Blondine, ziemlich sportlich, ziemlich diszipliniert, die es neuerdings faustdick hinter den Ohren hat.« Er räuspert sich. »Seit ihr in dieser Hütte wart.«

Auch dazu sage ich nichts, weil ich sofort an die wenigen Tage denke, die sich intensiver als mein gesamtes bisheriges Leben angefühlt haben.

»Verdammt, spinnst du?!«, wird Gabe lauter. »Privat ist privat. Aber wenn jemand bei einem Kunden ist, ist er zu einhundert Prozent dort und nicht im Land der Fantasie.«

»Du tust ja so, als wäre Pauline Benedict was passiert!«

»Dir ist was passiert, Ty, reicht das nicht? Aufträge wie der bei der Dame machen dir normalerweise nichts aus. Den alten Tyler hätte ich Monate an ihre Seite stellen können, und der hätte das durchgezogen. Ohne Zwischenfälle.«

»Tja, manchmal ändern sich die Dinge eben«, sage ich.

»Und was soll das jetzt bitte heißen? Verdammt, du kennst die Regeln. Wir müssen uns auf dich verlassen können. Sonst bist du raus. Du kannst schließlich keine Außeneinsätze absolvieren, wenn die Gefahr besteht, dass du dir dort Hals und Beine brichst.«

»Schlecht fürs Image«, murmele ich.

»Fuck, Ty, du bist mehr als ein Kollege.« Wir halten vor der Agentur, aber er bleibt sitzen, und das heißt, dass ich ebenfalls noch nicht entlassen bin. »Was auch immer mit Ava läuft, krieg den Scheiß geregelt, okay?«

»Genau das hab ich schon getan«, sage ich nun heftiger. *Was denkt er denn?!* »Ich hab es mit ihr beendet. Es ist nur nicht so leicht, sie zu vergessen.« *Wie auch! Die Frau ist zu gut, um wahr zu sein.*

Irritiert hebt Gabe die Augenbrauen, als wollte er sagen: ›Du machst Schluss, obwohl du sie willst? Bist du bescheuert, Mann?‹

Den Blick kann er sich sparen! »Keiner von uns hat Zeit für eine Beziehung«, schiebe ich als Erklärung hinterher.

»Aber *sie* hätte es probiert?«, redet er mir ins Gewissen.

»Du verstehst das nicht. Den ersten gemeinsamen Abend hätten wir in vier Wochen gehabt, Gabe. *Vier Wochen!*«, rufe ich aufgebracht, statt Ja zu sagen.

»Vollidiot!«, sagt er. »Ava hätte dich genommen, obwohl dir manchmal Kugeln um die Ohren fliegen. Klingt für mich so, als wäre sie eine verdammt tolle Frau. Derjenige, der sich hier gerade in die Hose macht, bist du. Also klär das. Und zwar besser als bisher.«

Er steigt aus und verschwindet im Gebäudekomplex, und ich lasse die Tage mit Ava Revue passieren, dann die Trennung. *Wie soll ich das bitte klären?* Sie und ich passen null zusammen. Unsere Leben sind zu verschieden. Von den äußerlichen Unterschieden ganz zu schweigen! Sie, die strahlende Leichtathletikgöttin, ich, der finstere tätowierte Kerl … *Die Schöne und das Biest. Verdammt!*

Aber je länger ich über alles nachdenke, desto klarer wird mir plötzlich, wie schlecht ich eigentlich von mir denke. Als wäre ich nicht gut genug für sie. Als wäre ich für niemanden gut genug, nur weil ich nicht wie Märchenprinztypen wie Cole daherkomme. Das war es, was ich von Anfang an dachte. Weil mich die Frauen bisher so gesehen haben – wie zuletzt wieder Pauline Benedict. Ich bin der Kerl, den man ansabbert, den man fickt, mit dem man Affären hat. Nicht der, mit dem man sich eine ernsthafte Zukunft vorstellt, schon gar keine Frau wie Ava.

Mein Herz rast …

Aber ich bin definitiv gut genug für sie. Ich bin mehr als meine Muskeln. Ich kann sie glücklich machen, werde immer für sie da sein, bin ihr Partner und Mann an ihrer Seite. Und ich will eine Zukunft mit ihr. *Unbedingt.*

Ich nehme mein Handy und rufe sie an, erreiche sie jedoch nicht. Daraufhin schreibe ich ihr eine SMS: »Können wir reden, Angel?«

Sie antwortet nicht.

Aber so leicht gebe ich nicht auf. Nicht dieses Mal. Ich will eine zweite Chance, und ich werde für sie kämpfen. Dafür brauche ich Hilfe. Von Jason und Wade.

20. KAPITEL

Ava

»Wie geht es Ihnen heute, Ava?«, fragt mich Dr. Moreno bei unserem dritten Termin.

»Gut«, sage ich und lasse mich in den bequemen Ledersessel ihrer Praxis fallen. »Mir geht es gut.« *Rein objektiv betrachtet.*

Neuerdings zucke ich nicht mal mehr zusammen, wenn Vögel über mir fliegen. Auch fühle ich mich nicht länger schuldig, dass so viele Menschen im Stadion gestorben sind. Nicht ich trage dafür die Verantwortung, sondern Terry, dem dafür der Prozess gemacht wird. Nur die Träume mit Tyler werden immer intensiver. Und mich beschäftigt, dass er mit mir reden wollte. *Worauf ich natürlich nicht reagiert habe!*

»Auf einer Zufriedenheitsskala von eins bis zehn, wo würden Sie sich einordnen?«, fragt sie weiter.

»Ich bin eine Sieben oder eine Acht«, antworte ich.

»Das höre ich gerne.« Sie vermerkt etwas auf ihrem Tablet. »Hatten Sie wieder Albträume?«

»Keine«, sage ich und muss stutzen. »Keine von den Vorfällen.«

»Aber erneut von Tyler?«

Ich nicke.

»Möchten Sie darüber reden?«

»Es war wieder der gleiche Traum«, sage ich. *Tyler ist verletzt, und ich drehe durch, bin ganz verrückt vor Angst, weil ich ihn verliere.* »Was hat das zu bedeuten?«

»Was denken Sie?«, fragt sie mich.

»Keine Ahnung.« *Deshalb frage ich ja sie.* »Ich hänge auf keinen Fall weiter an ihm!«, behaupte ich felsenfest.

»Und trotzdem machen Sie sich im Traum Sorgen um diesen Mann?«

»Mmpf«, ist meine Antwort. Wie die Male zuvor weigere ich mich, näher darüber nachzudenken. Denn entweder es tut höllisch weh, oder es macht mich verdammt wütend.

»Also gut, Ms Jennings, ich bin bereit, wenn Sie es sind«, sagt sie und tippt erneut etwas auf ihrem Tablet. »Wie war denn der Lauf am Dienstag?«

Sie meint einen Spendenlauf für eine Kinderkrebsstation, an dem ich teilnehmen konnte, weil meine Muskelzerrung abgeheilt ist. »Ich bin Dritte geworden«, sage ich. Weil ich nicht die volle Leistung gebracht habe, die spare ich mir für die großen Wettkämpfe auf.

»Das meinte ich nicht«, sagt sie. »Wie hat es sich angefühlt? Waren Sie konzentriert? Hat es Ihnen Spaß gemacht?«

Es war der erste Lauf seit dem Anschlag. Ich sehe mich wieder auf der Laufstrecke, in meinen Klamotten und mit der Gewissheit, dass mir niemand etwas Böses will. Erst war es merkwürdig. Als hätte ich es verlernt, Profisportlerin zu sein. Aber das Gefühl hat sich schnell gelegt. Das Wetter war perfekt. Trocken, nicht zu sonnig, kaum Wind. Familien waren da. Alle waren gut gelaunt. Und als ich zum Start angesagt wurde und die Menge applaudiert hat, habe ich wieder dieses altbekannte Hochgefühl verspürt. Für ein paar Minuten.

»Es hat Spaß gemacht«, sage ich, berichte von dem Tag und merke, wie meine Augen leuchten, weil ich das Laufen nach wie vor liebe.

»War es wie früher?« Sie meint vor dem Vorfall.

»Irgendwie schon.« *Wie immer, ohne Tyler.*

»Sehr schön«, sagt meine Therapeutin. »Das sind tolle Fortschritte. Dann schlage ich vor, dass Sie sich nun Zeit nehmen, um herauszufinden, was Sie noch im Leben wollen.«

»Wie meinen Sie das?«

»Sie können sich nicht endlos mit Arbeit betäuben, Ava. Trauen Sie sich! Sie haben selbst gesagt, es geht Ihnen wieder gut. Jetzt schauen Sie, was das Leben für Sie bereithält, und wir besprechen Ihre Ideen nächstes Mal.«

»Einverstanden«, sage ich unsicher und verabschiede mich. Dabei will ich mich meiner Zukunft noch nicht stellen. Weil sie ohne Tyler ist. Aber wenn Dr. Moreno denkt, ich wäre so weit, dann sollte ich damit anfangen. *In kleinen Schritten.*

Auf dem Nachhauseweg rufe ich Rebecca an. »Kannst du meinen Terminkalender wieder etwas freimachen?«, bitte ich sie.

»Ist was passiert?«

»Nein«, beruhige ich sie. »Ich brauche bloß ein bisschen Zeit für mich.«

»Jetzt gleich?«, fragt sie nach und steht mir damit wie immer zur Seite.

»Also, wenn es geht …«, sage ich mit schlechtem Gewissen.

»Kein Problem, Schätzchen, richte ich dir ein«, antwortet sie jedoch locker, als hätte sie nur darauf gewartet, dass ich sie darum bitte.

»Danke dir, Becs.« *Sie ist echt die beste Managerin der Welt!*

Ich lege auf, fahre nach Hause und habe für einen Moment absolut keine Ahnung, was ich mit meiner Freizeit anfangen soll. Bis mir aber eines klar wird: Ich will in meinem neuen Leben, parallel zum Sport, auf keinen Fall alleine sein und meine vier Wände anstarren. Chloe hat Yogakurse, und Lauren trifft die Schwimmhoffnung der USA, um ihn für ein weiteres Fitnessbuch zu gewinnen. Also frage ich Jason, ob er gerade am Strand ist und Surfkurse gibt.

»Bin ich«, ist seine Antwort.

»Was dagegen, wenn ich dazustoße?«

»Überhaupt nicht. Die Luft ist rein!«, sagt er und meint damit, dass Tyler nicht da ist.

»Perfekt. Bis gleich.«

Tyler

»Hey«, wage ich mich vor und passe Jason am Ocean Beach ab, wo er Surfschüler anleitet. Ein paar Leute sind bereits draußen auf den Wellen, einige wenige Jogger und eine Gruppe Beachballspieler sehe ich ebenfalls. Sonst haben wir den Strand komplett für uns.

»Du hast echt Nerven, hier aufzukreuzen«, sagt Jason, mustert mich und bleibt an meinem gebrochenen Arm hängen. »Von der Zeit in der Hütte?«

»Nein, ist bei einem anderen Auftrag passiert.«

»Schade«, meint er und lässt mich dann stehen.

Stur folge ich ihm und warte, bis er drei Frauen, die gerade aus dem Wasser kommen, die Boards abgenommen hat. Ich kenne das Prozedere. Er legt die Bretter in den Sand, und die Leute pellen sich aus ihren Neoprenanzügen. Danach verabschiedet er seine Schüler und macht sich selbst fertig, um ein paar Wellen zu erwischen.

»Redest du jetzt nicht mehr mit mir?«, frage ich ihn.

Schweigen.

»Ich dachte, wir sind Freunde.«

Jason fährt herum und blitzt mich an. »*Das*, Tyler, dachte ich auch. Aber so wie du Ava behandelt hast … Mir fehlen echt die Worte.«

»Ich weiß, dass ich Mist gebaut habe«, räume ich ein.

»Und du glaubst, das ändert was?« Jason will sich eigentlich abwenden, aber kann nicht. »Du hast ihr gesagt, dass du sie liebst und ihr dann den Laufpass gegeben? Was stimmt nicht mit dir? Das tut ein anständiger Kerl einfach nicht.«

»Lauren hat auch Mist gebaut, obwohl sie Wade liebt«, setze ich zu meiner Verteidigung an. Doch das macht es nur schlimmer.

»Lauren hatte eine *Fehlgeburt*! Das ist was völlig anderes«, blafft er. »Was hattest *du*? Blutstau im Schwanz? Sauerstoffmangel im Hirn?«

Fuck! Das hier, das pisst Jason echt an. Ich müsste mich verteidigen, aber lasse es. Ich hatte meine Gründe. *Gute Gründe*, wie ich in dem Moment gedacht hatte.

»Bereit?«, ruft Wade vom Parkplatz und kommt im Neoprenanzug und mit seinem Surfbrett unterm Arm näher.

»Bereit«, antwortet Jason, weil er umgezogen ist und keine weiteren Kunden hat, holt sich sein Board und lässt mich stehen.

Ich dachte, dass unsere Freundschaft mehr aushält. So kann man sich irren. Wir haben uns immer zusammen zum Surfen verabredet, doch offensichtlich wollen sie dieses Mal ohne mich rausschwimmen. Gut, ich hätte mit dem Arm ohnehin nicht surfen können. Aber sie hätten mich einladen können.

Nett, Jungs!

Wade kommt näher, entdeckt mich und mustert mich finster. »Ich wusste nicht, dass Mister Oberarsch auch dabei ist.«

Ich hebe meinen gebrochenen Arm. »Keine Sorge, auf dem Wasser habt ihr Ruhe vor mir.«

Ich tue cool, bin es aber nicht. Mein ganzes Leben ist plötzlich Scheiße. *Personal Protection* ist sauer auf mich, meine Freunde sind sauer, Ava ist sauer. Sie hat natürlich einen guten Grund. Doch die anderen? *Jeder baut mal Mist. Warum ist das bei mir so unverzeihlich?!*

Frustriert trete ich gegen einen Sandhügel. Nicht besonders befriedigend.

Beide machen sich fertig, und ich fühle mich ausgeschlossen. Dann sehe ich aufs Wasser und zur Flagge vom Strand, und meine üblichen Instinkte übernehmen.

»Es ist heute ganz schön rau draußen. Macht nicht zu waghalsige Stunts!«, sage ich, weil sie für mich auf jeden Fall noch meine Freunde sind. Als es Wade schlecht ging, war ich mit ihm wandern. Das hätte ich nicht tun müssen. Und Jason habe ich wegen Chloe auch zur Seite gestanden. *Das muss doch was zählen! Verdammt, ich brauche sie, wenn ich Ava zurückgewinnen will.*

Wade zögert und dreht sich um, bevor sie ins Wasser gehen. »Du bist echt so ein Volltrottel, Ty! Weißt du das?«

»Kommst du?«, knurrt Jason.

»Gleich«, ruft Wade. »Warum bist du hier, Tyler? Surfen kannst du ja offensichtlich nicht.«

»Weil ich dachte, ihr könnt mir helfen. Unter Freunden«, sage ich, obwohl sich an der Unterhaltung nichts freundschaftlich anfühlt.

»Wir stehen auf Avas Seite«, meint Jason, der natürlich zugehört hat, allerdings Abstand wahrt.

»Das ist in Ordnung«, sage ich. »Ava hat viel durchgemacht. Danke, dass sie euch hat.« Ich will fragen, wie es ihr geht, verkneife es mir jedoch und fahre mir frustriert übers Gesicht.

»Sie kommt klar«, sagt Wade.

»Was tust du da?«, blafft Jason.

»Schau ihn dir doch an! Der arme Trottel hat es verkackt.«

»Und du verzeihst ihm?«

»Scheint meine neue Superpower zu sein«, meint Wade grinsend und denkt offensichtlich an Lauren, der er ebenfalls verziehen hat, dass sie Geheimnisse vor ihm hatte.

»Danke, Mann«, sage ich.

Er klopft mir auf den Rücken. Und das reicht, damit ich mich besser fühle.

»Blödmann«, sagt nun auch Jason und kommt näher.

»Also noch Freunde?«, frage ich.

»Klar.« Wade grinst. »Wer könnte diesem Hundeblick widerstehen?«

Ich bin unendlich erleichtert. Meine Befürchtung, dass das mit Ava unseren Freundeskreis spaltet, habe ich schon beinahe wahr werden sehen. Doch dass wir reden, zeigt mir, dass es zwar dauern wird, bis alles wieder beim Alten ist, aber es kommt in Ordnung.

»Wie ist das mit dem Arm passiert?«, fragt Jason nun. *Er interessiert sich also doch für mich. Beruhigend!*

»Kleiner Arbeitsunfall«, antworte ich. »Ich war unaufmerksam.«

»Nicht deine Art«, wundert sich Jason.

Ich kratze mich verlegen am Hinterkopf. »Könnte sein, dass ich an Ava gedacht habe, als eine steinreiche Dame sich von ihrer Liege hat fallen lassen.«

»Aber du konntest sie auffangen?«, fragt Wade.

»Mit vollem Körpereinsatz«, sage ich und schwenke meinen Verband.

Jason klopft mir auf den Rücken. »Okay, das verstehe ich. Diese Frauen bringen einen echt um den Verstand.«

»Das kannst du laut sagen«, bestätige ich. Denn es vergeht kein Tag, an dem ich nicht an Ava denke. Ich will sie endlich wiedersehen, mit ihr reden, sie berühren, alles! Ich will alles. »Wie ist es Ava die letzten Wochen ergangen?«

Jason schaut über meine Schulter hinweg zu jemandem hinter mir. »Warum fragst du sie das nicht selbst?«

»Wie meinst du das?« Irritiert drehe ich mich um, und da ist sie, mit einem Surfbrett unterm Arm. Aber sobald sie mich sieht, verblasst ihr Lächeln und ihre Gesichtszüge verhärten sich. »Hi, Angel«, begrüße ich sie und warte, wie sie reagiert, während mein Herz klopft und meine Handflächen feucht werden. *Komm, sag was!*

Sie mustert mich von Kopf bis Fuß, bemerkt den Verband und muss schlucken, strafft dann aber die Schultern. Ihr Blick wandert zu den Jungs, sie pflastert sich ein Lächeln ins Gesicht und steuert sie an. »Hi, ihr zwei! Bereit für die Wellen?« Mit den Worten geht sie voraus und lässt mich stehen.

Fuck!

»Sieh es mal so«, sagt Wade und klopft mir auf die Schulter. »Sie hätte dir auch mit dem Surfbrett eins überziehen können.«

»Wäre mir tausendmal lieber, als ignoriert zu werden«, murmele ich.

»Das nennst du ignorieren? Ich würde eher sagen, das war ein nonverbales Lass-dir-was-Besseres-einfallen«, sagt Jason. »Hi, Angel? Echt dämlicher erster Satz, Tyler.«

Ich atme tief durch und grinse nun auch. Denn sie haben recht. Allein dass Ava noch so sauer ist, spricht Bände.

Sie ist nicht über mich hinweg, und das ist die beste Nachricht seit Langem. Weil ich dafür sorgen werde, dass sie das auch nie sein wird.

Wir haben den Scheiß nicht durchgemacht, um jetzt getrennte Wege zu gehen. Wir gehören zusammen. Das weiß sie. Sie muss mir nur wieder vertrauen.

21. KAPITEL

Ava

»War das ein Trick?«, rufe ich sauer zu Jason, der neben mir rauspaddelt.

»Was?«, fragt der scheinbar ahnungslos.

Ich rolle mit den Augen, weil ja wohl klar ist, was ich meine. Dass *er* hier aufgetaucht ist.

»Kein Trick«, sagt er. »Ich hab genauso reagiert wie du. Er ist einfach hergekommen, auf gut Glück.«

Ich schwimme raus, lasse jedoch die erste Welle ziehen. »Aber wir hassen Tyler weiter?«, frage ich.

Wades Lachen schallt zu mir. »Wir nicht mehr«, erwidert er zu meiner Überraschung. »Er ist halt einer von uns. Aber du hast unsere volle Unterstützung, wenn du dabei bleiben willst.«

»Gut«, murmele ich, denn ich bin nicht bereit, ihm zu verzeihen oder mit ihm zu sprechen oder sonst was zu tun.

Als eine Welle kommt, schwinge ich mich aufs Board und konzentriere mich darauf, den Moment zu genießen – und die mich mit Blicken verfolgende Gestalt am Strand zu ignorieren.

Bis mir das Brett wegbricht.

»Verdammt!« Ich bin kein Surfpro, aber normalerweise geschickter.

»Du weißt, dass unser Sicherheitsfreak dich gerade am liebsten rauspfeifen würde?«, meint Wade, der mein Manöver gesehen hat. Und der auch mitgekriegt hat, dass Tyler nicht mehr bei den Autos herumlungert, sondern nun direkt am Ufer steht.

»Und du weißt, dass mir egal ist, was Mister Dunkel & Sexy tut?«

»Lügnerin!«, sagt er nur.

Lügnerin? Wen nennt er bitte so?

Doch bevor ich Einspruch erheben kann, ist er weg. Und ich beruhige mich. Wenn meine Therapie eines gezeigt hat, dann, dass mir Tyler nicht egal ist. Ich liebe ihn unverändert. Ich bin bloß noch nicht bereit, ihm zu verzeihen.

Wieder wütender schwinge ich mich aufs Board und genieße die Freiheit auf dem Wasser. Ich nehme eine Welle und reite sie richtig lange, mag den Wind im Haar, das Sprühen der Gischt, alles.

»Vorsichtig!«, brüllt da eine mir vertraute Stimme.

Ich drehe mich und sehe, dass Tyler bis zur Hüfte ins Wasser reingelaufen ist.

»Schau halt weg, wenn du es nicht aushältst«, rufe ich zurück und paddele wieder raus, um die nächste Welle zu erwischen.

»Verdammt, Ava!«

Stur ignoriere ich Tyler, blicke zu Jason, der Stunts übt, und bin übermütig genug, ihm nachzueifern. Vielleicht gerade deshalb, weil Tyler es nicht will.

»So?«, frage ich Jason und versuche mich an einer Kniewaage.

»Mega!«, ruft er lachend.

Die neue, verrückte Ava in mir jubelt. Das hätte ich viel eher machen sollen, statt zwischen Training und Terminen hin- und herzurennen. Ich lebe! Das muss ich genießen.

Motiviert wage ich immer mehr.

»Willst du dich umbringen?«, höre ich da Tyler wieder rufen. Er ist noch einen weiteren Meter ins Wasser gegangen und muss seinen Arm hochhalten, damit der Verband nicht nass wird.

»Und willst du eine Blasenentzündung kriegen?«, rufe ich zurück, obwohl Männer dafür ja nicht so anfällig sind. Aber das Wasser ist ohne Neoprenanzug arschkalt, und wenn er länger darin stehen bleibt, friert er sich die Eier ab.

»Ava!«, grollt er.

»Kann dich nicht hören«, antworte ich. »Hab Wasser im Ohr!«

Damit paddele ich wieder raus, bin jedoch in Gedanken nicht mehr beim Surfen, sondern bei Tyler. Dass er mir zuruft, vorsichtiger zu sein, hat was zu bedeuten. Er ist nicht wegen Wade und Jason hier, sondern meinetwegen. Und mir wird erst jetzt klar, wie viel mir das bedeutet und wie sehr er mir wehgetan hat.

Tränen brennen mir plötzlich in den Augen, zum ersten Mal seit der Trennung. Irritiert wische ich sie mit dem Handrücken weg, aber es folgen neue. Und als ich mitten auf dem Wasser anfange zu weinen, kann ich nicht mehr aufhören. Vielleicht hätte ich diese Gefühle eher zulassen sollen, statt mich auf meine Wut zu konzentrieren. Ich habe Tyler vermisst. *Und nun?* Dass er dort steht und mir zuruft, vorsichtiger zu sein, ändert nichts an den Fakten. Unsere Kalender passen nicht zusammen. Vielleicht jetzt, weil er verletzt ist. Aber ich will keinen Mann, den ich nur an seinen kranken Tagen bekomme, nicht an seinen gesunden. Ich brauche ihn immer.

Verdammt, Tyler! Was tust du mir nur an?

Schniefend paddele ich weiter und will wieder aufs Board und surfen, bin jedoch total durch den Wind. Ein wilder Teil von mir will sich in die Wellen stürzen. *Scheiß drauf, ob das gefährlich ist. Soll doch das Schicksal entscheiden, was passiert!* Aber die alte, vernünftige Ava gewinnt zum Glück.

»Ich bin fertig!«, rufe ich Jason zu.

»Super, hat Spaß gemacht«, antwortet der.

»Bis gleich am Strand!«, ruft auch Wade. Weil wir entweder zusammen surfen oder gar nicht.

Von einer Welle lasse ich mich ans Ufer treiben, schwimme die restlichen Meter, bis ich im Wasser stehen kann, und wische mir dabei immer noch über die Augen.

»Fuck, Ava, alles okay?«, ruft Tyler und hechtet im Wasser zu mir. »Angel, was ist denn?« Mit seinem gesunden Arm angelt er nach mir.

»Lass mich!«, rufe ich.

»Aber –«

»Tyler, nein!« Ich stoße ihn zurück, weil ich Abstand brauche, um mich zu sortieren, doch dabei verliert er das Gleichgewicht und fällt ins Wasser. »Ach, verdammt, das wollte ich nicht«, entschuldige ich mich, da richtet er sich schon auf. »Geht das?«, frage ich und nicke zu seinem Arm.

»Klar«, meint er. »Was ist mit dir?«

Er will wieder näher kommen, doch ich bin schneller. »Nicht, Tyler!« Ich freue mich, ihn zu sehen, will jedoch nicht zu viel hineindeuten und mich vor der nächsten Enttäuschung schützen.

Sobald ich am Ufer bin, stelle ich mein Surfbrett bei den Leihboards ab und gehe zu meinem Wagen, um mir trockene Sachen anzuziehen.

Tyler folgt mir. Und es gefällt mir, aber macht mich auch wütend.

»Hör auf damit!«, grolle ich. »Was soll das denn?«

»Ich will mich entschuldigen.«

»Schön, na dann mal los!«

Überrascht sieht er mich an. »Also … ähm … Es tut mir leid …«

Kopfschüttelnd wende ich mich wieder ab, hole aus dem Kofferraum ein Handtuch und wickele mich ein. Und Tyler taucht auf.

»Was? Du hast dich entschuldigt. Und nun lass mich.«

»So läuft das nicht, Ava.«

»Doch, genau so läuft das«, sage ich.

»Ich will, dass du mir verzeihst.«

»Und ich will rosa Kühe«, zische ich, sodass klar ist, dass wir nicht alle bekommen, was wir wollen.

Wieder brennen Tränen in meinen Augen. Was mich noch wütender macht, weil ich die ganze Zeit nicht geheult habe.

Im Schutz des Handtuchs pelle ich mich aus dem Neoprenanzug und ziehe mir ein Shirt über und dann meinen Slip und eine Hose an, wodurch mir gleich wärmer wird. Tyler hingegen steht nach wie vor klatschnass da und hinterlässt Pfützen auf dem Boden.

»Geh schon, Tyler!« *Worauf wartet er denn?*

»Keine Chance.«

Wütend werfe ich ihm ein Handtuch zu, weil ich kein Unmensch bin. »Hier, du siehst aus, als könntest du es brauchen. Behalt es!«

Er fängt es auf und grinst, als hätte er den Hauptpreis gewonnen.

Dieser Kerl!

Genervt gehe ich zu den anderen, die mittlerweile auch aus dem Wasser raus sind und sich an Jasons Wagen umziehen. Und wieder folgt mir Tyler.

»Hör auf damit!«, sage ich.

»Lauf schneller weg, wenn du mich abschütteln willst«, sagt er. »Du könntest mich locker loswerden, wenn du wolltest.«

Ich lasse das unkommentiert.

Wie albern wäre das denn?!

»Schickt den Trottel bitte ins Krankenhaus, damit er einen neuen Verband bekommt, okay?«, sage ich zu Jason und Wade, die ihn offensichtlich wieder in ihre Reihe aufgenommen haben.

»Machen wir«, meint Wade.

»Danke euch.« Ich gehe zurück zu meinem Wagen, und Tyler folgt mir erneut. »Sie sollen dich ins Krankenhaus bringen«, zische ich ihm zu.

»Und ich bin kein kleines Kind. Ich kann allein entscheiden, was ich mache, und ich will bei dir bleiben.«

Plötzlich will ich ihn küssen. *Wie irritierend!* Denn irgendwie ist er süß, wenn er so stur ist.

»Hör auf, dich so dämlich zu benehmen«, sage ich. »Du brauchst einen neuen Verband.«

»Du bist wichtiger.«

Prüfend mustere ich ihn. Er meint es ernst. »Das ist Erpressung, Tyler.«

»Tja, wenn die bewährten Methoden versagen, muss man eben andere ausprobieren.«

»Und was willst du tun, wenn ich jetzt in meinen Ford einsteige und wegfahre?«, frage ich und drücke auf den Türöffner meines Wagens.

»Den Beifahrersitz nehmen.«

»Wo du dann alles nass machst? Wehe!«, rufe ich, allmählich überfordert mit der Situation. »Warum bist du auf einmal so?«

»Warum?«, wiederholt er, und einen Herzschlag später steht er ganz dicht vor mir. Sein nasser Stoff durchweicht meine eben noch trockene Kleidung. Er schiebt seine Hand in meinen Nacken und schaut mir tief in die Augen, nur um mich dann zu küssen, kurz und besitzergreifend und verdammt unmissverständlich. »Ist das so schwer zu verstehen? Weil ich dich liebe, Ava. Ich bleibe ab sofort bei dir. Für immer.«

Tyler

Ava zittert, sieht mich an, und in ihren Augen steht Freude, aber auch Schmerz. Den ich verursacht habe. *Fuck!*

»Ich bleibe bei dir«, wiederhole ich.

»Versprich nichts, was du nicht halten kannst«, sagt sie, drückt sich an mir vorbei, steigt in ihren Wagen und gibt Gas. Ich weiche zurück, und sie fährt davon. Doch so leicht gebe ich nicht auf. Nicht dieses Mal. Nicht nachdem sie mich eben genauso hungrig geküsst hat wie ich sie.

»Brauchst du trockene Klamotten?«, fragt mich Jason von Weitem, weil Avas Handtuch nicht viel geholfen hat.

»Keine Zeit«, rufe ich.

Nass setze ich mich hinters Steuer meines SUVs. Ava hat recht, ich bräuchte einen neuen Verband, aber das kann warten. Sie ist wichtiger.

Ich gebe ihre Adresse ins Navi ein und fahre zu ihrer Wohnung. Ich muss das in Ordnung bringen.

***

Eine halbe Stunde später klingele ich an Avas Tür. Ihr Wagen parkt vor dem Gebäude, also ist sie zu Hause. Sollte sie mir nicht öffnen, so warte ich vor dem Eingang. Ich hatte schon unangenehmere Aufträge.

Zu meiner Erleichterung öffnet sie mir jedoch die Tür, frisch geduscht und umgezogen in bequemen Jogginghosen und einem schlichten Shirt.

»Du bist schlimmer als die Pest«, flucht sie, aber macht Platz, sodass ich eintreten kann, was mir zeigt, dass ich auf dem richtigen Weg bin.

»Ava, ich –«

»Nein, kein Wort, Tyler. Setz dich … Ähm, nein, bleib dort stehen und rühr dich nicht!«, befiehlt sie zerstreut.

»Alles, was du willst.«

Sie verschwindet im Schlafzimmer, kramt in ihrem Schrank und kommt mit ausgewaschener Kleidung zurück, die sie mir reicht. »Meinst du, die könnten dir passen?«

»Unwahrscheinlich«, sage ich. Selbst ihr weitestes Shirt würde bei mir spannen.

»So ein Mist!«, flucht sie.

»Ich hab Klamotten im Auto«, stelle ich klar. Alte Sachen, aber trocken.

»Warum hast du sie dann nicht an?«, fragt sie, und ihre Augen blitzen, als würde sie eine Falle wittern.

»Weil ich es wichtiger fand, erst mal zu dir zu kommen.«

Sie rollt mit den Augen. »Dann hol sie und zieh dich endlich um.«

»Besorgt um mich?«

»Du hinterlässt feuchte Flecken auf meinem Teppich.«

Das ist gelogen, und ich muss lächeln. Denn was sie eigentlich sagt, ist, dass ich nicht weiter die nassen Klamotten anhaben und riskieren soll, krank zu werden. »Aye, aye, Ma'am«, sage ich militärisch, jogge zu meinem Wagen und komme mit der Tasche zurück.

Kurz befürchte ich, Ava könnte ihre Tür für mich wieder verbarrikadiert haben. Aber das hat sie nicht. Denn sie liebt mich noch. Das sehe ich trotz all der Wut in ihrem Gesicht.

»Ich hab dir ein Handtuch im Bad herausgelegt«, informiert sie mich gespielt kühl. »Wenn du sonst noch was brauchst, sag Bescheid.«

»Dich«, antworte ich sofort.

»Geh dich umziehen, Tyler!«

Ich verschwinde im Bad, dusche und fühle mich wesentlich besser, als ich wieder trockene Sachen trage. Bis auf den nassen Verband.

»Fertig?«, fragt sie, als ich aus dem Bad komme.

»Ja.«

»Wunderbar, dann lass uns jetzt ins Krankenhaus fahren.«

»Hast du dir was getan?« Sofort mustere ich sie prüfend. Sie wirkt nicht verletzt. Aber wenn mir das entgangen sein sollte, dann –

»Vollidiot!« Sie schenkt mir ein Lächeln. »Wir fahren deinetwegen. In meinem Wagen. Mit dem Arm ist es viel zu gefährlich, selbst zu fahren.«

»Du liebst mich, Angel«, rutscht mir raus.

»Halt die Klappe, Cowboy!«

»Keine Sorge, ich liebe dich auch.«

»Rede ich Chinesisch?«

»Nicht im Geringsten«, antworte ich und grinse zufrieden. *Es wird.*

Auf dem Weg zum Krankenhaus schweigt Ava stoisch. Und als wir in der Notaufnahme Platz nehmen, setzt sie sich Kopfhörer auf, als wäre mir nicht glasklar, dass ihr nicht nach lockerer Konversation ist. Aber das stört mich nicht, denn immerhin sitzt sie neben mir. Und weil ich bei der Aufnahme mit Absicht die Versicherung von *Personal Protection* verschwiegen habe, wird es dauern, bis ich drankomme, und diese Zeit verbringen wir zusammen. Ihr Duft steigt mir in die Nase, und immer wieder schießt mir durch den Kopf, was sie doch für eine großartige Frau ist. Und irgendwann kann ich den Impuls nicht mehr unterdrücken und lege einen Arm um ihre Schultern.

»Was wird das?«, knurrt sie und setzt die Kopfhörer ab, aus denen leise Musik schallt.

»Was meinst du?«, frage ich unschuldig lächelnd.

»Bitte, wenn du gerne Eisklumpen befummelst!«, motzt sie, schüttelt meinen Arm aber nicht ab, was mir genügt. Wir wissen beide, dass Ava kein Eisklumpen ist. Sondern nur verdammt verletzt. Sie hält mich nicht hin. Sie braucht Zeit. Und die gebe ich ihr.

»Wie ging es dir in den letzten Wochen?«, fange ich eine neue Unterhaltung an. »Schläfst du besser?«

»Lass es, Tyler!«

»Antworte mir!«, beharre ich und drücke ihre Schulter.

Mit einem Seufzen setzt sie die Kopfhörer wieder ab. »Hat dir schon mal jemand gesagt, dass du total nerven kannst?«

Ich grinse.

»Das ist kein Kompliment«, knurrt sie.

»Na los, erzähl!«, fordere ich sie wieder auf und gebe ihr, weil es sich richtig anfühlt, einen schnellen Kuss.

Überrumpelt berührt sie ihren Mund, sammelt sich jedoch. »Wie du am Strand bestimmt bemerkt hast, macht es mir nichts mehr aus, wenn Vögel über mir fliegen. Außerdem mache ich eine Therapie.«

»Bei Dr. Moreno?«, frage ich dazwischen, und sie nickt. »Sehr gut!« Ich bin erleichtert. »Und wie schläfst du?«

»Besser«, sagt sie mit einem Zögern. »Zufrieden?«

»Nur besser?«, forsche ich nach. »Kann ich noch irgendwie helfen?«

»Ja, deinen Arm von meiner Schulter nehmen und aufhören, mich abzulenken.«

»Ich dachte eher an richtige Hilfe. Ich setze eine ganze Weile wegen des Arms aus. Was immer du brauchst, ich kann mich darum kümmern.«

»Dafür hab ich Rebecca. Gib Essen an Obdachlose aus, wenn du Gutes tun willst.«

»Mein Angebot steht«, ignoriere ich ihren Vorschlag.

»Meine Antwort auch. Und jetzt lass mich weiter Musik hören.«

Um das zu unterstreichen, setzt sie die Kopfhörer wieder auf, und für den Moment ist das für mich völlig in Ordnung. Mein Arm liegt auf ihrer Schulter, ich spüre ihre Wärme, ihr Duft steigt mir in die Nase. Sie ist bei mir, und sie ist in Sicherheit. Mehr brauche ich fürs Erste nicht.

Dann kommen wir endlich dran. Ich kriege einen Gips, weil die Schwellung am Arm abgeklungen ist. Und danach bringt mich Ava nicht zu *Personal Protection*, sondern fährt zu sich – als hätte sie akzeptiert, dass ich in ihrer Nähe bleibe und sofort wiederkomme, wenn sie mich wegschickt.

In ihrer Wohnung richte ich mir das Sofa zum Schlafen her. Ich kassiere dafür zwar einen hitzigen Blick von Ava, aber sie lässt mich machen und wünscht mir sogar eine gute Nacht.

»Ava?«, frage ich, und sie dreht sich noch einmal zu mir um. »Ich bin hier. Und ich warte auf dich.«

Verlangen gleitet wie ein Schleier kurz über ihr Gesicht. Nicht nur nach körperlicher Nähe, sondern nach mir. Sie will mir so viel sagen, doch sie kann mir noch nicht wieder vertrauen.

»Gute Nacht, Tyler«, wiederholt sie nur, geht ins Schlafzimmer und schließt die Tür hinter sich.

Und ich? Ich müsste frustriert sein, aber das bin ich nicht. Denn ich kriege das mit uns wieder hin. Das weiß ich plötzlich.

22. KAPITEL

Ava

Wow, Tyler bleibt. Er bleibt wirklich! Er begrüßt mich am nächsten Morgen mit Kaffee, begleitet mich zu meinen Terminen, ist einfach da. Und er ist genau der Mann, in den ich mich verliebt habe. Mal schweigsam, mal gesellig. Mal nett, mal frech. Und ständig darauf aus, mir mehr Reaktionen zu entlocken, was es mir Woche für Woche schwieriger macht, sie zu unterdrücken.

Aber ich traue dem Frieden nicht, auch wenn ich jede von Tylers Berührungen wie eine Verdurstende aufnehme. Denn er ist bloß bei mir, weil er noch nicht wieder arbeiten kann. *Aber was wird danach?*

***

»Scheiße!«, fluche ich am Morgen, an dem der Gips abkommen soll, und muss mich übergeben. Als hätte ich was Falsches gegessen. Aber das ist es nicht. Mir bekommt nur der Gedanke nicht, diesen Mann zu verlieren.

»Ich kann auch allein ins Krankenhaus fahren«, schlägt Tyler vor, reicht mir ein Glas Wasser, damit ich mir den Mund ausspülen kann, und zieht mich an sich. »Hey, du zitterst ja, Angel?«

Geh nicht, denke ich dramatisch. *Ich liebe dich, brauche dich, will dich.* Aber ich behalte mein Geständnis für mich.

Denn was tue ich, wenn es das jetzt war? Genau das wird doch passieren. Mein Kalender ist randvoll, weil das Training für die Wettkampfsaison losgeht. Und Tyler wird bei *Personal Protection* gebraucht, er wird wohl kaum seinen Gehaltsschein fürs Nichtstun ausgestellt bekommen.

»Ich komme mit«, sage ich und schiebe meine Panik beiseite. »Einer muss dich ja fahren.«

»Gib ruhig zu, dass du das nur machst, weil du nicht die Finger von mir lassen kannst!«, neckt er mich.

»Vergiss es«, sage ich, dabei hat Tyler voll ins Schwarze getroffen.

»Dann gib zu, dass du mich liebst!«

»Fantasierst du?«, witzele ich.

»Weißt du, du redest im Schlaf, Angel.«

»Und du glaubst dem Geschwafel meines Unterbewusstseins?«

Er lässt sich von meiner heute besonders schroffen Art nicht abschrecken. Es ist bloß Gerede, das weiß er genauso gut wie ich.

Wie geplant fahre ich uns ins Krankenhaus. Doch statt wie beim letzten Mal die Kopfhörer aufzuhaben, halte ich Tylers Hand, und schließlich setze ich mich sogar auf seinen Schoß.

»Ist wirklich alles in Ordnung?«, fragt er, nun besorgt.

»Die Notaufnahme ist voll, und ich hab nur Platz gemacht«, erkläre ich.

Aber Tyler durchschaut mich. »Ich gehe nicht weg«, sagt er leise, was er schon sehr lange nicht mehr getan hat. »Ava, ich bleibe bei dir. Ich verschwinde nicht, sobald der Gips ab ist.«

Seine Worte sind wie Balsam für meine Seele. Aber es sind bloß Worte, keine Taten. Das ungute Gefühl in meinem Magen bleibt, und ich schmiege mich enger an ihn.

»Ich geh nicht weg, Angel«, wiederholt er und drückt mich. »Keine Chance.«

Er sagt es mir noch ein Dutzend Mal. Doch wenn es was bewirkt, dann nur, dass ich nicht völlig durchdrehe. Die Angst bleibt.

»Der große Tag«, begrüßt ihn der behandelnde Arzt, nimmt den Gips ab und röntgt den Arm. »Sieht sehr gut aus. So hab ich mir das vorgestellt.«

»Ich bin also wieder voll einsatzfähig?«, fragt Tyler.

»Sind Sie, Mr Knight.«

Vor meinen Augen steckt Tyler die Aufnahmen ein, und mir wird erneut kotzübel. *Denn das war es, oder?*

»Lässt du mich fahren?«, fragt Tyler, als wir die Notaufnahme verlassen.

»Warum?« Ich starre ihn an, als könnte er sich jeden Augenblick in Luft auflösen. *Will er zu* Personal Protection*? Zu sich? Weg von mir?*

»Du siehst blass aus«, antwortet er überraschend.

Wortlos reiche ich ihm den Schlüssel, dabei zittert meine Hand verräterisch. Er drückt sie kurz, aber das hilft mir nicht.

Wir fahren zu mir, doch statt mich zu beruhigen, rast mein Herz immer schneller, und Sterne tanzen vor meinen Augen.

»Scht, atme tief durch!«, sagt Tyler, lotst mich zum Sofa und fühlt meine Stirn. »Ava, was hast du denn? Du machst mir langsam Angst.«

Ich klammere mich an ihn, nehme alles auf und rüste mich für den Moment, da unsere noch so neue Beziehung schon wieder zerbricht. Und das wird sie. Dessen bin ich mir sicher.

Verdammt! Ich sollte aufhören, das Unvermeidliche hinauszuzögern.

»Bin wohl nur unterzuckert«, sage ich, befreie mich von ihm, stehe auf und gehe in die Küche, um mir was zum Essen zu machen.

»Setz dich! Ich übernehme das.«

»Keine Sorge, ich kann das allein.«

»Ich weiß. Aber ich mach das gerne für dich. Also?«

Wir liefern uns ein Blickduell, das ich verliere. »Bitte! Wenn du unbedingt willst, schneid die Kartoffeln in feine Scheiben!«, rufe ich und mache ihm Platz, weil ich Appetit auf Bratkartoffeln habe, was richtig Deftiges.

Irritiert runzelt Tyler die Stirn, dabei müsste ihm doch klar sein, was in mir vorgeht. In den letzten Wochen sind wir uns wieder nähergekommen. Er war die ganze Zeit an meiner Seite. Und jetzt? Jetzt weiß ich nicht, wie unsere Geschichte weitergeht.

»Ich bleibe«, sagt Tyler wieder nur, als seine Kartoffeln zusammen mit meinem Speck und den Zwiebeln in der Pfanne schmoren. »Ava, ich gehe vielleicht den Müll rausbringen oder die Post holen, aber ich bleibe bei dir.«

»Schon gut«, sage ich. »Du musst es nicht ständig wiederholen. Ich hör dich ja.«

Er fährt mir durch die Haare. »Mag sein, aber irgendwie kommt die Botschaft nicht an.«

»Doch, doch«, beteuere ich entspannter, als ich bin.

»Wirklich?« Er drückt mir einen Kuss auf den Mund.

»Wirklich.«

Als die Bratkartoffeln fertig sind, essen wir gemeinsam – so wie in den letzten Tagen. Danach rechne ich fest damit, dass Tyler sich verabschiedet, stattdessen übernimmt er den Abwasch und fährt mich zum Training, das in Vorbereitung auf die Wettkampfsaison auf dem Angell Field stattfindet, einer erstklassigen Laufbahn in Stanford, ganz in der Nähe, wo Lauren früher für das Schwimmen trainiert hat. Später fahren wir wieder zu mir, essen was und schauen einen Film … Ich bin müde, aber verkneife mir ein Gähnen. Weil ich nicht ins Bett will. Denn ich habe die kindische Angst, dass Tyler verschwunden ist, wenn ich morgen früh aufwache. Weg für immer.

»Lass uns schlafen gehen«, sagt er da, hebt meine Beine zur Seite, steht auf und verschwindet im Bad, um sich die Zähne zu putzen.

Ich folge ihm, und als er mir meine Zahnbürste in die Hand drückt, mache ich mit. Obwohl ich eigentlich nicht will.

»Ich bin aber gar nicht müde«, lüge ich, weil ich mich noch nicht lösen kann. »Lass uns noch einen Film schauen!«

»Ich gehe nicht weg«, sagt er da wieder.

»Versprich nichts, was du nicht halten kannst.«

»Wollen wir wetten?« Und mit Schwung hebt er mich plötzlich hoch und trägt mich zu meinem Bett.

»Was wird das?«, frage ich eine Spur atemlos.

»Wonach sieht es denn aus? Ich bleibe bei dir. Was sonst? Und jetzt schlaf, Angel!« Er legt sich neben mich, zieht mich an sich, schiebt seine Hände unter mein Shirt, und etwas in mir entspannt sich endlich. »Siehst du, geht doch«, murmelt er.

Tyler

»Ich liebe dich«, flüstere ich Ava ins Ohr und frage mich, was noch nötig ist, damit sie mir vertraut.

Als sie beim Training war, habe ich Daeven und Gabe informiert, dass ich wieder fit bin. Doch wie auch schon in den vergangenen Wochen werde ich ab sofort dauerhaft im Innendienst arbeiten. Die Außeneinsätze haben mir immer Spaß gemacht, aber ich will mehr Zeit mit Ava haben.

Ich wünschte, sie würde mir glauben, dass ich bleibe, und ich umarme sie fester.

»Du erdrückst mich, Tyler«, murmelt sie im Schlaf.

Ich muss lachen und hauche ihr einen Kuss ins Haar. »Sorry, Angel.«

»Mmh«, macht sie nur und driftet wieder weg.

Und plötzlich habe auch ich Angst einzuschlafen. Nicht weil ich befürchte, dass Ava morgen aus meinem Leben verschwinden könnte. Sondern weil ich befürchte, dass sie mir nie wieder vertrauen wird.

***

Lippen wecken mich am nächsten Morgen sanft. Statt Avas üblichem ›Guten Morgen!‹ und dem darauffolgenden Heidenlärm des Mixers. *Mmh …*

Langsam taste ich über den warmen Körper der Frau, die auf mir liegt, und mein Schwanz wird härter, woraufhin ich Avas Lachen höre. Nicht das zurückhaltende, sondern das freche, neue, das ich besonders liebe, weil ich es bei ihr freigelegt habe.

»Hey«, sage ich mit noch vom Schlaf ganz rauer Stimme, blinzele, sehe sie über mir, greife in ihre Haare und erwidere den Kuss.

»Hey«, sagt sie und hat Tränen in den Augen.

»Alles in Ordnung?« Ich streichele ihre Wange und nutze aus, dass sie mir so nah ist, schiebe meine Hand unter ihr Shirt und zeichne Linien auf ihrem Rücken.

»Du gehst wirklich nicht.« Das ist keine Frage, es ist eine Feststellung. Eine sehr erstaunte.

»Richtig«, sage ich und grinse breit, weil sie mir gerade das größte Geschenk macht, dass ein Kerl bekommen kann. Die Frau seiner Träume.

»Was ist mit *Personal Protection*? Mit dem Job?« Sie fährt mit den Händen über meinen Körper, spürt meine Muskeln und meine Narben. Sorgt sich um mich.

»Ich trete kürzer, mache Analyseaufgaben und Beratungen.« Ich reibe mit dem Daumen über ihren Nippel. »Hab mehr Zeit für dich.«

»Und das ist okay für dich?«

»Lass mich kurz nachdenken … Nicht bei dir sein? Oder bei dir sein? Was ist besser?«

»Ich hätte dich nie für einen Schreibtischhengst gehalten.«

»Du musst noch seeehr viel mehr Zeit mit mir verbringen.« *Denn natürlich bin ich auch am Computer gut.*

»Wie viel Zeit?«

»Mmh … Ein ganzes Leben.«

»Das ist ziemlich lang«, neckt sie mich. »Nicht dass ich dir langweilig werde.«

»Bestimmt nicht!« Wie zum Beweis drehe ich sie auf den Rücken und schiebe meine Hand unter ihre Shorts. Ava ist feucht, und ich dringe in sie und spiele mit ihr.

»Oh, bestimmt nicht …«, wiederholt sie murmelnd meine Worte.

Mein Schwanz, der sich in den letzten Wochen echt zügeln musste, richtet sich zu seiner vollen Größe auf.

Perfekt!

Ich beuge mich über sie und küsse ihren Hals, ziehe ihr Shirt am Kragen tiefer, knabbere an ihrer Schulter und will sie plötzlich mit einer Dringlichkeit, die mir neu ist. Denn sie gehört mir. Sie gehört wirklich mir, und ich sehne mich danach, dass das auch unsere Körper spüren.

Mit dem Daumen streife ich ihre Klit, und sie seufzt wie kurz vor dem Orgasmus. Aber sie ist so oft halb nackt vor mir herumgetanzt, ohne dass ich sie haben konnte, dass ich es ihr nicht leicht machen werde.

»Tyler, bitte!«, wimmert sie.

Ich ignoriere sie und spiele weiter mit ihrem Körper und ihrer Lust und halte immer dann inne, wenn sie mehr einfordert.

»Du bringst mich um«, japst sie.

»Ich sorge dafür, dass es dir gut geht«, antworte ich, küsse sie erneut, schlucke ihr Stöhnen und liebe, wie sie sich unter mir windet. Ihre Hände greifen in meinen Nacken, und sie packt mich, als wollte sie mich nie wieder loslassen, was mir gefällt. Denn ich will das auch nicht.

Wir streifen uns die Sachen ab und erschauern beide. Selbst wenn ich müsste, ich kann sie nicht verlassen. Sie gehört zu mir. *Voll und ganz.*

Ich lasse mir weiter Zeit, streichele ihre Haut und erkunde sie. Ein flehender Blick trifft mich, weil sie mich in sich spüren will, aber ich zögere den Moment hinaus.

Unsere Küsse werden tiefer, ich beiße sie sanft, und sie erschauert erneut. Und wieder schiebe ich einen Finger in sie, reibe ihre Klit, und mit einem Stöhnen direkt an meinen Lippen kommt sie.

»Verdammt, Tyler«, flucht sie sinnlich und schnappt nach Luft, während ich über sie gebeugt liege und breit grinse, weil ich es wieder gespürt habe. *Dass wir zusammengehören.* Und weil ich weiß, dass uns jetzt nichts mehr trennen kann.

»Nur der Anfang«, verspreche ich ihr.

»Der Anfang«, wiederholt sie ergriffen, küsst mich und beißt mich keck. »Dann mach weiter!«

»Stellst du jetzt Forderungen?«, frage ich amüsiert.

»Soll ich es lassen?«

»Auf keinen Fall!« *Denn endlich rechnet sie mit mir.* Ich drücke ihr einen Kuss auf die Lippen und springe auf. »Warte, ich hol Kondome!«

»Lass dir Zeit, ich spiele so lange an mir herum!«, tönt sie.

Diese Frau! Frech und unverblümt und schamlos und so anders als Miss Superkorrekt vom Anfang. Sodass ich sie noch mehr liebe.

Ich hole gleich die ganze Packung, rolle mir ein Gummi über und klettere zu ihr aufs Bett.

»Bereit?«, frage ich sie und ziehe ihre Hand von ihrer Pussy, damit mein Schwanz über ihre Mitte gleiten kann.

»Für dich?«

»Für uns.«

Schwer atmend nickt sie, umschließt mich mit den Beinen und zieht mich enger. Und ich versenke mich mit einem Stoß in ihr, der sich so verdammt gut anfühlt, dass ich sofort mehr von ihr will.

Wie habe ich diese Frau vermisst!

Genüsslich bewege ich mich in ihr und wundere mich, wie ich so lange ohne sie auskommen konnte. Und damit meine ich nicht nur den Sex, sondern dass sie mir vertraut, dass sie sich mir hingibt, dass sie mich ansieht, als stünde nichts mehr zwischen uns.

Wir drehen uns. Ich liebe ihre Kraft, auch wenn Ava mir nicht wirklich gewachsen ist. Sie liebt meine und dass ich sie nicht wie jemand Zerbrechliches behandele. Wir schwitzen, atmen schwer, genießen den Sex, die Nähe und dass wir uns endlich wiederhaben. Und dass das erst der Anfang ist. *Unser Anfang.*

»Fuck!«, stöhnt sie und drückt ihre Hand gegen meine Hüfte, weil sie beinahe kommt und mich zurückhalten will.

Nicht mit mir!

Grinsend beuge ich mich über sie und mache weiter.

»Nicht, Tyler!«, fleht sie nun.

»Oh doch, Angel!« Ich küsse sie, packe ihren Hintern und ignoriere ihr Betteln. Ich liebe es, wenn ich alles bin, was sie braucht.

»Nur noch etwas«, bittet sie.

»Sicher, dass du *das* willst?«

»Ja!«, stöhnt sie, als ich erneut tief in sie stoße, und wölbt ihren Rücken. Aber ihr Ja ist keine Antwort, sondern ein Lustschrei, weil sie kurz davor steht zu kommen.

»Ja?«, wiederhole ich amüsiert und mache weiter. Ich dringe in sie, küsse sie, spiele mit ihr, ihrem Körper, ihrer Lust und genieße, wie empfänglich sie ist.

»Ja, Tyler, Gott, ja!«, stöhnt sie wieder, ganz nah an meinen Lippen, und gräbt ihre Nägel fester in mich.

»Ich bin bei dir«, sage ich und nehme sie noch mal langsamer, woraufhin sie sich mir vollends ergibt.

So ist es gut, Angel!

Mein Schwanz pocht, weil ich sie härter nehmen will, aber ich versuche, ihren und meinen Orgasmus hinauszuzögern.

»Verdammt«, knurrt sie da, schafft es, mich auf den Rücken zu drehen, und reitet mich plötzlich.

»Oh Gott«, bin ich es nun, der tief stöhnt. Denn mit diesem Gefühl habe ich nicht gerechnet. Es ist so gut, genießen zu können, wie sehr sie mich will. *Zu gut, viel zu gut!*

Ich sehe Sterne, halte sie fest und zwinge sie, mal langsamer zu machen, dann wieder schneller. Nicht nur ich habe sie in der Hand, sie auch mich.

»Nicht kommen!«, warne ich sie, lege meine Hände auf ihre Brüste und reibe ihre Nippel.

»Ich weiß nicht, ob ich das kann«, seufzt sie und wirft ihren Kopf in den Nacken.

»Nur noch etwas!«, sage ich, drehe sie zurück auf den Rücken und nehme sie wieder. »Etwas, Ava! Etwas!«

Ich komme selbst jeden Augenblick. Und während wir uns küssen, zieht sie sich plötzlich eng um mich zusammen und erschauert, und ich bin verloren, weil ich liebe, wie sie sich dabei anfühlt, ganz heiß, verschwitzt und wie ein Teil von mir.

»Fuck!«, stöhne ich, gebe meinen Widerstand ebenfalls auf, lasse los und komme hart. Ich vergrabe mich in ihr, ziehe den Höhepunkt für uns beide in die Länge, nur um dann zurück in die Kissen zu sinken, das Kondom abzuziehen und für einen Augenblick die Augen zu schließen, weil jeder Muskel in meinem Körper ausgepowert ist. Auf die beste Art und Weise.

»Tyler?«, murmelt Ava meinen Namen, und ich hasse es, dass sie nach dem Sex noch so viel Energie hat. Liebe aber zugleich, wie sie an meiner Seite liegt und ihre Hände über meinen Körper wandern lässt.

»Was?«, murmele ich lächelnd und taste nach ihr.

»Du weißt es bestimmt schon längst, aber –«

Sie macht eine Pause, und ich grinse höchst zufrieden. »Was? Dass der Sex fantastisch war? Dass mein Schwanz großartig ist! Dass du es härter magst?«

Sie boxt mich. »Nicht frech werden, Cowboy!«

»Ich doch nicht!«

Wir lachen beide. Ich zwinge meine Augenlider nach oben und ertrinke in ihrem Blick, weil ich genau weiß, was sie sagen will. Es steht ihr ins Gesicht geschrieben.

»Ich liebe dich immer noch«, sagt sie endlich.

»Das ist gut, ich dich nämlich auch.« Und wenn es eine Steigerung gäbe, dann würde ich die verwenden. Aber mehr als lieben geht nicht. *Obwohl … vielleicht anbeten?*, meldet sich mein etwas lädierter Verstand. *Ja, anbeten geht*, denke ich und küsse ihr Handgelenk, das in Reichweite ist.

Sie kichert, und ich bin rundum glücklich, dass sie bei mir ist.

»Zwischen uns ist also alles wieder in Ordnung?«, frage ich zur Sicherheit nach. »Du bist nicht mehr sauer auf mich?«

»Doch! Bin ich«, sagt sie zu meiner Überraschung. »So schnell ändert sich das nicht. Aber trotzdem liebe ich dich, Tyler.«

Ich grinse weiter, sehe Ava an und weiß, was ich jetzt zu tun habe. Wir haben uns im ungünstigsten Moment gefunden, wir passen eigentlich nicht zusammen, und genau deshalb tun wir es doch. Und zwar für immer.

»Was?«, fragt sie, als würde sie spüren, dass mir was Besonderes durch den Kopf geht.

»Gut, dass du mich auch noch liebst«, sage ich. »Dann kann ich dich ja endlich das fragen, was ich dich schon die ganzen letzten Wochen fragen wollte.«

»Ach? Und das wäre? Ob ich auch Blowjobs gebe?«, zieht sie mich auf.

»Tust du das denn?«, frage ich und werde sofort härter.

»Für den richtigen Mann …« Sie beleckt sich die Lippen, während ihre Augen schelmisch funkeln. »Jederzeit.«

Diese Frau! »Weißt du, Angel, was ich gerade sagen wollte, würde jetzt unglaubwürdig klingen, weil ziemlich viel Blut mein Hirn verlassen hat. Du könntest denken, ich meine es nicht ernst.«

»Das geht natürlich nicht«, sagt sie, gleitet tiefer und fährt mit ihrer Zunge über meinen schon wieder halb steifen Schwanz. »Ich helf dir!«

»Nur zu deiner Information: Jetzt ist *alles* Blut in meinem Schwanz.«

»Das klingt lebensgefährlich«, sagt sie keck und verwöhnt mich weiter.

»Oh Gott«, stöhne ich. Es fühlt sich auch lebensgefährlich an, so ausgeliefert bin ich ihr.

Nicht unbedingt geübt, aber nicht minder sexy nimmt sie meinen Schwanz auf, saugt an meiner Eichel und leckt über meinen Schaft.

Ich versuche, stillzuliegen und ihren Mund zu genießen. Doch ich halte das nicht lange durch. Bedürftig packe ich ihren Kopf, benutze sie, bis ich kurz davor bin, den Verstand zu verlieren. Dann werfe ich sie auf den Rücken, greife mir ein weiteres Kondom, und wir lieben uns erneut hemmungslos und ohne Tabus.

»Was wolltest du mich fragen?«, murmelt sie erschöpft nach unserem nächsten Höhepunkt.

»Gib mir eine Sekunde!«, presse ich hervor. Mein Hirn ist Brei, und ich kämpfe gegen den Impuls einzuschlafen, im wichtigsten Moment meines Lebens.

»Kriegst du, ich bin hier«, flüstert sie mir verdammt zufrieden zu, und mit ihrem heißen Körper an meinem drifte ich weg.

Klasse!

Als ich wieder zu mir komme, liegt Ava noch neben mir, und ich küsse sie und mache mich bemerkbar. Sie hebt daraufhin den Kopf und strahlt mich an.

»Sorry«, sagt sie. Dabei gefällt ihr, dass sie mich so geschafft hat. »Weißt du wieder, was du mich fragen wolltest?«

»Und ob!«, sage ich und drehe sie auf den Rücken. »Willst du mich heiraten?«

»Was?!«, fragt sie überrumpelt.

»Du hast richtig gehört, Angel. Willst du?« Ich hätte nie gedacht, dass ich eine Frau das mal frage. Hochzeiten standen nie auf meiner Agenda. Jason und Wade sind auch nicht verheiratet. Das ist heutzutage auch nicht nötig. Aber ich will, dass Ava nie wieder zweifeln muss, dass ich zu ihr gehöre. Und ich will umgekehrt, dass sie mir gehört. Für immer.

»Du sagst das nicht nur so?«, fragt sie misstrauisch.

»Damit würde ich nie scherzen«, sage ich ernst und streichele ihre Stirn. »Weißt du noch, wie ich zu dir gesagt habe, dass wir nichts miteinander anfangen werden?«

»Weil du nicht auf Blondinen stehst?«, ärgert sie mich.

Ich kneife ihr in die Nase, und sie kichert. »Nein, du Schlaumeier, weil unsicher war, ob das, was zwischen uns war, auch im Alltag Bestand haben würde. Aber jetzt ist klar, dass es funktioniert. Du bist eine tolle Frau. Ich ein toller Kerl. Und zusammen sind wir ein tolles Paar. Also?«, frage ich. »Ava Jennings, willst du meine Frau werden? Oder muss ich dich in eine einsame Berghütte verschleppen, damit du mir gehörst?«

»Schwache Drohung«, sagt sie lachend und sieht mich liebevoll an. »Mir hat es in der Hütte gefallen.«

»Ava!«, rufe ich, mit meiner Geduld am Ende.

»Ja, ich will, Tyler«, sagt sie endlich. »Natürlich will ich.«

»Und was auch immer passiert, wir schaffen es?«

»Ja, was auch immer passiert, wir schaffen das.«

EPILOG

Drei Monate später

Ava

»Oh mein Gott, sieh sie dir an!«, haucht Chloe und zupft an meinem Hochzeitsschleier.

»Ich hätte ja gedacht, du heiratest standesamtlich«, meint Lauren. »Ein Beamter, zwei Zeugen, eure Unterschrift und fertig.«

Ich grinse breit in meinem weißen, mit Spitze besetzten Kleid. »Was soll ich sagen? In mir steckt wohl eine Romantikerin. Zwei Zeugen wären außerdem viel zu wenig. Wir bräuchten mindestens vier.« *Chloe, Lauren, Wade und Jason.* Ich entdecke Rebecca, renne auf sie zu und falle ihr um den Hals. »Danke für die Organisation, Becs. Es ist alles ganz großartig. Du bist die Beste!« Sie hat auch hinbekommen, dass Lauren das Fotoshooting bei der *Sports Illustrated* hatte. Aber das hier ist ihr Meisterstück!

»Du weißt hoffentlich, dass deine Freundinnen mitgeholfen haben?«

»Und du weißt, dass wir ohne dich nicht hier wären«, entgegne ich. Denn wir stehen auf unserem Picknickplatz am Fort Point. Das Gelände ist weiträumig für die Öffentlichkeit abgesperrt. Die Jungs von *Personal Protection* stellen sicher, dass ausschließlich geladene Gäste den Bereich betreten können. Mit Blumenarrangements geschmückte und elegant eingedeckte Tische bilden eine Insel. Und am Strand im Sand ist eine kleine Kapelle für die Trauung aufgebaut, wo mich Tyler gleich erwartet.

Wir gehören wirklich zusammen. Ich kann es gar nicht fassen!

Über uns kreisen Hubschrauber von Fernsehteams. Aber die machen mir keine Angst. Die Therapie hat mir geholfen, die größte Katastrophe in meinem Leben zu überwinden. Über Terry wurde die Todesstrafe verhängt. Die ist zwar in Kalifornien gerade ausgesetzt, aber damit kann ich leben. Hauptsache, er bleibt hinter Gittern und kann niemandem mehr etwas antun. Und das wird er. Denn das Urteil sieht keine Bewährung vor. Und seit ich weiß, dass Tyler bei mir bleibt – wir wohnen mittlerweile sogar zusammen –, habe ich auch keine Albträume mehr. Dr. Moreno wollte, dass ich mir überlege, wie mein neues Leben aussehen soll. Und das weiß ich jetzt. Ich war vorher schon mit meinem Sport glücklich und musste gar nichts Neues anfangen. Alles, was mir gefehlt hat, war ein Partner an meiner Seite. *Tyler.* Und den habe ich nun.

In der Ferne sieht man die Golden Gate Bridge immer deutlicher, da sich der Nebel, der über der Stadt liegt, allmählich in der Sonne verzieht. Und ich muss daran denken, wie viele Leute in der Vergangenheit hierhergekommen sind, um ihr Glück zu finden. Und ich bin jetzt eine von denen, denen es gelungen ist.

Jason kommt auf uns zu, mit Olivia auf dem Arm, die bald schon zwei Jahre alt wird – und die ein bildschönes rosafarbenes Kleidchen trägt, das zu den Kleidern von Chloe und Lauren passt. »Alle sind so weit«, sagt er. »Wir können anfangen.«

Chloe strahlt Jason an, übernimmt Olivia, und zu dritt schlendern sie zu ihren Plätzen für die Trauung. Und ich freue mich für meine Freundin, dass sie nach all dem Unglück in der Vergangenheit ihr Happy End bekommen hat.

Wade kommt in einem dunklen, modern geschnittenen Anzug über den Rasen und holt Lauren ab – mit Emma, ihrer Labrador-Mischlingsdame, die an ihrer Leine immer wieder vor seine Füße läuft. Beide verschränken die Hände, er küsst Laurens Fingerknöchel, und ich befürchte, sie werden nachher noch Arschbomben machen. *Auf meiner Hochzeit!* Aber eigentlich ist das okay, denn dafür habe ich heute das ganz große Los gezogen. Ich heirate Tyler Knight. Es ist das Verrückteste, was ich je getan habe, und es fühlt sich perfekt an. *Absolut perfekt.*

In den letzten Monaten haben wir uns zwischen meinen Wettkämpfen und Terminen und seiner Arbeit bei *Personal Protection* unser Leben eingerichtet. Tyler ist nicht nonstop an meiner Seite. Aber er kann seinen Job komplett vom Laptop aus erledigen und ist nie weit weg, wenn ich ihn brauche.

Wir haben darüber gesprochen, ob ich meinen Sport reduzieren soll. Aber er hat mich darin bestärkt weiterzumachen. Nicht nur, weil ich rastlos werde, wenn ich nicht genug Bewegung bekomme. Sondern weil ich zur Weltspitze der Sprinter gehöre und man diese Position nicht ohne triftigen Grund aufgibt. Ich habe locker noch vier oder fünf Jahre als Profi vor mir. Und die soll ich nutzen. Nur die Medienauftritte habe ich eingeschränkt. Besondere Gelegenheiten, wie den TED-Talk, bei dem ich Standing Ovations bekommen habe, nehme ich wahr. Alles andere sage ich ab und verbringe die Zeit lieber mit Tyler.

»Bist du bereit?«, fragt mich mein Dad, der zusammen mit meiner Mom, die pausenlos heult, aus Miramar angereist

ist – genau wie Tylers Eltern aus Texas. Meine Eltern sehen unglaublich stolz aus. Sie waren schon glücklich, als ich bei Olympia Dritte geworden bin oder den Landesrekord aufgestellt habe. Aber jetzt strahlen sie noch mal mehr, weil sie sich freuen, dass ich meinen Platz in der Welt gefunden habe.

»Ja, Dad, ich bin bereit«, sage ich und hake mich bei ihm ein, damit er mich zum Altar führen kann. Die Geste ist rein symbolisch, doch plötzlich werden meine Knie ganz weich, und ich frage mich, wie ich je hundert Meter in knapp elf Sekunden geschafft habe. Ich kann kaum einen Schritt tun, so heftig zittern meine Beine.

Vorne neben der aufgebauten Kanzel entdecke ich Tyler in einem unverschämt gut sitzenden Anzug. Er spricht mit Jason und Wade, und ich erkenne an seiner Körpersprache, dass er angespannt ist. Er, der Mann, der vor nichts Angst hat, ist nervös. *Meinetwegen!* Beinahe muss ich losheulen.

Dann ertönt der Hochzeitsmarsch, und unter den Gästen kehrt Ruhe ein, gleichzeitig drehen sich ganz viele Köpfe nach mir um.

Die Aufmerksamkeit stört mich nicht. Ich kriege sie gar nicht mit, denn Tyler hat sich ebenfalls mir zugewandt und ich fühle wieder dieses Band zwischen uns. Alles Gummi verschwindet aus meinen Beinen, und ich will nur noch zu ihm, selbst wenn ich dafür den Takt der Musik ignorieren muss.

»Schneller Dad«, flüstere ich und ziehe ihn mit mir.

»Genieß es«, erwidert er.

»Man kann auch schnell genießen«, knurre ich.

Er lässt mich bei der Hälfte los. »Dann geh schon!«

»Oh, Dad!«, hauche ich gerührt und küsse ihn auf die Wange.

Ein Teil der Gesellschaft denkt, ich würde jetzt abhauen. Bloß einer lacht laut. *Tyler!* Er streckt seine Hand aus, und ich renne noch mal schneller und bin ein bisschen außer Atem, als ich neben ihm den Altar erreiche.

»So toll die Idee mit den hundert Metern auch war«, sage ich. Denn es klang passend für eine Kurzdistanzläuferin wie mich. »Jemand hat sich was dabei gedacht, nur zwanzig bis fünfzig Meter zu nehmen.« Die normale Strecke, die man bis zum Altar braucht. »Das eben war viel zu lang.«

»Aber jetzt bist du hier«, sagt er.

»Jetzt sind wir hier«, bestätige ich.

Tyler ergreift meine Hand. Sein Händedruck ist fest und warm, und ich bin die glücklichste Frau der Welt, dass dieser Mann zu mir gehört.

Während der Priester die Zeremonie abhält, höre ich kein einziges Wort von dem, was er sagt. Ich bin ganz bei Tyler, eingenommen von diesem Mann, der alles für mich bedeutet. Die Zeit steht still, und nie hat sich das besser angefühlt. So gut, dass wir beide unseren Einsatz verpassen.

»Hochzeitsgesellschaft an Hochzeitspaar«, tönt Lauren.

»Die Ehegelübde«, raunt uns Chloe zu.

»Wenn ihr heiraten wollt, ist jetzt euer Moment«, meint Jason.

»Alle warten«, sagt Wade.

Gäste tuscheln um uns herum. Unruhe entsteht, weil sich alle fragen, warum die Zeremonie stockt. Dabei waren wir für einen Moment nur in unserer Blase gefangen.

Wie perfekt!

Wir kommen zu uns. Tyler schlägt meinen Schleier zurück, und ich muss gegen die Tränen anblinzeln.

»Scht«, macht er, beugt sich kurz vor und küsst mich.

»Das ist zu früh, Cowboy!«

Er grinst frech. »Na und? Es wirkt, oder? Das ist die Hauptsache.«

»Du!«, rufe ich nur. Aber es stimmt. Der Kuss verfehlt nicht seine Wirkung. Ich bin wieder ganz im Hier und Jetzt.

»Tyler Knight«, beginne ich. »An dem Tag im Stadion, als ich dich das erste Mal wirklich angesehen habe, dachte ich, du bist ein mit Muskeln aufgepumpter, finsterer Typ, dem man besser nur bei Tageslicht begegnet.«

Tyler schmunzelt, als hätte er keine andere Rede von mir erwartet.

»Was tut sie da?«, höre ich dagegen Lauren.

»Na was wohl? Das Richtige«, sagt Chloe.

»Scht, ihr zwei«, mache ich. »Ich bin noch nicht fertig.«

Ich habe Tyler nicht aus den Augen gelassen und wende mich ihm wieder ganz zu. »Aber dann hat sich herausgestellt, dass du mehr bist«, sage ich. »Und du hast mir gezeigt, dass auch ich mehr bin. Und das, was der schlimmste Moment meines Lebens hätte sein sollen, war im Grunde der beste. Denn er hat uns zusammengebracht. Ich habe dich nicht lieben wollen. Wirklich nicht. Und doch ist es so gekommen. Ich liebe dich und werde es immer tun. Egal, was du anstellst.«

Er küsst meine Fingerknöchel und sieht mich ergriffen an.

»Jetzt bin ich fertig«, sage ich, weil alle mich abwartend anschauen, als würde noch mehr folgen.

»Ich weiß«, meint Tyler. »Ich wollte unsere Gäste nur etwas zappeln lassen.«

»Gemein«, murmele ich grinsend.

»Typisch wir«, sagt er.

Das stimmt.

Dann wird Tyler wieder sexy ernst, und ich werde es auch, während mein Herz in meiner Brust hämmert und

Endorphine durch meine Blutbahn rauschen und Geschwindigkeitsrekorde aufstellen.

»Ava«, beginnt er. »Bevor ich dich das erste Mal richtig gesehen habe, warst du für mich bloß die blonde Übersportlerin. Ich hätte alles für dich getan, so wie ich immer für die Menschen, die mir wichtig sind, alles tue. Aber dann habe ich dich getroffen, inmitten all des Chaos, und ich wusste, dass da mehr ist. Wer hätte das gedacht? Gegensätze ziehen sich an.« Er atmet tief durch, und ich blinzele gegen die Tränen in meinen Augen an. »Du hast es auch gespürt. Aber du hattest Schreckliches miterlebt, und ich wusste, dass man in so einem Moment seinen Gefühlen nicht trauen kann. Also habe ich gewartet, weil ich nicht bloß dein Held sein wollte, sondern derjenige, der für immer an deiner Seite bleibt. Ein guter Vorsatz. Nur dass ich nicht damit gerechnet hatte, dass unsere eigentliche Prüfung erst danach kommen sollte.«

Ich muss schlucken und denke an die Trennung. Doch Tyler küsst mich schon wieder. Obwohl er das laut Protokoll noch nicht darf. Und ich beruhige mich.

»Beinahe hätte ich dich wieder verloren«, redet er weiter. »Aber –«

»Zum Glück warst du hartnäckig«, unterbreche ich ihn und drücke seine Hände.

»Und zum Glück wolltest du mich nicht wirklich loswerden«, sagt er, wohl wissend, dass ich, wenn ich gewollt hätte, jederzeit hätte weglaufen können, weil ich viel schneller bin als er. »Ava Jennings, ich kann dir nicht versprechen, dass es immer leicht mit mir wird. Aber ich verspreche dir, dass ich immer für dich da sein werde, dass ich dich immer lieben werde und dass du mich nie mehr loswirst.«

Die Leute jubeln und applaudieren.

»*Jetzt* dürfen Sie die Braut küssen«, sagt der Pastor.

Tyler lässt sich das nicht zweimal sagen. Er zieht mich an sich, lässt seine Finger über meinen Rücken gleiten und mich all seine Kraft, Wärme und Liebe spüren. Ich umschlinge ihn, und wir küssen uns. Nicht so, wie ich früher meine Dates geküsst habe. Sondern leidenschaftlich und hemmungslos. Und als wir fertig sind, atmen wir schwer.

»Und jetzt die Ringe«, verkündet der Pastor, und ich verkrampfe mich ein wenig, weil wir uns dafür etwas Besonderes überlegt haben.

»Ich habe auch normale«, sagt Tyler, auf alles vorbereitet, und drückt meine Hand.

»Nein, ich will diesen«, sage ich, obwohl ich nervös bin.

»Das ist meine Frau!«

»Angehende Frau«, korrigiere ich ihn. *Denn ohne die Ringe ist die Trauung noch nicht abgeschlossen.*

»Korinthenkacker«, neckt er mich lachend.

»*Dein* Korinthenkacker«, verbessere ich ihn, ebenfalls lachend.

Gemeinsam setzen wir uns auf die Stufen vor dem Altar und sehen nun unsere Gäste an, meine Eltern, Tylers Eltern, die ich in mein Herz und die mich in ihres geschlossen haben. Und aus der Schar der Gäste löst sich ein Mann. Ranger, Tylers Tätowierer. Er kommt nach vorne und baut sein Equipment auf.

»Wer fängt an?«, fragt er.

»Ich«, sage ich.

»Mutig«, murmelt Tyler.

»Ich befürchte eher, ich kneife, wenn ich sehe, wie lange das bei dir dauert«, gebe ich zu. Ich hatte noch nie ein Tattoo und hab tierische Angst, weil ich nicht weiß, was mich erwartet. Außerdem heißt es, dass es an den Händen besonders wehtut, weil die Haut dort so dünn ist. Aber ich will keinen Ring, ich will Tylers Initialen auf meinem Finger, und er nimmt meine. Weil das mit uns für immer sein soll.

»Also fange ich mit dir an, Ava?«, vergewissert sich Ranger noch mal.

Ich nicke. Tyler legt einen Arm um mich, und Ranger malt erst das Motiv vor und fängt dann an.

Tränen steigen mir in die Augen.

»Hey, gleich geschafft«, tröstet mich Tyler, dem es schwerfällt, mich leiden zu sehen.

»Es ist nicht schlimm«, sage ich. »Ich bin nur so glücklich.«

»Oh, Angel.« Er küsst mich wieder. Und ich kann nicht glauben, dass es wirklich passiert. Dass wir jetzt zusammengehören. Aber das tun wir.

Dann ist Ranger bei mir fertig und Tyler ist dran, der die Prozedur kennt, aber dennoch Tränen in den Augen hat. *Meinetwegen! Wow!*

Zwanzig Minuten später haben wir Abdeckfolie auf unseren Fingern, stehen auf und unter dem Applaus unserer Freunde und der Familie heben wir triumphierend unsere verschlungenen Hände und küssen uns erneut.

»Und jetzt wird getanzt!«, rufe ich und grinse breit.

Tyler muss ebenfalls lachen, weil er weiß, welches Lied kommt. Wir haben im Vorfeld darüber gesprochen und fanden den Song passend. Außerdem sind wir beide keine großen Tänzer, und dazu können wir improvisieren.

Und das tun wir auch, als Chloes und Jasons Lieblingslied aus den Boxen schallt. Der Achtzigerjahre-Hit von Tina Turner!

Wir tanzen, und es dauert nicht lange, bis unsere Freunde mit einstimmen, allen voran Chloe und Jason. Dann eröffnen wir das Buffet mit viel Sekt und einer symbolischen Tortenschlacht – jeder von uns bewirft die Pappfigur des jeweils anderen mit Hochzeitstorte. Und dann – nein, wir stürzen uns nicht ins Wasser und machen Arschbomben, aber wir lassen aus Konfettikanonen blaue Schnipsel regnen, unser Wasserersatz, und Lauren und Wade wissen das zu schätzen.

Und dann tanzen wir ganz langsam und sehen uns an und strahlen.

»Ich liebe dich«, sagt Tyler.

»Ich liebe dich auch«, antworte ich.

Tyler

Ich halte Ava, meine Frau, und habe das Gefühl, selbst wenn ich wollte, ich kann sie nie wieder loslassen. Sie sieht wunderschön aus und strahlt mich so an, wie nur sie das kann, glücklich, hoffnungsvoll und voller verrückter Ideen für die Zukunft. Und ich will sie plötzlich.

»Scheiß drauf!«, sagt sie da und zieht mich mit sich.

»Was hast du vor?«, frage ich lachend, aber lasse mich bereitwillig von meiner besseren Hälfte entführen.

»Ich brauch dich. Jetzt!«

Mein Verstand setzt für eine Sekunde aus. Dann meldet er sich zurück. »Wir können es doch nicht beim Buffet treiben!«, rufe ich halb entrüstet, halb amüsiert.

»Verdammt, ich weiß«, jammert sie, hält inne und küsst mich wieder. »Verdammt, verdammt, verdammt!«

»Zum Wagen«, sage ich, angesteckt von ihrer Lust. »Ging bei Chloe und Jason auch.«

Ava überlegt kurz, dann zieht sie mich weiter. »Gut, zum Wagen!«

Das ist verrückt! Aber die Party läuft auch ohne uns. Und was kümmert uns, was die anderen denken? Das sind unsere Freunde. Sie lieben uns und werden es schon verstehen.

Ich schließe den SUV auf, steige auf die Rücksitze, lege sie um und werde sofort von Ava vorwärtsgestoßen.

»Langsam, Mrs Knight.«

Sie gleitet mit ihrer Hand über die Beule in meinem Schritt. »Sicher, dass du es langsam willst, mein sexy Ehemann?«

»Fuck, nein!«, ändere ich meine Meinung, befreie meinen Schwanz, während sie ihr Kleid rafft, ziehe ein Kondom über, das ich eigentlich für die Hochzeitsnacht eingesteckt hatte, und wir stöhnen beide erleichtert auf, als wir uns spüren, so nah, wie sich zwei Menschen nur sein können.

»Nur fürs Protokoll, ich hatte uns unsere Wohnung herrichten lassen, mit Rosenblättern, Massageöl und jeder Menge Lichtern«, sage ich und bewege mich gefühlvoll.

»Nur fürs Protokoll«, sagt sie und stöhnt zufrieden. »Ich trage schon seit heute Morgen keine Unterwäsche.«

Diese Frau! Wir lieben uns, erst den anderen genießend, dann hemmungsloser. Mit meinen Küssen ruiniere ich ihr Make-up, aber ich kann mich nicht bremsen. Ava zu haben ist immer toll. Ava als Braut zu haben ist einmalig.

Ich versuche, sie aus dem Kleid zu befreien, gebe es jedoch schnell auf und reibe stattdessen ihre Nippel durch den Stoff des Kleides. Sie dagegen knöpft mit fliegenden Fingern mein Hemd auf, küsst meine Haut und entdeckt die typische Tattoofolie auch über meinem Herzen.

»Gott, Tyler, ist was passiert?« Sie sieht mich erschrocken an, und ich hasse diesen Gesichtsausdruck.

»Ja, es ist was passiert«, sage ich spielerisch und küsse sie wieder, sodass sie merkt, dass das neue Tattoo zur Abwechslung nichts Schlimmes zu bedeuten hat.

»Was denn?«, fragt sie, und der ängstliche Ausdruck auf ihrem Gesicht weicht Neugierde.

Ich rolle mich auf den Rücken, ziehe sie mit mir, stütze mich auf und löse vorsichtig die Folie. Auf einem roten Herzen steht in geschwungener Schrift ›Ava‹ perfekt in die Tattoos drumherum eingebettet. Der einzige Name auf meiner Haut.

»Ich habe viele Stellen, die noch kein Tattoo haben, also unverletzt sind, und eine davon ist mein Herz«, erkläre ich. »Deshalb dachte ich, damit das so bleibt, gehört es nun dir.«

»Wirklich?« Gerührt streckt sie eine Hand aus, will es berühren, aber lässt es, nimmt stattdessen die Folie und klebt sie wieder schützend darüber. Tränen, gegen die sie schon den ganzen Tag ankämpft, laufen ihr nun über die Wangen, und sie küsst mich wieder. »Ich liebe dich«, sagt sie ergriffen. »Ich liebe dich wie verrückt, Tyler.«

»Ich dich auch, Angel.«

Ich greife in ihren Nacken und vertiefe den Kuss. Unsere Instinkte übernehmen, und wir lieben uns weiter, langsam, um unsere Outfits nicht gänzlich zu ruinieren, aber dennoch perfekt für den Augenblick.

Keiner zögert etwas hinaus, keiner hält etwas zurück. Ich spiele nicht mit ihr, nicht heute. Und sie auch nicht mit mir.

»Oh Gott!«, stöhnt sie leise und klammert sich an mir fest.

»Gleich«, antworte ich.

»Jetzt!«, ruft sie und kommt, und ich folge ihr.

Unsere Körper vibrieren, genießen sich. Nie habe ich mich ihr näher gefühlt. Und sobald wir beide wieder ruhiger atmen können, küsse ich sie und grinse breit.

»Alle werden wissen, was wir getrieben haben«, sage ich und ordne ihre Haare.

»Na und?«, antwortet sie lachend und knöpft mir das Hemd zu. »Das ist unsere Hochzeit. Wir können tun und lassen, was wir wollen. Wem das nicht passt, der kann ja gehen.«

Ich küsse sie einfach noch mal, *meine Frau*, ziehe mir die Hose wieder richtig an, während Ava ihren Schleier erst versucht zu richten, ihn dann aber ganz löst und glättend über ihr Kleid streicht.

»Geht es?« Sie zupft an meinem Sakko herum.

»Wie neu«, versichere ich ihr, öffne langsam die Wagentür, sehe mich um und steige aus. »Die Luft ist rein. Komm!«

Ich reiche ihr die Hand, und sie folgt mir nach draußen, wo gerade das Buffet geplündert wird.

»Hunger?«, frage ich.

»Und wie!«

Seite an Seite schaufeln wir uns die Teller voll. Dann suchen wir die anderen. Und als wir sie mit Blick auf das Wasser gerichtet finden, setzen wir uns neben sie ins Gras.

»Spaß gehabt?«, fragt Jason grinsend.

»Halt die Klappe«, knurre ich. Ich mag meine Freunde, muss jedoch nicht mein Sexleben mit ihnen diskutieren.

»Ja«, sagt dagegen Ava rundum zufrieden.

Ich knabbere an ihrem Hals, als kleine spielerische Strafe, weil sie das ruhig hätte für sich behalten können.

Sie lacht glücklich, die anderen stimmen mit ein, und da sitzen wir nun alle zusammen. So viel ist passiert, und so viel wird sich noch ändern. Aber wir haben uns alle gefunden. Emma, der Labrador-Mischling von Lauren und Wade, springt um uns herum. Olivia döst in Chloes Armen. Jeder ist beim anderen, und es ist perfekt.

Wir haben nur heute, denke ich, als ich zu Chloe und Jason blicke, die so zufrieden sind mit ihrem Yogastudio und der Surfschule. *Und man muss den Moment leben.*

Man kann die Fehler, die man gestern gemacht hat, wiedergutmachen, fällt mir ein, als ich Lauren und Wade sehe, die sich wieder zusammengerauft haben und jetzt als Paar und mit ihren Fitnessbüchern so unglaublich glücklich sind.

Und ich schaue zu Ava und küsse sie noch mal. *Und man darf nie aufhören, daran zu glauben, dass alles gut wird.* Irgendwie habe ich gewusst, dass wir zusammenkommen, nur nicht in all dem Chaos, sondern danach.

»Woran denkst du?«, fragt Ava, als würde sie spüren, dass ich mit den Gedanken bei ihr bin.

»Daran, wie perfekt sich alles entwickelt hat. Mit dem Leben. Unseren Freunden. Uns.«

Sie strahlt mich an und schmiegt sich an mich – und isst was von meinem Teller. Was ich ihr durchgehen lasse. »Es stimmt, was man sagt«, meint sie dann. »Manchmal müssen schlimme Dinge passieren. So wie Feuer alles niederbrennt. Das tut weh.« Sie wirft ihren Freundinnen einen Blick zu, die viel verloren haben, so wie Ava auch selbst in Gefahr war. »Aber danach, wenn alles zerstört ist, kann man was Neues aufbauen, was Schöneres, was Besseres.«

»Wie nach einem Vulkanausbruch«, sage ich.

»Wie bitte?«, ruft sie kichernd. »Jetzt hast du die Stimmung ruiniert, Ty! Daran ist doch gar nichts Romantisches!«

»Der Vergleich passt«, verteidige ich mich. Schließlich weiß jeder, dass der Boden um Vulkane besonders fruchtbar ist. Erst zerstören Asche und Lava alles, danach erblüht die Welt erneut.

»Trotzdem!«, sagt sie, kabbelt sich mit mir und ahmt einen Bären nach, der mich mit erhobenen Tatzen angreift.

Ich kitzele sie, eine effektive Taktik, um diesen Angriff abzuwehren, und kichernd wälzen wir uns im Gras, obwohl das Flecken auf den Klamotten gibt. *Aber gehören die nicht zum Tag dazu?* Wenn die Outfits am Ende einer Hochzeit noch genauso aussehen wie am Anfang, haben wir nicht ordentlich gefeiert.

In dem Moment macht es *platsch.*

»Kommt schon!«, ruft Lauren, die gerade eine Arschbombe hingelegt hat. »Jetzt aber richtig!«

»Was ist mit Olivia?«, fragt Chloe skeptisch – und eine Spur wasserscheu. Schließlich ist das Meer hier verdammt kalt.

»Die nehme ich«, schaltet sich Avas Dad ein.

»Na los, ihr Spaßbremsen!«, feuert uns Lauren an und lacht, als Wade neben ihr mit einer Wasserfontäne landet.

»Jippieh!«, ruft nun Chloe und springt mit Jason ins Wasser.

Pla-platsch!

»Willst du auch?«, frage ich Ava.

»Nur mit dir!«

»Na dann!«

Ich stehe auf, wir fassen uns an den Händen und nehmen gemeinsam Anlauf. Ava ist viel schneller als ich und zieht mich mit sich, aber ich bremse sie etwas, und dann springen wir zusammen vom Steg. Rein in unser neues Leben.

Für immer.

Ende

WEITERE BÜCHER VON

PHILIPPA L. ANDERSSON

Time for Passion-Reihe

All We Have Is Today

You Were Mine Yesterday

Forever Yours Tomorrow

Tease & Please-Reihe

Tease & Please - berührt und verführt

Tease & Please - entdeckt und erweckt

Tease & Please - hart und zart

Tease & Please - HEISS IM EIS

Tease & Please - Wut und Glut

Lawers, Love & Lace-Reihe

You Can't Escape Love - Begehren . Vertrauen . Lieben

You Can't Control Love - Im Zweifel für die Liebe

Einzeltitel

In deinen Armen

Pulse of Passion - Sehnsucht nach dir

Romance Love - Vollkommen dir ergeben

So Right, So Wrong - Verführerisches Spiel mit dir

Zauber eines Sommers

Zucker auf deiner Haut

VERPASS KEINE NEUIGKEITEN VON MIR!

ABONNIERE MEINEN NEWSLETTER!
Erhalte Neuigkeiten zu neuen Romanen, Preisaktionen & Gewinnspielen. www.philippalandersson.de/newsletter

FOLGE MIR AUF INSTAGRAM!
Schau dir an, was mich bewegt, und erhalte exklusive Infos in meinen Storys! www.instagram.com/philippal.andersson

ABONNIERE ODER LIKE MICH AUF FACEBOOK!
Erhalte alle Infos und bleib mit mir in Kontakt!
www.facebook.com/PhilippaL.Andersson

FOLGE MEINEM AMAZON AUTORENPROFIL!
Lass dich von amazon über alle Neuerscheinungen informieren!
www.amazon.de/Philippa-L.-Andersson/e/B00C5K5V52/